江苏省南通市"五个一工程"重点作品扶持

浙江工业大学人文社科后期资助

大

DA GANG

港

王姝 著

北京燕山出版社

图书在版编目（CIP）数据

大港 / 王姝著 . —北京：北京燕山出版社，
2024.1

ISBN 978-7-5402-6886-2

Ⅰ . ①大… Ⅱ . ①王… Ⅲ . ①长篇小说—中国—当代
Ⅳ . ① I247.5

中国国家版本馆 CIP 数据核字 (2023) 第 063401 号

大港

作　　者：王　姝
责任编辑：战文婧
装帧设计：书点文化
出版发行：北京燕山出版社有限公司
社　　址：北京市西城区椿树街道琉璃厂西街 20 号
邮　　编：100052
电　　话：010-65240430（总编室）
印　　刷：四川科德彩色数码科技有限公司
开　　本：880mm×1230mm　1/32
字　　数：188 千字
印　　张：7.5
版　　次：2024 年 1 月第 1 版
印　　次：2024 年 1 月第 1 次印刷
I S B N　978-7-5402-6886-2
定　　价：78.00 元

目　　录

第一章　父与子

　　五月的夜风是凉爽的，对于江海市这座滨江临海的南方小城而言，趁夏季没到来之前，人们还可以享受最后一把清凉。凌晨两点，整座城市除了极少数夜猫子之外，所有的人都已沉沉睡去。只剩下不眠的路灯睁着眼，守护着这座小城的安谧。坐落在渚河岸一片绿荫之中的市委大院更是闹中取静的好地方。大院最里面是几幢苏式风格的两层青砖小楼。最东面那幢是市委书记的家。和小城的其他居民一样，这座城市的最高决策者也已进入了梦乡。与别人不一样的，也许是因为背负着整座城市的重任，市委书记焦文雄这个梦做得并不轻松。

　　他在睡梦中又闻到了无处不在又无孔不入的海腥味。那是家乡北灶港的气息。北灶港在江海市的最东端，是一座盛产鱼虾的海边小镇。北灶港的街头一年四季都是这个味道。海风吹来的大海咸味，与鱼虾贝蟹的腥味，糅合在一起，就成了北灶港人习以为常的味道。小镇上居住的每家每户，有出海捕鱼的渔民，有包下滩涂养殖水产的养殖户，还有卖冰块儿的，卖各式泡沫箱的，经营冷库的，贩卖海鲜的，开饭店酒楼的，几乎所有人都围绕着这个港口和码头讨生活。

　　焦文雄也曾是其中的一员。他从小就光着脚板在石板铺就的码头上跑来跑去，帮大人一起倒腾各式鱼虾。没多久，新鲜鱼虾鳞片上亮晶晶的东西就抹到他的脑门子上去了。这是海边长大的小孩特有的标记，意味着他们对大海和大海无私奉献出来的鱼虾贝蟹已经熟悉到不能再熟悉了。焦文雄赤着脚踩进海边滩涂，海泥酥痒痒的感觉从每个脚趾缝一直传到心尖儿，小螃蜞、小螺们从礁石缝里纷纷爬出……唯一要小心的就是潮水。潮水涨起来，那是任谁也跑不过的。忽然间就涨潮了，海水一波逐着一波追上来，一阵巨大的海浪汹涌咆哮，宁静的海滩忽然变得面目狰狞了。海浪间传来含糊不清的童稚呼救声："爸、怕，爸、怕……"

焦文雄一下子从梦中惊醒了，大汗淋漓的。他打开台灯，见妻子秀莲睡得正香，便直起身子靠在床头发了会儿呆。犹自心跳不已，他轻手轻脚起来喝水。路过儿子书房时，焦文雄从门缝底下看见书房的灯还亮着。他端着水杯，犹豫了一会儿，还是在门上轻叩了两下。门很快就开了，儿子池仁川恭恭敬敬地叫了声"爸"，把焦文雄让进书房。池仁川是焦文雄的继子，他们虽不是亲生父子，却胜似亲生。他从小就是个品学兼优的好孩子，一路重点中学、名牌大学，又保送研究生，毕业后考取公务员，回到江海市工作。他待人接物彬彬有礼，从一名普通的科员干起，步步高升。今年年初，池仁川刚刚就任海洋与渔业局局长，三十三岁的他成了江海市最年轻的局长，正处级干部，前途一片大好。

"还没睡啊，海洋局的工作都上手了吗？"焦文雄关切地问儿子。

"还行，年前葛局长调任省里，我跟他交接得匆忙，很多工作都得加班加点理一理。现在差不多了，爸，您放心。"池仁川不急不躁。

焦文雄很是赞许儿子这种沉稳的性格。他发现自己跟仁川各自忙于公务，竟有大半个月没怎么碰面了。儿子像是瘦了点儿，焦文雄拿不准是灯光的关系，还是真的因为劳累瘦下来了。他有点儿心疼儿子，却不表现出来。多年领导工作养成的习惯，即使在家人面前也不轻易表露感情。

儿子不容易，虽说学业、工作一帆风顺，家庭生活却大有遗憾。两年前，贤惠的儿媳竟得了绝症撒手而去，儿子一个大男人独自带着才五岁的孙子艰难度日。焦文雄和秀莲就让儿子搬来同住。只是儿子毕竟公务繁忙，并不能经常过来，有时回家晚了就在单位那边将就一晚。焦文雄比池仁川更忙。父子俩都是早出晚归，各自在会议桌上忙碌不停，总是你回来了我还没回来，这时间一交错，大半个月没碰面竟是寻常。就算有时见到，也常常是刚打完照面，又各自忙活去了。

焦文雄意识到，池仁川身边没人照顾还是不行，但他不会跟儿子谈这个话题，还是让秀莲去跟儿子交流吧。焦文雄要谈的是工作上的大事。他顺势坐进书房的小沙发，与池仁川隔着个小茶几对谈。焦文雄用手缓缓地拨转着茶杯，慢条斯理地说："海洋局在咱们江海市可是重要的部门之一。你也知道，江海市工业不发达，经济发展水平在省里只能算中等偏下，没有倒数已经不错了。可咱们有北灶港，有这一片海，有滩涂、码头和港口。江海市把北灶港建好了，才有希望在经济上打个翻身仗。"

"爸，我明白。高考时您让我读海洋学专业。这个专业不是热门，全国最好的海洋学专业都不在北京，为此我不得不放弃了北京的高校。当时因为这事，我好长一段时间没理您。可读着读着，我爱上了海洋，也理解了您的苦心。北灶港虽不起眼，其实在咱们国家的海洋版图上还是挺重要的。所以研究生毕业后，我就毫不犹豫地回江海市了。"

"就为这事，你妈还跟我吵过一架呢。怪我让你回家乡，留在大城市多好呢。江海市这个穷乡僻壤有什么好待的？她怨我是保守派，圈住你，不舍得让你远走高飞。"焦文雄笑着说。

"原来您跟我妈还有这一出，我都不知道。那还真是我自己的决定，正因为江海市还落在后面，才有施展的天地嘛。"池仁川说。

"说得好！我问你，北灶港的凤凰湾项目进展怎么样了？"市委书记对海洋局的工作可不陌生，更何况凤凰湾项目是焦文雄亲自牵头的大工程。

"一期已经差不多了，凤凰电厂、新港船闸都已经竣工，围海造田的码头也在加紧收尾了。二期初步勘察完成，准备开始征地。"凤凰电厂是一座火力与风力混合发电的电厂，是凤凰湾项目建设中的重中之重。对于完全没有工业基础的北灶港来说，那是了不得的大厂，连后勤在内有两三千员工。电厂、船闸和码头这些基础设施建好之后，一个大港的雏形和骨架就搭起来了。

"一期还是葛局在任时完成的滩涂征地工作，工作做得不容易啊。二期工程你也要抓紧，可不能掉链子。等两期都建完，北灶港就真的旧貌换新颜了。我们争取到凤凰集团的投资不容易，省里对凤凰湾项目也很重视。你多往北灶港跑跑，光坐在办公室和书房里看文件，是看不出问题的。江海市的海洋局局长，应该走遍江海市的每一片滩涂，熟悉江海市的每一片海域。"焦文雄站起身，目光投向黑黝黝的窗外，仿佛想从这一片黑暗中望见远在几十公里之外的北灶港海滩。

池仁川听得偶然，也跟着站起来，严肃地说："是，焦书记。我都记下了，保证不让您失望！"他随着父亲的目光望向窗外，顿时觉得身上的担子沉了不少。一番有关工作的谈话，让池仁川不自觉地进入了工作状态。在工作场合，池仁川都是称呼焦文雄的职务。外面不了解内情的人，完全看不出这是父子俩。当年研究生毕业，池仁川回江海市的唯一顾虑就是焦文雄，那时焦文雄已经是江海市的常务副市长，他不想总是生活在父亲的庇荫下。进市政府工作，是他凭真才实学，考公务员考进来的。几年来，池仁川行事低调，从不在别人面前透露自己是焦文雄的儿子。

父子俩在这一点上心照不宣，焦文雄也从未干涉过池仁川的仕途。他对这个儿子有足够的信心。江海市即使没有他焦文雄做市委书记，池仁川也迟早会是江海市的海洋局局长。放眼全省，能有几个海洋大学海洋学专业出身的海洋局局长呢？这几年国家对海洋经济越来越重视，三十三岁就当了正处级海洋局局长，池仁川的前途应该比自己更为远大。焦文雄为自己在池仁川高考填志愿时所做的决定暗暗得意。

心里饶是这样骄傲地想着，脱口而出的话却还是训诫的语气："让我失望不算什么，不要让北灶港失望就好。"焦文雄知道，池仁川早就习惯了自己的严格要求，只要点到为止，就能马上领悟到，立竿见影。所以焦文雄并不多说，当下就让儿子早点儿休息，自己也起身回卧室继续睡觉。池仁川对着桌上摊开的那一沓资料颇有些不舍，但想到第二天还要面临的紧张工作，只好答应收拾一下，马上就睡。

十几分钟之后，市委书记家书房的灯也熄了，小楼和它里面的住户都坠入了沉沉的夜。过不了多久，天就要亮了。抓紧时间，焦文雄父子俩还能再睡个几小时。天亮后，等待他们的，将是永无止境的工作，以及由工作牵扯来的种种复杂人事关系与无穷烦恼。

第二章 滩涂养殖户

◇

005

好不容易忙完一周的事务，池仁川决定利用双休日去北灶港走一趟。他早上不到六点就醒了，起来匆忙洗漱整理完毕，没让章秘书陪同，只叫了司机小刘一个人送他去北灶港。出了江海市区，车子上了高速，开始时倒也车来车往，川流不息。渐渐地，车流量就减少了。路两旁的高楼不见了，夹竹桃树的绿叶密密匝匝，眼前一条高速路遥遥望不到头，远处是大片大片的农田一望无际。江海市的地形以平原为主，是省内的产粮大户，算得上是鱼米之乡。可现在靠农业挣不到钱，尤其江海市的人均耕地只有七八分，根本无法对农业进行现代化的改造升级。本地人都不肯种地了，把地包给了从更穷地方来的人租种，自己则到外面做生意赚钱。做得好的在北上广，最不济的也是在省城。他们跟候鸟一样，每年一到过年，外地做生意的大小老板们就都回来了，江海市的街头一下子冒出许多私家车，大部分是奔驰、宝马这类好车。现在离过年还早，出外做生意的还没回来，路上车辆就稀少得很。

等到拐上去北灶港的岔路，车辆越来越少，到最后就剩自己一辆车在孤零零地开。难怪北灶港人有个自嘲的笑话，说的是：要问北灶港在哪儿？沿着公路一直往东开，一直开到大海边没路了，北灶港就到了。高速公路虽然已经通到了北灶港，但除了过年这样的特殊日子，这条从江海市通往北灶港的高速，利用率极低。光从这条高速路上的车流量来看，江海市，特别是北灶港的经济还是不行。守着这么个天然良港，全国知名的渔场，却过着穷日子。池仁川心下暗想，父亲说得没错，建大港，发展海洋经济势在必行。

终于开到了北灶港的下口，下来就是新修好的沿海公路，开起来几乎跟高速公路没什么区别。要想富，先修路，江海市这几年推进黑色路面工程，村村通公路，在修路上花了大力气，市里的财政收入也大部分投入了公路建设。池仁川知道，市里并不富裕，但焦文雄的决心很大，到处找钱，更是勒紧裤腰带修路，不仅往省里跑了无数回，还动员公务员捐了好几次款，闹得底下意见很大。焦文雄却很强硬，在干部大会上说："你们谁家揭不开锅，就到我市委书记家来吃饭！江海市的路必须修！而且必须修好！这没得商量！"毕竟捐款数量也都在可承受的范围内，众人见市委书记态度这么强硬，不敢再多说些什么。池仁川有时候真佩服父亲的魄力，羡慕他敢作敢为的风格，暗忖自己比起父亲的领导水平还差得太远。

沿海公路是六车道的国道标准，十几分钟就能开到海滩。北灶港没有沙滩，只有礁石和滩涂。海水也是黄黄的很浑浊，根本没有碧海蓝天的感觉，不可能像青岛、大连或是海口、三亚这样的海滨，可以大力发展旅游业。不过这浑浊的海水，却孕育了大量的鱼虾贝蟹。她像是一位貌不惊人的农妇，没有颜值，却诚实质朴，默默地奉献出丰盛的食物。北灶港的海鲜是出了名的鲜美，甚至在世界渔场分布图中都榜上有名。对自己家乡出产的海鲜，北灶港人充满自信，宣称是"天下第一鲜"。他们祖祖辈辈当渔民，靠这片大海与滩涂过日子。以往，渔民比农民更苦，他们提着脑袋冒着风浪出海，不但靠天吃饭，更得看老天爷的脸色活着。这些年，海鲜紧俏，价格上涨，渔民们的钱包鼓起来了，沿海农村也建起了一幢幢漂亮的小洋楼。可这些钱都是风里来、雨里去的血汗钱，甚至是以付出生命为代价换来的，实在是他们应得的。池仁川知道，在这一幢幢光鲜亮丽的小洋楼里，很有可能上演过一场场悲欢离合的戏剧，也许某座小楼的男主人就被无情的海浪所吞噬，而女主人立时会觉得这小楼一下子变得空旷孤寂。为了避免这类悲剧重演，一到台风天，海洋局在及时通知到各家渔船的同时，还会组织人手彻查海滩，见有冒险违规出海作业的，会毫不留情地扣船扣人。船主人也许当时很不配合，也不理解，可等到台风掀起的巨大海浪真真实实地呈现在眼前时，便都转了态度，一面庆幸自己捡回一条命，一面忙不迭掏出烟，恭敬地点上，敬给当初他们咒骂过的工作人员。每到这个时候，池仁川总是被弄得哭笑不得，想要板起脸教训这些不怕死的渔民一番，却被他们的嬉皮笑脸化解于无形。等到下一回，依旧有几个胆大的蠢蠢欲动，海洋局只好再严查严管。一场猫捉老鼠的游戏便又循环着开始了。池仁川真的有些无法理解，为什么会有人拿自己的命去换钱，也许要彻底解开这个死结，只有让北灶港真正富裕起来，渔民们才能改变以命赚钱的心态。好在冒险下海的人在逐渐减少，这或许是个好苗头，说明渔民的日子正在一天天好转吧。

　　池仁川让司机把车子停在大堤边等他，自己一个人下了车。今天是下午潮，整个海滩没什么人，静悄悄的，只有远处滩涂上稀稀拉拉有几个渔民在捡文蛤。池仁川在大堤上走了两步，便脱了鞋子下海。他从小在北灶港长大，十二岁时随调入江海市的焦文雄离开北灶港。要说赶海，池仁川也是一把好手，小时候就能跟着大人下海捡文蛤，小半天也能摸个十来斤，自己吃不完就去市场卖了，换点儿零花钱买书买文具。当然，他家并不指着那点儿钱贴补家用，这便是北灶港长大的孩子最平常不过的生活，他们的童年就是在海滩上度过的，大海就是他们最好的玩伴。池仁川虽然说起来是个官二代，但继父焦文雄却是一步步从基层的乡镇干部干起。焦文雄只拿死工资，还一天到晚不着家，所以池仁川小时候家里的经济条件也就不好不差。能靠自己的劳动换笔小钱，不必向父母开口要钱，又何乐而不为呢？

当脚踏进滩涂的一刹那，池仁川好像回到了童年。他深深吸了口海风，将自己沉浸在那熟悉的海腥味儿之中。五月的滩涂还有点儿凉，沿着滩涂往海的深处走去，滩涂泥的温暖渐渐包裹了他。这片滩涂好像跟小时候比起来没有太大的改变，只是多了好些芦苇秆和渔网，应该是养殖户们用来围住承包的鱼塘和滩涂的。放眼望去，这样围起来的地方大约占了这片海滩的大半。

池仁川知道，从二十世纪八十年代初起，也就是在他父亲这辈人的领导下，比农村家庭联产承包责任制分田到户稍晚一些，海边的渔民和养殖户们也开始实施"分田到户"，只不过他们分的是滩涂，分的是渔船。由乡镇政府主持分配，养殖户自己申请，海洋局给他们发放滩涂养殖证。这些年来，近海渔业资源枯竭，想要多打点儿鱼就得往远洋去。小船去不了远洋，大船出趟海成本高，七八月的台风天更是不能出海，靠天吃饭的海洋捕捞业的收入不那么稳定了。于是，更安全、收入更稳定的滩涂养殖业开始蓬勃发展起来。在池仁川的记忆里，小时候的滩涂一望无际。尽管那时各家各户分了滩涂，领了养殖证，但滩涂养殖的技术要专门去学，更要投入一定的资金建滩塘，添加必要的设备。相较之下，出海捕鱼的收获大多比较丰盛，几乎没有几家把精力放到滩涂养殖上来。而随着渔业资源的日渐匮乏，一些脑子灵光，又肯动手的渔民转行搞起了稳定高产的滩涂养殖。原本平整的海滩上开始陆陆续续竖起一排排苇秆，挖出一块块滩塘，中间用一片片渔网隔拦。

现在，池仁川站在滩涂上放眼望去，除了港口这块还是公共开放的，零星赶海的人还可以下海捡一些文蛤之外，北灶港周围适合养殖的滩涂几乎已经瓜分殆尽。苇秆林立、渔网纵横也就一点儿不奇怪了。

养殖滩涂的遍地开花，进一步加大了凤凰湾项目滩涂征用的难度。毕竟，那是人家养家糊口的吃饭生计。听说前任葛局长就很费了一番工夫，但一期工程还是因为滩涂征用的问题，不得已缩小了横向的面积，只能多往海里围海造田，增加纵深的面积。反正跟大海要地，不需要费口舌，不过是提高了围海造田的成本。现在凤凰湾一期工程就是伸向大海里的狭长造型。

这么看来，二期的滩涂征用工作任重而道远啊。池仁川心念一动，便折向海岸，往芦苇秆围住的养殖基地走去。这是一处极好的滩涂养殖点，避开风口，蓄排水很方便，滩涂泥翻出来是肥沃的黑色，细腻温和。再走几步，仁川看见离海堤不远处有一个简陋破旧的棚子，应该是滩涂养殖户的落脚处。

这个棚子真的是很难称之为棚子。

滩涂养殖虽然辛苦，但到收获季节，丰收的鱼虾还是能换回大把大把的真金白银。一般养殖户不缺钱。他们大多把家安在北灶港镇上，只是到放养，特别是养殖的鱼虾贝蟹进入快速生长期，或是临近收获时，就得天天在养殖场看守。滩涂养殖户搭的看棚，现在大多用彩钢瓦，有的直接买了活动工棚，方便省事。条件好一些的，干脆就盖了一个小屋。很少能见到这么四面漏风的棚子，墙壁用麦秸秆捆扎而成，好些地方已经被吹散了，漏出亮光来。顶棚连整片的彩钢瓦都没有，看起来像是从哪里捡了片别人扔掉的破彩钢瓦搭住一大半，剩下的用十来只泡沫箱捆扎起来遮挡。幸亏此处正好是一个湾口，前面的海堤挡住了海风，这么个草棚才能勉强糊住不倒。池仁川实在怀疑它怎么能扛过台风天，也怀疑这是否真是养殖户的看棚，还是只是一处废弃的破棚子。

池仁川正在思忖间，听见棚内传来一男一女的声音。四面漏风的棚子当然不隔音，池仁川几乎把两人的话都听得清清楚楚。

"你真是个死脑筋！"一个女人气恼的声音，听起来很年轻。

"不卖不卖就是不卖，没了这片滩涂，我拿什么养活瞎眼婆婆？你说啥都没用，你走吧。"男人说的是江海话，听起来硬邦邦的，语气也很差。

跟滩涂有关，池仁川就留了神，往门口走去，想听听是怎么一回事。还没等他在门前站稳，里面那男人直接把女人推出了棚子，一扇挡风的木板"咣"的一声合上，这块板大概就是看棚所谓的门了。女人被推出来，脚步有些踉跄，一下子跌进池仁川的怀里。池仁川赶忙伸手扶住她。女人站定，反手就打了池仁川一巴掌。

"哎，你这个人怎么不讲道理啊？我好心好意扶住你，你却……"池仁川吃痛，捂住脸，结结巴巴说不出话来。

女人反应过来，讪讪地说了声"对不起"，又往看棚里面喊了声："夏子豪，我还会来，你给我等着！"

里面闷声闷气地回答："来多少趟都不行，你别费那个劲了！"

"哼！你等着好了，我还就不信邪了！"女人一跺脚，却"哎哟"一声矮下身去，这才发现刚才崴了脚。

第三章　女镇长

偌大的滩涂，只有池仁川和那女子孤零零地站在看棚外。不消说，这个看棚的主人跟这女子之间闹得很不愉快，也不可能让女子进棚休息，何况他那个四面漏风的棚子恐怕很难让人坐得下来。天色开始暗下来，池仁川主动向那女子伸出手，说："来吧，我背你上岸。"

女子看看他，看看四周围，又踮起脚，试着踩了踩高低不平的礁石，一阵钻心的疼痛让她放弃了尝试。这棚子搭在堤坝下不远，可毕竟在滩涂边，还有一段礁石路要走。如果是平地，还能勉强走一走，这礁石路对于刚崴了脚的人来说真是比蜀道还难。那女子没办法，说了声

"谢谢",把手递给池仁川。

池仁川平时很注意男女之别。他长得高大英俊,一米八的个子在南方人中算是鹤立鸡群了。从小吹着海风长大,他的肤色有些黝黑,身材健硕,绝不同于现在流行的"小鲜肉",格外散发着男子汉的气息。两年前,夫人去世后,好几位女同事都有意无意地表示过好感,也有单位里的老阿姨几次试探着要把待字闺中的各路亲戚介绍给他,都被他有礼貌地谢绝了。池仁川行为举止很谨慎,在男女关系上口碑很好,从没传出过风言风语。像这样跟一个陌生女子挨得这么近,还是头一次。因为礁石的起伏,他能感觉到女子软软的胸部时不时蹭着自己的背,麻酥痒痒的,有那么一瞬间,仿佛回到跟妻子谈恋爱的时候,让人心荡神摇。

他定了定神,问背上的女子:"你叫什么名字?"

这女子其实也在观察池仁川。她比他小个五六岁的样子,长得清秀端正,不乏追求者,只是在这么个偏僻的海滨小镇,未免有点儿高不成、低不就,所以一直耽搁到现在。她也是第一次跟一个异性贴得这么近,何况还是个高大英俊、一表人才的男人。女子羞得满面通红。幸好天色已暗,她又被他背着,不容易被发现,她"扑通扑通"跳着的心才渐渐平静下来。

"我叫潘小妮,是北灶港镇的镇长。"按说不该跟一个陌生男子一五一十道出来历,潘小妮却没觉得自报家门有什么不合适,好像眼前这位男人天生给人可以信任的感觉。

"潘镇长!你才多大啊,就当镇长了?"池仁川有些吃惊。虽然现在有不少年轻的大学生村官下到基层,但能独当一面,担任一把手的毕竟是凤毛麟角。潘小妮看起来也很年轻,刚刚工作没几年吧。镇长是正科级干部,副科级以上的提干都要通过县委统一发文,这么年轻能当上镇长的,只怕是江海市最年轻的镇长了,还是一位女镇长!潘小妮看出了池仁川的吃惊,她"咯咯"一笑,"你不知道女人的年龄是不可以随便问的吗？"

"女人的年龄是不可以随便问，女镇长的年龄却是要公示的，特别是这么年轻的女镇长。"池仁川第一次发现自己还有点儿幽默细胞。

"公示期已经过了，女镇长的年龄又属于国家机密了。"潘小妮伶牙俐齿。

"那个养殖户为什么跟你争吵？"池仁川回到正题。

提起夏子豪，潘小妮不再有心思斗嘴，却是满腹委屈："刁民！"她狠狠地骂了一句。"那是个钉子户。镇上正在做凤凰湾项目的二期征地工作，夏子豪的滩涂养殖地就挨着一期，本来一期就划进去了，他却软硬不吃、油盐不进，一期只好放弃。这回建二期，无论如何也得动员夏子豪了。总不能一期二期之间夹着个小窝棚和一片滩涂养殖地吧。凤凰眼里戳一个烂香蕉，那成什么话呀。我跑了十几趟，他还是这态度。你看我脚都崴了，哎哟哟……"

说话间，已经上了岸。池仁川把潘小妮放下，用手臂扶着她。潘小妮则把全身的力量差不多都压在了池仁川身上，这才一瘸一拐地勉强走到车边。司机小刘很有眼力见儿，一言不发赶忙下车，把潘小妮搀扶上了车。潘小妮脚疼得厉害，当下也顾不得淑女风度，一屁股坐进车里，终于不用两脚着地了。池仁川随后上车，挨着潘小妮坐下，问："你家在哪里？我送你回去吧。"

"往前开，我来指路。"潘小妮对着前排的司机说。

"那个夏子豪是嫌你们补偿款给得太低了吗？"池仁川又继续刚才的话题。

"才不是呢！"潘小妮一提起夏子豪真是气不打一处来，"我们是按海洋局公布的水域滩涂补偿标准执行的，都是公示过的，又不能随意增减。他却狮子大开口，要我们赔一百万。他当镇政府是银行提款机啊。夏子豪还说，他那滩涂就是个金饭碗，赔多少也不干，说没了滩涂，他拿什么养活瞎眼阿婆。老拿他的瞎眼阿婆说事！"

池仁川听到这里，心里有点儿数了。看来这夏子豪家里可能生活的确存在困难。滩涂养殖的收入最近一年比一年高。跟出海捕鱼不同，滩涂养殖只要肯花力气，照料细致，收入是有保障的。夏子豪那片滩涂目测有十亩左右，池仁川不知道他具体养了些什么，按平均亩产五千元算，一年五六万元是稳赚的。那还真是个摇钱树、金饭碗。一旦滩涂被征用，一个普通的海边渔民还能干什么挣到这么多钱呢？出海收入会更高些，但风险也大。他家若有个瞎眼阿婆，只怕不会轻易出海。

"你知道夏子豪在镇上的家在哪里吗？你没去会会他的瞎眼阿婆吗？"池仁川想到这里，就问了出来。

"这……我还真不清楚。"潘小妮愣住了，说，"每回都是到滩涂上找他，他准在。"

"你不是镇长吗？你治下居民的住处也不知道？"池仁川有些揶揄的口气。

"镇长也不能啥都知道啊。再说了，你是什么人，凭什么在这里指手画脚？"

"没什么，我只是在想，他不愿滩涂被征收，一定是家里确实有难处。瞎眼阿婆也不可能是他编的，如果你能再诚心些，登门拜访，了解情况，解除了他的后顾之忧，没准儿就成了。没有谁是天生愿意做刁民的。"

女镇长眼前一亮，觉得池仁川说得有理，表面上却撇了撇嘴，不肯承认："再有困难也该支持政府工作啊。就算登门又怎么样，难不成我给他养着瞎眼阿婆。"

池仁川耐心地劝说："经济补偿固然重要，有时候其他因素也会起到决定性作用。人心都是肉长的，你看望一下人家的瞎眼阿婆，看看有什么实际的需要，没准儿花钱不多，就能把工作做通。"

听了池仁川合情合理的解释，潘小妮终于不得不承认眼前这个男人考虑事情更为周到。她收起了高傲的语气，低声说："我确实工作没做细。虽然我也是北灶港人，但很早就外出读书，大学毕业后才考上村官回来，对镇上哪家哪户的情形都不太熟悉。对了，回去问我爸去，我爸最熟了！这样吧，我任命你做我的'军师'，问完我爸，你还得继续给我出谋划策。"说到这儿，她又眉飞色舞地高兴起来，女镇长的霸气又不由自主地外露出来。

港口离北灶港镇很近，几句话说完就已到潘家门口。池仁川将潘小妮扶下车，正要进门，手机却不合时宜地响起来。

"您好，我是池仁川。"他每次接电话都是这么中规中矩。

"什么，小勇住院了？好，我马上赶回来。"池仁川急忙挂了电话，回头对潘小妮抱歉地说，"不好意思，潘镇长，我儿子生病住院了，我得赶紧回去看他。还好已经送你到家，我就不进去了，下次再来当你的'军师'，再见！"一听儿子生病，池仁川马上紧张起来，恨不得立刻赶到病房。尽管心里慌乱匆忙，池仁川还是对潘小妮连声道歉，上车后又摇下车窗，挥手告别，一点儿也没有失了礼数。

儿子？潘小妮听着池仁川的解释怅然若失。也是，眼前这个男人看起来比自己大五六岁呢，哪里会没有老婆孩子？"那是你老婆的电话？"潘小妮问。司机小刘正好发动车子，引擎声音盖住了潘小妮的问话。池仁川摇下车窗问："你说什么？"

"没什么，'军师'，再见！"潘小妮没有勇气再问第二遍，就向池仁川挥了挥手。

"那行，你好好休息。再见！"

潘小妮望着池仁川的汽车离去，突然发现自己光顾着抱怨夏子豪的事，竟然连对方的名字都没问，更不知道对方是何职业，什么来历。而他不但知道自己姓甚名谁，还知道自己家住哪里。

再也没有比自己更傻的女镇长了，潘小妮想。

第四章　小勇病了

池仁川走进医院病房，母亲秀莲正守在小勇床头。一见仁川，就絮絮叨叨地说开了："小勇半夜里突然说麻，嘴巴和舌头都麻，手指和脚趾像针刺一般，还头痛、头晕。你们父子俩都不在，我和徐阿姨都慌了神，只好打电话给小阚，还是小阚立刻叫车把我们送到医院。白天挂了一天的盐水，才缓解些。嘘，你轻声些，小勇这会儿刚睡着。"秀莲口里的小阚是焦文雄的秘书。

池仁川怜爱地看着熟睡的儿子，他蜷缩着小身子侧躺着，可能这个姿势可以减轻些疼痛。儿子的小嘴微微张着，嘴角露出一丝笑意。大概又牵着哪处神经，眉头一蹙，小脸上的肌肉扭曲抽搐了一下，牙齿轻咬了下嘴唇，像是在忍住某种疼痛。他以为儿子要醒过来，便伸手去抚摸他的脑袋。谁知儿子翻了个身，大约感觉舒展了些，便继续睡着了。他见得最多的，就是儿子睡着的样子。自从妻子走后，因为工作忙，他几乎完全把小勇扔给了母亲照顾，每每回到家，小勇都已经睡着了。小勇本来一定要等爸爸回家才肯去睡，秀莲同意他可以把卧室的灯开着，等爸爸回来时过来看他，由爸爸替他熄灯，小勇这才答应先睡。池仁川记不得有多少回，深夜回家，替儿子掖好被子，熄了灯，再轻手轻脚把门关上。他也记不得上一次的父子交谈是什么时候了，更别说像普通人家那样，一家人带儿子出游玩乐。现在，小勇一如既往地睡着，却因病痛折磨显得格外疲惫。池仁川见儿子这副样子，又愧疚又心疼，恨不得立刻由自己代替儿子生病才好。

与市委书记夫人的身份不相匹配的是，秀莲从来都闲不住。焦文雄、池仁川父子整日在外奔忙，家里的事里里外外都由秀莲操持。家务事虽有徐阿姨帮忙，但秀莲出身渔家，天生是个劳碌命，看着别人忙碌，自己却闲着，那比要了她的命还难受。她的手脚总是一刻不停歇，到处抹抹擦擦。就拿市委书记家一进门那块鞋垫来说，四周边缘都散了线，面上也已经发白，却依然被洗得干干净净，整齐而平整地贴着玄关的墙壁。

秀莲总想着给丈夫、儿子一个舒适温暖的后方，让男人们更好地在外打拼。自从孙子小勇接到家里后，秀莲更是忙个不停。这次小勇突然生病，秀莲觉得都是自己照顾不周导致，她自责不已，亲自照顾了小勇一整夜，生生熬了一晚没睡。

池仁川见儿子睡去，便转过脸问母亲，小勇这病到底是怎么回事。这一问又激起秀莲的内疚之情，竟一时语塞，眼眶一红，几滴眼泪情不自禁地掉下来。池仁川见母亲这样，便打住话题不再追问。看到母亲气色很差，白头发也好像多了几根，他歉疚地说："妈，您忙了一夜了，回去休息吧，我来陪小勇。"

"我没事，我得陪着孙子。你看这小脸都病得脱了形，可怎么是好。倒是你得好好考虑，真得把找对象的事提上日程了。孩子还小，你又跟你爸一样，不着家。小勇妈走了两年了，老这么单着也不成。啥时候给小勇再找个妈，我也就放心了。"无论儿子长到多大年纪，做到多大的官，做母亲的总有操不完的心。

"我这不是怕找个后妈，委屈了小勇嘛。"

"照你这么说，天底下就没一个后妈好的了。咱也没别的要求，只要人品好，待小勇好就行。"

池仁川还要说什么，阚秘书进来了，母子俩马上停止了讨论。

"池局，您来了。"阚秘书向池仁川打了个招呼，又转向秀莲，说，"魏大姐，住院手续我都办好了，医生护士那里都打过招呼了，一定不会马虎。"阚秘书的特点就是细心稳妥，要不然也不会被焦文雄看中，担任市委秘书处的副处长。秘书处没有处长，阚秘书是以副处的身份主持工作，实际就是市委书记的大秘。像这样的机要职位，没两把刷子是不行的。

池仁川听完阚秘书的汇报，插了一句，问："阚处，小勇生病的事，你没告诉无关的人吧？"他是个格外谨慎的人，市委书记的孙子、海洋局局长的儿子生病住院，倘若被机关单位的人知道，不把这病房的门槛踏破了才怪。

阚秘书先是一愣，立刻就明白了池仁川的用意，忙摇头说："池局您放心，无关的人绝不会知道的。"

池仁川不经意地微微点了点头。

阚秘书又接着说："池局，魏大姐，还有一个情况要跟你们汇报一下。刚才医生们在办公室开会，好像在讨论小勇的病情。说是这两天类似症状的病人很多，急诊住院的病人暴增，外面连走廊上都摆满病床了。院方怀疑要么是有疫情，要么是食物感染，正在让护士了解每个病人的发病经过。咱小勇有没有吃什么特殊的食物？"

疫情？秀莲脸都吓白了。食物感染？她使劲回忆，昨天一天吃的都是家常的菜。"莫不是贻贝？"她忽然想起来，焦急地说："哦，对了，昨晚加了个贻贝，徐阿姨说是超市新进的货。小勇爱吃贻贝，一大碗贻贝几乎都让他一个人包圆儿了。难道这贻贝有问题？"秀莲和徐阿姨心疼孩子，两人都没怎么动筷子，现在却悔得肠子都青了。

池仁川的手机急促地响了起来，听得人心惊肉跳。

"您好，我是池仁川。"

"池局长！你在哪儿？看到省台的新闻没有？报道说北灶港的贻贝出了问题，多地出现贻贝中毒事件。现在人心惶惶，海鲜市场受到很大冲击，出口业务也停了。你这个海洋局局长竟然什么都不知道？"电话里传来焦文雄劈头盖脸的一顿指责。

池仁川大吃一惊，这边医院还在怀疑病情，省台的新闻都报道出来了。"爸，我在医院，小勇也病了，是阚秘书给送到医院来的。还没有确诊，很可能也是贻贝中毒。"

"啊——"电话那端焦文雄沉吟了一下，又问："小阚也在病房吗？你把电话给他，我让他明天一早就安排一个相关部门的联席会议，海洋局肯定逃不掉，限你一刻钟内回到工作岗位！"语气又严厉起来。

焦文雄是涵养极佳的领导，这番动怒，一是面对儿子无须太多掩饰，二是事情的确闹大了，省台的新闻报道在政府部门采取相关措施之前就贸然播出，竟没人知道省台记者下来采访，搞得江海市很被动，影响十分恶劣。

池仁川将手机递给阚秘书，阚秘书一边接电话，一边掏出本子飞快地记录，一边不忘对仁川母子示意。再忙乱也能面面俱到，这是市委大秘的基本功之一。"好的，我这就安排下去，通知各部门参加联席会议。"阚秘书不慌不忙挂了电话，保持职业的微笑，对秀莲说："魏大姐，这么看来，小勇很可能也是贻贝的问题。您先别着急，一会儿护士过来调查，您就把刚才的情况跟她说，我离开时也会跟医生汇报的。"又对池仁川说："池局，市委通知，明天早上八点在市委小会议室召开整顿海鲜市场的联席会议。请您准时参加。"接着表示要去安排联席会议，先行告退。阚秘书做事总是滴水不漏，有条不紊。

池仁川不敢耽搁，好在小勇病情已明，就跟母亲叮嘱了几句，随后匆匆赶往海洋局。他要了解信息，询问相关情况，准备明早的会议。

第五章　紧急联席会议

当池仁川步入小会议室时，才发现这次临时召开的紧急联席会议竟是最高级别的。市里召开的联席会议有一定规格，像这样由市委、市政府联合召开，所有相关部门都由正职一把手参加的会议还是很少见的。

会议桌靠墙那头是主位，不偏不倚摆着两个座位。现在还空着，那是焦文雄书记和尤成迈市长的座席。陆续来开会的人都绕开主位，分别围着会议桌找位置。环坐在会议室的有工商局的顾乃器局长、卫生局的邵利衡局长、质监局的陶然局长，都是市局的正职一把手。池仁川进去时，他们都已经坐下了，彼此点头示意，算是打了个非正式的招呼。

除了这些常见的面孔，池仁川意外地发现参加联席会议的还有北灶港镇所属通东县的县委书记盛和，以及北灶港镇的镇长潘小妮。池仁川以前在工作场合见过盛书记几面，潘小妮则是昨天刚刚在海滩偶遇。还有几个他不认识的人，估计不是通东县就是北灶港相关部门的负责人。

池仁川跟盛书记点了点头，又向潘小妮笑了笑，就在潘小妮的对面坐下来。潘小妮见到池仁川，却比池仁川见到她要吃惊得多。

这不是"军师"吗？他怎么也在？他是什么职务？潘小妮有些蒙，一头雾水。她很少到市里来开会，这是第一次见到这么多市局的领导。除了县里的盛书记，潘小妮一个也不认识。按她的级别，是够不上开这样的会的，只是这次事关北灶港，阚秘书才通知了她。

像这样临时召开的紧急联席会议，座次没有预先排定，大家却都自觉按一定的规矩各自落座。挨着主位、靠窗而坐的是分管文教卫工作的市委副书记梁玉庭，他身边则是市局中资格最老的顾乃器。盛和与潘小妮则坐在会议室靠门的外侧。会议还没正式开始，官员们窸窸窣窣地私下交流，可以看出彼此关系的亲疏远近。因为今年刚上任，池仁川与其他局长都不太熟，基本上保持着等距离关系。

八点整，焦文雄与尤成迈并肩走来。进门的时候，尤成迈刻意放慢脚步，比焦文雄落后半步进入会议室。顿时大家都安静下来，纷纷把目光投向焦文雄和尤成迈，等待他们俩开口发言。

焦文雄和尤成迈落座，由焦文雄主持会议。焦文雄和尤成迈差不多年纪，焦文雄稍稍年长一两岁，他是土生土长的江海人，从乡镇基层一步步提升上来，非常不容易。尤成迈则是空降干部，他原来是崔省长的大秘，外放江海市市长才三年。多年当秘书的习惯，让尤成迈习惯保持着低调。这也使他与焦文雄在大面上都过得去，没有太多公开的冲突与矛盾。

"这次会议是临时召开的，昨晚才通知大家，有的外地赶来的同志比较辛苦。"焦文雄说着，目光扫向盛和与潘小妮。"但事出紧急，这个会议不得不开。大家都看过省台的报道了吧，我不说废话，就先请相关市局汇报一下情况，再请地方上的同志说说。邵局长，你先来。"焦文雄是个实干型领导，作风比较强硬。

"好的，焦书记、尤市长，"卫生局邵局长开始汇报这次贻贝食物中毒的影响范围和严重程度。"四月下旬起，全市各医院就陆续收治了疑似食物中毒的病人，开始没有找到发病原因，也就没有上报。到了五月，住院病人激增，部分医院询问发病史，才发现大部分病人都食用过贻贝。他们正式上报卫生局是前天的事。"

"昨天省台报道，卫生局前天就知道了，为什么不立刻报告市委市政府？协同相关部门采取果断措施？"焦文雄十分不满。

邵局长也是位老资格，被焦文雄这么一批，汗涔涔的。"我们是经过……各医院的调查、数据汇总，昨天、昨天晚上才确认贻贝食物中毒的，正要上报……"邵利衡一紧张，话就说不利索了。

"市场上的海鲜供应，工商、质监部门都不进行抽检吗？一定要等事情爆发出来，才去检查？"焦文雄沉下脸，调转枪头朝向工商局局长顾乃器。

几位局长都没想到，今天的联席会议竟充满了火药味，一个个如坐针毡。

被焦文雄点了名，工商局局长顾乃器不得不勉强应对，说："是这样的，我们对市场海鲜的抽检是不定期的，一般取得合格证、有合法经营执照的，抽查的可能性比较小，这也是不干扰商家的正常经营。"

焦文雄"哼"了一声未置可否。

"海洋局呢？海洋局对渔业生产也应该负有监督的责任！"焦文雄并没有放过自己的儿子。

"我们海洋局对港口各渔业生产单位两周一次巡检，对沿海滩涂每月监测一次。上个月的报告我看过了，都是正常的。现在看来，每月监测频次太少，而且这个月我下去调研，放松了监管。"池仁川一点儿也不回避自己的问题。

原来"军师"是海洋局局长！潘小妮吐了一下舌头。老婆饼里没有老婆，海边也不一定能碰见海洋局局长，偏偏让她给碰着了。

"地方上的同志说说看。"尤成迈市长看气氛有些严肃，出来打圆场。几位局长都松了口气，齐齐把目光转向盛和。焦书记刚才也太严厉了。邵局、顾局都是老资格了，这么被当面批评，任谁都受不了。就算是紧急事件，也无非兵来将挡，水来土掩，何必这么急赤白脸的。幸亏焦文雄是本土干部，在江海市威望极高，大家才能忍得下这口气。

"焦书记、尤市长，"盛和书记是个精干的小个子，"我汇报一下通东县的情况。昨天看到省台新闻后，我们县委班子开了个小会，商量了应急方案。由县局联手，对全县海鲜市场进行了突击检查。特别是通东海鲜批发市场，是北灶港海鲜向外运输的中转站，查封了问题蚬贝十几吨，基本上堵住了源头。"盛和很聪明，介绍的是应急处理的措施，避开了平时监管的问题。"至于北灶港海鲜生产的情况，可以请潘小妮镇长给我们介绍一下。"

这个皮球踢得巧妙。盛和知道，在座的市领导大概都不认识正科级干部潘小妮，他这也算是替潘小妮做了一番引见。何况北灶港的海鲜生产，确实也只有乡镇上才熟悉情况。

◇

021

焦文雄立刻看向潘小妮。她是联席会议中唯一的女同志，焦文雄进来时就留意到了。他以为是哪个市局的秘书，经盛和这么一介绍，没想到是独当一面的女镇长，不禁高看两眼。这么年轻的正科级镇长，在江海市并不多见。她是特别有能力，还是基于某种特殊的关系？焦文雄不好判断。

对潘小妮来说，这次汇报既有莫大的风险，也充满了机会。她是第一次在市里这么多领导面前单独汇报。这些官员离她太远，也就是开干部大会时，在台下远远地望着。县里盛书记还算熟悉，他蹲点来过几趟北灶港，对潘小妮印象颇佳。至于市委书记焦文雄跟市长尤成迈，基本上也就是隔着电视屏幕认识的。

潘小妮打起精神，用脆生生的声音开始汇报："北灶港的海鲜贻贝生产一直比较平稳。昨天看到省台新闻后，我们镇委、镇政府立即采取了紧急措施，临时管控，暂停贻贝的生产和流通。镇上所有的贻贝养殖户都接到了通知，先开展自查自纠，发现问题贻贝立即销毁。不过，我们还是非常期盼市里能尽快派专家下来指导，明确贻贝问题的源头，尽早恢复生产。"

焦文雄对地方上两位干部的汇报较为满意，尤其是潘小妮，虽然年轻，却条理清晰、思路老练。焦文雄对北灶港的感情很深，他在北灶港长大，三十年前，他就担任着潘小妮的职位——北灶港镇镇长。如果不是三十年前那场变故，他的仕途应该会更顺利，或许现在不止市委书记这个职位。但这样也好，在江海市办些实事，强过于在省里挂个虚职。把北灶港建好，这不是三十年前的他最简单、最纯粹的想法吗？焦文雄扫了一眼潘小妮，心里感慨长江后浪推前浪，对这位女镇长的前途大为看好。

"下面请尤市长布置下阶段工作。"焦文雄把思绪拉回，宣布下一项议程。

尤成迈市长部署了应对的工作，由海洋局牵头，与北灶港联合调查港口的渔业生产情况，尽早摸清这次贻贝问题的起因和影响范围。工商局、质检局马上对全市各大海鲜批发市场进行检测，发现问题贻贝立刻封存销毁。市委宣传部要主动与省电视台联系，公开相关情况，统一发布海鲜售卖警示，不要造成市场恐慌。一众官员纷纷提笔记录。

焦文雄总结会议，他心情沉重，环顾了一圈参加会议的市局和地方上的官员，一字一顿地说："北灶港是我们江海市的明珠，海洋捕捞和滩涂养殖，是两大支柱产业，不能因为问题贻贝这样的偶发事件毁了声誉。大家下去各司其职，检查、封存、销毁，贻贝中毒是人命关天的大事，千万不要手软，更不要心存侥幸。尽快查清问题起因，尽早解决，恢复正常的渔业生产与销售。省台这次没有跟市里打招呼就报道，给我们的工作造成了一定的困扰。但这也提醒了我们，小作坊式的粗放型渔业生产，监管难度大，生产效率低，渔业现代化得提上日程了。咱们北灶港的黄鱼，在普通菜场只卖十块钱一斤。同样大小品级的黄鱼，经过清洗加工、急冻封装，由外省大渔业公司贴上品牌，全程冷链，价格立刻翻了一倍。这个钱为什么我们江海市自己不挣？北灶港自己不挣？这是守着聚宝盆要饭啊。如果有统一的标准化加工销售平台，是不是可以将问题贻贝在源头处控制住？海洋局与工商局都应该好好研究一下，凡事都应该想在前头，不要被现实拖着走。"

焦文雄停了一下，继续说："凤凰湾项目正是北灶港渔业现代化的第一步，这一步允许尝试，不允许失败。江海市底子薄，北灶港基础更弱，我们失败不起啊。现在凤凰湾一期已经建成，但一期都是基础建设，二期才能产出效益。今天正好各部门和地方上的干部都在，我借机提一提，大家回去都理一理，跟凤凰湾项目相关的工作一定要抓紧推进。散会！"焦文雄做了个简洁有力的手势。

焦文雄的这番话没有空话、套话，有的都是沉重深厚的感情。池仁川不知道别人听来是什么感受，他却真正地被父亲感动了。那种时不我待的急迫感，舍我其谁的使命感，像锤子一样锤着他的心，他好像一下子体会到了"千钧"究竟是多么大的分量。

第六章　潘码头

　　活到现在这个岁数，潘大树觉得自己真没什么追求了。他在北灶港码头管了三十年，镇长换了一茬又一茬。最早是焦书记在北灶港做镇长，焦书记的连襟池大海管码头，他在池大海手底下做个副手。三十年前的那场变故，改变了一切，池大海走了，焦镇长被撤职，他却成了港口码头的老大。他在北灶港码头跺一跺脚，整个码头的海鲜供应量可以少一半。镇长换了一茬又一茬，潘大树却始终不倒，大家都尊他为潘码头。临了，镇长还换成了他的幺女儿——潘小妮！潘码头的权威更是得到了官方的支持。这个幺女儿，还是焦书记替他保下的。生小妮那会儿，计划生育已经收紧了，可潘大树那个大儿子是个痴呆啊，没法传宗接代。后来官复原职的焦镇长特地给潘大树要了生育指标。哎，小妮是个儿子就好了，不过现在看来这个女儿不比儿子差。虽说有焦书记关心，有她老爹潘大树在北灶港这儿镇着，那也得小妮自己争气。三十岁不到就当了镇长，全江海市还能找出第二位不？找不出！

　　潘码头往铁锚上一靠，拿出一根烟衔到嘴里，立刻有个小平头谄媚地堆着笑，恭敬地递上火，他连头都没歪一下。这个小平头眉毛处有个小伤疤，笑起来伤疤像蚯蚓一般扭动着。烟顺利点着了，潘码头满意地吸了一口，熟练地吐出了一个漂亮的烟圈。烟圈在潮湿的码头空气中很快消失不见。他又努了努嘴，另一个锅盖头跟班马上替他捶起了腰背。潘码头有说不出的舒坦，盯着烟头处一明一暗的火光，眼睛眯成了一条缝。

　　这次联席会议，潘大树也列席了。只是他这个码头主任职务太低，轮不着他发言。他不发言没关系，他的幺女儿潘小妮不是发了言吗？小妮在市里那些大干部面前一点儿都不怯场，连焦书记都连连点头。其实对这次联席会议，潘大树不以为然。不就是吃海鲜吃坏了嘛，这算多大点儿事？城里人身子骨娇嫩，肠胃不适应，哪像咱北灶港人，从小拿海鲜当饭吃，肠胃都锻炼出来了，百毒不侵。焦书记莫不是官当得越大，胆儿就越小？至于把那么多部门，还有盛书记，连同他潘家父女，连夜火急火燎地召到市里，一大早集体开会，还在会上那么不留情面，一棍子全部打倒。还是尤市长理性些，到底是省里下来的大干部，给大家一个转圜的余地。不过他潘大树怎么说也是焦书记的老部下，绝不会见风使舵，更不会卖主求荣。他只是想提醒一下焦书记，不要太急于求成，把大家都得罪光了。花花轿子还得靠众人抬呢。

　　焦书记最后那段话，他听得似懂非懂，却明白凤凰湾项目是重中之重。也许焦书记只是拿赆贝来说事的？真正的重点在凤凰湾项目？当了市里的大干部，弯弯绕就是多。以前焦书记在镇上时，从不这样绕圈子说话。只要一大碗白酒喝进去，焦书记说往东，他潘大树不敢往西，指哪儿打哪儿。现在焦书记升到市里，级别差到海里去了，不好再直接给自己下命令。就是昨天开会，焦书记连看都没他一眼。可他知道，焦书记心里有他。要不怎么会议一结束，阚秘书就特地过来传话，让他二期的滩涂征用要上心，不能再耽误了进度。这是焦书记看得起他潘大树，知道这么复杂作难的事，全北灶港唯有他潘大树才能拿下！

　　夏家那个钉子户，潘大树知道得清清楚楚，一期工程本来就该拆的。不过那时潘小妮还没当镇长，焦书记也没有放话，他潘大树着什么急呢？这回却不同了。女儿小妮是镇长，是北灶港滩涂征用的首要责任人。焦书记又让阚秘书传了话，该是自己出手的时候了。小妮毕竟是个女孩子，这种麻烦事，还得爹给她撑腰。焦书记，您放心，就等着看我潘大树放出手腕来，把麻烦悄无声息地解决掉。

潘码头掐灭了烟头，抬脚就走。小平头和锅盖头立马屁颠屁颠地跟上。潘码头往前一指，"气壮山河"地说："走，海宴大酒店，我们喝酒去！"两个跟班儿越发起劲儿。跟着潘码头，就能吃香的、喝辣的。当然这顿吃喝也不用潘码头自己买单。就凭潘码头在港口三十年积累的人气，走到哪里刷个脸就行了。

潘小妮却在家里发愁。昨天在滩涂崴了脚，连夜又赶到市里开会，回来还得落实会上布置的各项工作。这只崴了的脚根本没有机会休息，毫不客气地红肿了起来，气鼓鼓地对主人忽视它表示不满。这会儿下班回来用热毛巾敷着，是十二万分的舒服，有点儿像海洋局池局长背着她的时候，那肌肤相亲时的麻痒。潘小妮回想起在池仁川背上时，他脖颈处散发出来的成熟男性气息，脸不禁烧红到耳根。不该想啊、不能想，那位池局长英俊帅气，又是大城市的干部，哪里会看得上小镇姑娘？平时眼高于顶的潘小妮，这回算是一物降一物，着了魔怔了。不过他有家、有儿子，不知道是怎样神仙般的姐姐，才配得上池局长那样的人物？

潘小妮从胡思乱想中收了神，想着怎么再去三顾茅庐，了解夏子豪家的实际困难，扎扎实实替群众解决问题。她叫了几声"爸"，没人应答。父亲不在家，肯定又是跟码头上的狐朋狗友喝酒去了。自从妈去世后，再没人管束，父亲现在几乎天天不着家。当然，打从潘小妮记事起，潘大树就是这么酒气冲天、夜不归宿的。潘小妮皱起眉头，看来要跟父亲好好谈谈了，镇长的父亲天天喝酒，普通群众会怎么想。

第七章　外地女人

　　昨晚下了一夜的暴雨，夏子豪那个简易看棚的顶又漏了。也是，半片彩钢瓦和一些泡沫箱，能抵挡多少雨水？等今年的养殖海鲜卖个好价钱，真得花钱买点儿材料，重新搭个看棚了。夏子豪心里盘算着。只是自己家的这片滩涂地，到底能不能守住，他心里还真没底。他瞧不起那些为了一点儿赔偿款就把滩涂给卖了的家伙，没有长远的眼光。大海里的野生鱼类越来越少，海鲜的价格只涨不跌，只要把养殖场经营好了，亩产上万都是有可能的。夏子豪跟那些已经签了滩涂征用协议的人不一样，他们要么已经吃不起日晒雨淋的苦，要么家里三亲四戚早就铺好了去外面做生意的路子。

　　夏子豪是个孤儿，他谁也靠不上，只能在滩涂地里下死力气。一个瞎眼阿婆还得靠他养活。阿婆把他从小养大太不容易了，他那真是吃百家饭、穿百家衣长大的。阿婆是真穷，一分钱掰成两半花。夏子豪读完初中就不肯再上学了，十几岁背起铺盖卷就去荒无人烟的大养殖场当学徒。他肯干肯学，没两年就是滩涂养殖的一把好手。他不单跟老师傅请教，还爱琢磨。养殖场是包吃包住的，他把每月工资的大头悉数寄给阿婆，让阿婆吃好穿暖。剩下的零钱，就全买了滩涂养殖方面的书籍。他对照着书上的知识，在自己负责的围塘里做些小实验、小革新，有时能大获成功，当然也有失败的时候。每每被老板发现，那脸色就不太好看了。夏子豪知道，想要随自己的心意钻研，就得拥有自己的养殖场。可想要承包养殖场，凭他家里的条件、凭他打工的那点儿收入，简直是异想天开。

几年前，北灶港镇有片滩涂想转让。那家老板年纪大了，儿子又在琼南发了大财，要接老子去南方享福。因为急着走，转让价很低廉。夏子豪当真是心动，他一天跑去那片滩涂好几回。那真是块好滩涂，海岸的S形给滩涂提供了一个天然的避风口，海水不徐不疾，海架坡度恰到好处。他天天在滩涂口看地形，连养殖区怎么分、哪里围塘、哪里散养、网箱怎么放、怎样交叉分层放养都规划好了。可饶是转让价低廉，对打工族夏子豪来说，也是个天价数字。

谁知阿婆眼瞎心不瞎，她一手抱来养大的孙子心里在想什么，了解得一清二楚。那一晚，她把夏子豪叫回家，从破棉絮底下取出个存折，竟是一个让夏子豪大吃一惊的数字。原来这十几年，阿婆把孙子寄回来的钱一分没动，通通存了起来。每月去存，雷打不动。夏子豪翻看着一页页的存款记录和那个账户余额，大滴大滴的眼泪扑通扑通往下掉。

"阿婆……"夏子豪哽咽得说不出话来。

"子豪莫哭，傻孩子，我一个老婆子要这些钱有什么用？我就你一个亲人，孩儿啊，我知道你想要什么，就是阿婆没用，没有更多的钱给你，剩下还不够的，只好靠你自己想办法了。"阿婆还像小时候那样摸了摸夏子豪的额角。

存折上的数字当然还够不上承包滩涂的钱，但已经搭好了第一级梯子。夏子豪咬咬牙，跟信用社贷了几十万元，终于凑足了钱，拥有了自己的第一块养殖场。他把所有的钱都用在刀刃上，建围塘、搭网箱、铺设排污管道，又亲自去省城选了优良的苗种。其他的养殖户都笑话他，这是养鱼呢，还是绣花？海水引进围塘，鱼苗虾苗放进去，按时喂食，到时候就收获，花花绿绿的票子就换进来，哪需要那么考究？夏子豪不以为然，他就这么十亩滩涂，必须提高亩产值。要还贷款，还要赚钱养阿婆。他心里还埋下了一个隐秘的心愿，那就是等他赚了大钱，要带阿婆去大城市看眼睛。就算看不好，也只当是出门旅游一趟，让阿婆走一走北上广，甚至是欧洲、美国的土地。别人的滩涂亩产有五六千就不错了，夏子豪第一年下来，就达到亩产八千。第二年果然达到了他的预期目标——亩产一万。几年下来，信用社的贷款终于还清了。就在夏子豪准备大展手脚时，凤凰湾项目却要征用他的滩涂地。这让他怎么能甘心！他拼死拼活也要保住这片倾注了无数心血的滩涂地。

夏子豪现在改变了策略，不再给阿婆钱，他把镇上阿婆的小屋翻修了一下，吃穿用直接买到家里，剩下的钱自己存着。就这么又干了两年，已经有了一笔不小的存款。对阿婆，他买什么都大方，对自己，他却极其苛刻。就拿这看棚来说吧，都是他捡别人废弃的材料临时搭的。一分钱没花，就花了些力气。花力气怕什么，自己刚三十出头，有花不完的力气。看棚要那么考究干什么，不过是睡个囫囵觉罢了，反正看鱼养虾忙起来，一晚上得起来好几次，自己在别人家养殖场帮忙的时候，露天的都睡过，这好歹有墙有顶呢。过两年棚塌了，就再重新搭一个。

夏子豪搬了个方凳爬上去修顶棚，把破旧的泡沫箱换下，换上新捡的，又用铅丝把它们扎牢。活儿干得差不多了，夏子豪坐在棚顶上歇会儿，远远望见一个身影从滩涂往自己这边走来。那步伐跌跌撞撞的，一看就是不常下海。再近些，看见裙子和长发在海风中舒展飘逸，那应该是个女人，难道又是那个潘镇长？夏子豪真拿这位女镇长没办法，软磨硬泡的，又不能板起脸来对付。夏子豪信奉一点，对女人绝不可动手。像上次那样把她推出门，已经是极限。听说潘镇长因此崴了脚，让夏子豪心里过意不去好多天，决定下次一见潘镇长就躲起来，免得再发生冲突。不是他夏子豪不支持镇上的工作，实在是舍不得这块黄金滩涂地啊。

潘小妮天天跑来游说，要征用这块滩涂地。那小姑娘还是不错的，看着和气、善良又单纯，比她爹潘大树可强了不止一倍。潘大树也对你笑，但那笑里好像有把刀子，不把你剥层皮绝不会放过你。夏子豪才不想自己的辛苦钱就这么被"笑刀子"刮去大半，所以他出货时，宁可辛苦十几里地，卖到邻镇去。但北灶港是著名的渔场，四乡八方，甚至S市的人，都开着车赶来北灶港买海鲜。邻镇的生意远不及北灶港。这么算下来，被"笑刀子"剥削完，还是比邻镇强。可夏子豪就是咽不下这口气。好在这两年，他的养殖场名气已经做出来了，有几个大客户固定来场上拿货，潘大树很难插一只脚。因为夏子豪的养殖技术好，海鲜品种优良，产量高，渐渐地，他被年轻一辈的养殖户拥戴，无形中成了领头人。

夏子豪担心是潘小妮再来劝说，仔细辨认走近的这个女人。女人身材比潘小妮更高挑些，长发披肩，用一方艳丽的黄色丝巾扎住，以免被海风吹乱。她身穿一条墨绿色的长裙，裙摆跟丝巾一起随着海风起舞。黄和绿本是不能搭配的撞色，偏偏在这女人身上，竟达到了矛盾的和谐统一。黄是耀眼的黄，绿是深沉的绿，既张扬又神秘。脚上是一双枣红色的高跟鞋，更衬得腿脚处肤色白如凝脂。敢穿着高跟鞋在礁石上走，真是有莫大的勇气。她戴着一副褐色大框墨镜，一看就是位时髦女郎。这女人直奔夏子豪的看棚而来，把那块当作门的木板敲得"咣咣"响。

"有人吗？老板在吗？"女人说的是标准的普通话。浑身上下带着天然的洋气，不像是装出来的。夏子豪还是头一回碰到普通话这么标准的外地人。

"别敲了，再敲这棚子都给你敲塌啦！"夏子豪在顶上没好气地喊，他实在是担心这个看棚还能维持多久。

"原来你在上面啊，快下来，我要买贻贝！"女人摘下太阳镜说。

"没有，贻贝没有！"夏子豪从棚顶上跳下来。

"谁说没有？那片滩涂是你的吧？我一路过来都看见了。浮箱下面一串串好壮实的贻贝，骗谁呢？"女人"咯咯"一笑，说，"市场上贻贝都禁售了。我听人说你家的货又好又全，就直接找到滩涂来。果然真有。放心吧，价钱不会少你的，只高不低！"

这女人不简单，为吃一口贻贝都跑到滩涂上来了，是一位真正的吃货啊。也是，有钱人就好这一口，吃个原生态！看来滩涂渔家乐的设想完全可行。夏子豪头脑灵活，一有主意就会整天盘算着怎么实现。

"你在这儿等，我去给你挑。"夏子豪跳上小船，解开缆绳，刚想撑一篙子往贻贝滩去挑货，谁知这女人跟着也跳上了小船。

"我跟你一起去！"女人兴奋地说。

"哎，我说你怎么跳上来了。这可不行，危险！"夏子豪阻止已经来不及了，一篙子已经撑到底，小船已离了岸。

女人却觉得格外新鲜，在船头前后左右张望。夏子豪无奈摇摇头，大城市人就是少见多怪，什么都要体验一把。

船到放养贻贝的地方，夏子豪停住了。他挑了一处，顺着浮箱用力往上拉，一串新鲜贻贝就抛上了船。

031

女人开心得拍手，蹲下身捡起贻贝闻了闻，眯起眼很陶醉的样子。

"不嫌腥啊。"夏子豪奇怪地问。

"腥什么啊，新鲜海鲜根本没有腥味的，好吧。"女人莞尔一笑，说："老板，你这贻贝果然养得好，个个饱满，青油油、亮锃锃的。你再多捞些，我有朋友来北灶港了，我告诉他们这里有最鲜美的贻贝，一定让他们吃个够。"

果然是外地女人，夏子豪不多言语，又去捞贻贝。

"够了吗？"夏子豪估摸着捞上来的贻贝有几十斤了。

女人意犹未尽，有点儿恋恋不舍。她是看着眼馋，其实这堆成小山似的贻贝，不要说他们只有五六个人，就是来一个排吃也够了。她只好点点头，就此作罢。

小船上了岸，夏子豪拿了个大泡沫箱，熟练地把贻贝解开装箱。

女人既不嫌脏也不嫌腥，兴高采烈地陪在一旁。装着装着，夏子豪感觉有点儿不太对劲。贻贝表面看着都好，肉却有点儿蔫。夏子豪的眉头拧得越来越厉害，终于下了很大决心，把装贻贝的泡沫箱一盖，剩下的也不装了，对着女人说："不卖了！"

"为什么？"

"我觉得这贻贝有问题。"

"不可能，这不是挺新鲜的吗？"女人怀疑夏子豪是想借机抬价。

"真有问题！"夏子豪急得涨红了脸，说，"我从小在滩涂上，泡着海水，吃着海鲜长大，十六岁开始滩涂养殖，跟这些鱼虾贝蟹在一起的时间比跟人待在一起的时间还长。我说不出来是怎么回事，就是直觉不对。我不能卖给你。电视台报道你看了吗，贻贝感染，可能我这里的也不行了。"

"大哥，你是渔民，你专业没错。可你知道我是学什么的吗？我是海洋生物系毕业的，也是专业哦。我研究了十几年的海洋生物了，现在我以专业的眼光告诉你，你这贻贝长势喜人，健康得很！"女人倔起来还真有一股子劲。

夏子豪本来是挺为自己的养殖场自豪的，全北灶港再找不出比他的养殖场更考究的了。他自学了许多滩涂养殖技术，交叉放养，定时排污，分层养殖，鱼虾贝蟹的产量高，味道鲜美。但今天的贻贝他凭直觉觉得有问题，就是说不出具体的问题。北灶港的渔民有自己的规矩和准则，他夏子豪可不能挣昧心钱，这贻贝说什么都不能卖。

"今天我朋友过来，答应了请他们吃贻贝。我敢保证你的贻贝没有问题。我非买不可，吃出问题我自己负责！"女人强势地抢过泡沫箱，不由分说把钱塞到夏子豪兜里。

"我说你怎么就说不通呢！"夏子豪这回是兵遇秀才讲不清了。

夏子豪与女人正在争执间，两个穿制服的大盖帽不知何时出现在滩涂上，其中一个眉头处有一道难看的疤痕。

"夏子豪！你私自出售贻贝，违反了市政府刚颁布的贻贝禁售通告。跟我们走一趟！"

"不，我没卖贻贝啊。"夏子豪直叫冤。

"这是什么？这不是证据吗？"一个工作人员用脚踢了踢装贻贝的泡沫箱，说，"还说没卖，想抵赖吗？"

"这个女士，请您去正规市场购买海鲜，而且这阵子也先别买贻贝了，您没看到市政府的警示通告吗？"对女人说话的另一个工作人员要客气一些。

女人没想到出了这样的事。她强买强卖，竟给这位滩涂养殖老板增添了这么大的麻烦。这位海洋生物系的高才生对各类管理机构显然是陌生得很，她以为穿制服、戴大盖帽的就一定是警察，便按照学生式的思维对两位"警察"不卑不亢地说："谢谢您的提醒。不过，我觉得如果贻贝出了问题，最重要的是查清原因，摸清范围，控制感染。这样不分青红皂白，一律禁售，也不是个办法。何况这位先生刚才的确不肯卖贻贝给我，他是个有良心的渔民。你们不该这样对待他。我会请律师出面的，你们等着！"

两位"警察"并不想与女人多加纠缠，他们铐上夏子豪，没收了那箱作为"罪证"的贻贝，上岸开车扬长而去。

女人感到自己的抗议直接被无视了，她气咻咻地跺了一脚，高跟鞋却硌得她脚疼，"哎哟"一声叫了出来。

回答她的只有海风的呼啸声。

第八章　赤潮

这次的贻贝问题很奇怪。池仁川带着几位技术人员几乎查遍了整个海滩，也没有发现任何异常现象。技术人员一宿没合眼。他们现场采样的结果看不出什么，便要求送样到局里，用市局的专业化验设备检测。池仁川安排了两个人回市局检测，剩下的人先回宾馆休息。他和章秘书却没歇着，拖着疲惫的身子，一起到潘镇长家商量对策。

谁知镇长家已经被别人占领了。沿海的几家大滩涂养殖户陆续来报告贻贝死亡情况。开始都长得好好的，睡一晚上起来，就蔫了。再过了中午，贻贝就是一整池子大面积死亡。几家养殖户都肉痛肉痛的。找不到源头，控制事态更是无从谈起。养殖户们正坐在潘家愁眉苦脸，他们不指望年轻漂亮的女镇长能拿什么主意，还是得靠潘大树想办法，谁让他是威风凛凛的潘码头呢！

潘码头却不见踪影。池局长和潘镇长撞到了枪口上。

"贻贝到底出了什么问题？"

"禁售令要到什么时候结束？"

"滩涂上有了污染了吗？"

"之前不让我们卖，你们也说不出个子丑寅卯来。现在死了更加卖不掉。死亡贻贝的损失政府赔吗？"

一众养殖户群情激愤，七嘴八舌地告状。

"大家静一静！"池仁川声音不高不低，自带威严。控制住了局面，他理了下思路，跟众人说："大家少安毋躁，目前我们各类海鲜以及各处滩涂，海水都采了样，但现场仪器太简易，无法测出结果。已经把样本送到市局去了，明天就能知道结果！"

"我们已经知道结果了！"一个女人的声音在门外响起。

这女人走进潘家，原来是之前在滩涂上的女人。不过这次换了职业装，外面罩了实验室的白大褂，一副精明强干的女科学家模样。北灶港那帮大老粗渔民，什么时候见过这般有气质的女子，一个个眼珠子都快掉出来了。女人穿过人群，众人大气也不敢出，齐刷刷给让出一条路来。

"请问哪位是潘镇长？我得请您放个人！"女人的普通话就是生气也是绵软的。

"我就是。放人？我没抓人啊？您是？"潘小妮一头雾水，带着同是漂亮女人天然的敌意打量着来人。

"潘镇长您好，我是台湾凤凰集团的谢秋云。我昨天在你们北灶港镇一家姓夏的滩涂养殖户那里，想买点贻贝。那贻贝看着不错，夏先生却坚持不肯卖给我，但因我强买强卖，导致夏先生被抓走了。我一面给滩涂和贻贝都采了样，一面聘请了律师，准备替夏先生打官司。结果律师了解到，夏先生并不在派出所或公安局，那两个带他走的人很可能只是行政执法人员。律师还告诉我，夏先生这类违反行政命令的拘留，其实用不着走法律程序，他建议我直接来找潘镇长。我今天拿到了化验结果，贻贝受到了赤潮的影响，被感染的贻贝的确有毒。但养殖户也是受害者，不但不应该处理人家，还应该找到污染源头，让责任方赔偿。如果找不到责任方，个人觉得政府应该对养殖户进行补偿。"谢秋云这番话的信息量极大，她居然一口气说下来，有条不紊，思路清晰，逻辑严谨，非比寻常。池仁川和潘小妮听得真切，心里泛起了不同的感觉。

作为海洋学专业的研究生，池仁川当然对"赤潮"这个名词并不陌生。十几年前，赤潮在中国海域还很少出现，现在倒是经常见到相关的报道。每年五月起，东南沿海地区时不时会爆发赤潮，都是由赤潮藻爆发性增殖引起的。因为这些藻类的大量繁殖，改变了海水的颜色，最常见的就是赤红色，所以叫作赤潮。

池仁川不是没有怀疑过赤潮的可能性。只是这次海水正常，颜色没有任何改变，所以只能等进一步化验结果才能下判断。

"你确定是赤潮？根据谢总的化验结果，是什么藻类引起的？为什么海水本身没有变色？"池仁川冷静地问。

"裸甲藻，准确地说是链状裸甲藻。"她把化验报告递给池仁川。

池仁川接过化验报告，仔细而快速地浏览，寻找关键信息。随着目光下移，池仁川的眉毛渐渐皱起，脸色越来越沉重。谢秋云这份化验报告做得非常专业，污染源的定性、污染浓度等相关要素都测得清清楚楚。原来链状裸甲藻是没有颜色的，肉眼无法发现。它可以产生麻痹性的贝毒，养殖的牡蛎、贻贝等贝类滤食后会积累毒素，人吃了被链状裸甲藻感染的贝类就会有中毒反应。没有及时医治的严重者，甚至会危及生命。

"我们测出来的优势种链状裸甲藻最高细胞密度达 8.1×105 个/升，可以判断已经形成赤潮。"谢秋云说。

"估计范围有多大？"池仁川边看报告边问。

"没有全面采样，现在还不能判断。不过，以这个浓度推测，不会小于 500 平方千米。"谢秋云对答如流。

池仁川见谢秋云对关键数据了如指掌，不觉佩服，便问："谢总您是学什么专业的？"

谢秋云没料到池仁川会问出这个问题，愣了一下，随后落落大方地回答："我是海洋生物系毕业的。"

"怪不得这么专业。这份化验报告数据十分严谨。能否借我用一下？"

"您是？"谢秋云问。

"池仁川，江海市海洋局局长。"池仁川干脆利落地自报家门。

"池局长也很专业。"谢秋云从几句简短的对话中，已经感觉到面前这位海洋局局长十分熟悉自己的业务。

而池仁川与谢秋云的这番对话，却让周围的人都听得如同天书，云里雾里。两个彼此对话的人都有些惺惺相惜的感觉，不免都多看了对方几眼。

一旁的潘小妮敏锐地觉察到了。海洋专业的事，她插不上嘴，可"赤潮"一词却听到过。她明白问题的严重性，将目光移向池仁川，像是等他拿一个主意。

池仁川没有让潘小妮失望，他已经迅速地进入了工作状态，对章秘书下达了明确的指令："马上启动江海市赤潮灾害三级应急响应！从市局抽调人手下来，立刻评估赤潮范围与影响，结合市局的化验结果，随时升级响应级别。同时上报省海洋厅。"

"要不要先等我们市局的检测结果出来？报告市里，请示一下？"章秘书迟疑地问。

"不用了。谢总这份报告已经非常详尽，专业性也毋庸置疑。市局的检测结果不会有什么出入的。再说，这等于是第三方出具的检测报告，科学性很强。根据国家2009年颁布的《赤潮灾害应急预案》和2011年《江海市海洋赤潮灾害应急预案》，海洋局应当根据情况启动赤潮应急响应，并全权负责。这是紧急情况，没有必要再请示，只需汇报市政府一声就可以了。"

章秘书不再有异议。

"池局长，您是今年新上任的吧？去年我们凤凰集团签二期合同的时候，海洋局的局长好像姓葛。"谢秋云对这位专业的海洋局局长似乎很感兴趣。

"是的，葛局长调到省局去了，我是年初任职的。"

"灾害应急预案只是个亡羊补牢的工作，不知道这次的赤潮是天灾还是人祸，还应该查查源头。如果这片海域污染严重，凤凰湾项目的资金投入恐怕要大大超过预算，我们保留变更合同的权利。"

"谢总批评得到位，我们会彻查到底的！"池仁川不卑不亢，果断干练，让谢秋云很是满意。她见惯了大陆官员要么一副高高在上、不理不睬的样子，要么为拉投资卑躬屈膝的样子，很少见到池仁川这样理性的态度。因为凤凰湾项目，谢秋云可没少跟海洋局打交道，她清楚地知道，池仁川的前任葛局长只是一个唯唯诺诺的官僚，凡事都要请示汇报，什么主意都拿不了。尤其是关于海洋的专业知识，更是贫乏得可怜。遇到这么专业的海洋局局长，同样专业出身的谢秋云十分高兴，并对凤凰湾二期的前景也开始充满了美好的期待。

但是谢秋云并没有忘记夏子豪的事。

"潘镇长，你们镇上的养殖户夏先生究竟在哪里？什么时候可以回家？夏子豪家在哪里？他被带走前，还嘱咐我去看一下他的瞎眼阿婆。"谢秋云又把枪口掉转向潘小妮。

夏子豪被抓走了？谁抓的？潘小妮再次蒙了。一向以能干自诩的女镇长，竟然完全不知道、不了解情况。而面对"赤潮"这个突然袭来的魔鬼，潘小妮第一次产生了一种强烈的陌生感与无助感。但她毕竟有一定的行政工作经验，更愿意坦诚地直面问题，便脱口而出："走！我们去夏子豪家看看！"

第九章　夏家阿婆

这一行人走在北灶港老镇狭窄的街上实在太扎眼。

个头高大的池仁川走在前面，他身姿挺拔，身在官场养成的沉稳气质和并未完全脱去的书卷气糅在一起，显得既儒雅又威严。潘小妮跟在池仁川的左手后面。她圆圆的脸看着太年轻，跟镇长的身份不相匹配，因此，她特意把头发扎得高高的，显得清爽干练一些。谢秋云走在池仁川的右侧后面，职业装之外罩着一件白大褂，很有专业范儿。

章秘书落后两步，跟在池仁川正后方，心想：这是怎么个事啊？我们池局长这是突然来了艳福呢？还是另一种"赤潮"？

对于潘小妮的提议，池仁川很是支持。他从这位年轻的女镇长身上看到一股子闯劲和干劲。还记得几天前他在海滩上第一次遇到潘小妮那个戏剧性的场面，自己曾给她说过应当去了解夏子豪的家庭，才能把征用滩涂的工作做细做实。而今天潘小妮毫不犹豫地说要去夏子豪家看看，说明她完全把自己的建议听进去了，并且已经付诸行动，摸清了夏子豪家的住址。池仁川也觉得，先到夏子豪家询问情况是可取的。万一只是误会，万一夏子豪早被放回来了呢？至少也该找到夏子豪一直挂在嘴边的瞎眼阿婆，问明情况才好做下一步的打算。

潘小妮更是暗暗感激池仁川在这个紧急的关头支持自己，镇住局面。要不，光是那一大群气势汹汹的养殖户她就难以对付，更何况还来了个明里暗里来兴师问罪的谢秋云。她偷看了池仁川一眼，觉得在这个男人身边很有安全感。

北灶港的老街还是清末时筑的石板路。历经百余年的沧桑，石板上的青苔磨平了又长，长起了又磨平，已经是厚厚的一层。有些石板缺了角，有些石板翘起不平，一到下雨天就得小心翼翼地踩，不然会溅得水花四起。以老街为中心，北灶港又建了横里纵里三条新路，整个镇子就铺展开来。新的商业中心、办公大楼都移到新街上去了，老街上只剩下几户搬不走的老住民，还蜷缩在年久失修的老式房子里。潘小妮在前指路，说夏子豪和他的瞎眼阿婆住在老街最偏僻的角落里。路越走越窄，越走越不平，池仁川想起潘小妮崴了的脚还没好，很自然去搀了一把。潘小妮的脸不易察觉地略略一红，就伸出手大大方方地被搀着。

谢秋云却捕捉到了潘小妮可能连自己都没有意识到的那极其短暂的羞涩，深深地看了他俩一眼。

一行人终于走到夏子豪家门前。现在已经很难再见到这么破的屋子了。房屋梁柱是木头的，已被白蚁蛀去大半，再用水泥马马虎虎地糊补起来。墙壁又脏又破，剥落腐蚀得已经看不清是泥墙还是砖墙。屋顶倒是新换过的瓦，一看就是自己砌的，不太平整。屋门虚掩，池仁川一边问着"有没有人"，一边已经推开了门。屋里家具简单得不能再简单，一床、一桌、一柜，都是老式的破旧货，搁在那儿不知有多少年头了。屋里空无一人，瞎眼阿婆到哪儿去了呢？

一行人扑了个空，只能面面相觑。

众人完全不知晓，夏子豪的瞎眼阿婆此刻正在市委门口的地上坐着撒泼。

"还我孙子！还我孙子！我不管，你们把我孙子带走了，那你们政府就给我养老！"她把破铺盖卷儿都带来了，瓶瓶罐罐摊在地上，占据了整个大门口。

几个工作人员拦又拦不住，拉又不敢拉，在边上已经劝了大半天。

瞎眼阿婆始终是那几句话，根本油盐不进。工作人员僵持在那里束手无策，急得满头大汗。马上快到下班时间了，领导们出来看到这个样子，可不得了。

怕什么就来什么。江海市的1号车牌——那辆黑色的红旗轿车缓缓地开了出来。谁都知道那是江海市委书记焦文雄的座驾。和他的主人一样，红旗轿车不急不躁，永远都是那么沉稳冷静。好多年前，市委小车班就请焦书记换合资车，焦书记坚持不换，非说老红旗轿车已经坐惯了，没必要折腾。搞得后来的尤市长很为难，也要换红旗轿车，偏偏红旗轿车的产量低又紧俏，一直订不到，尤市长于是吩咐换成一辆旧奥迪，这才作罢。

瞎眼阿婆眼瞎，耳朵可不聋。早听见有车出来，便拿出十二万分的劲儿，直往车身处扑去。"冤啊！政府还我孙子来！……"这一扑十分精准，刚刚扑在车头上，人没碰着，却把焦文雄的车拦了个结结实实。

◇
041

焦文雄摇下车窗，沉着脸。这都什么社会了，还搞拦轿喊冤那一套？

"你不长眼啊！不要命啊！往车上扑！"工作人员一边大声呵斥着瞎眼阿婆，一边强行去扶开。瞎眼阿婆可不干，挣扎着用更高的声音喊道："可怜我这瞎眼老太婆，你们抓走了我的孙儿，我还要这条老命做啥啊！青天大老爷给我申冤啊！"她躬下身子，像泥鳅一样灵活，几个人高马大的工作人员居然拦不住她。瞎眼阿婆钻出重围，又扑到焦文雄车上。

焦文雄对工作人员十分不满。在市委大院的门口，任凭一个老太婆撒泼闹事，把整个市委的脸都丢尽了。这老太婆还真不简单，又是瞎眼，又是孙子被抓，哭喊起来跟唱戏似的。事情到这份儿上，周围看热闹的群众也越聚越多。焦文雄意识到必须马上解决问题，消除不良影响。

他打开车门，扶起老太婆，发现她的眼睛都是正常的，就是眼珠子发直，似乎愣愣地看不见东西。

瞎眼阿婆知道扶她的人一定是个大官，也不闹了，两滴混浊的眼泪从眼眶中涌出，静静地流下来。焦文雄注意到他和老人的两双手，自己的手又白又嫩，已经多年没干过粗活儿；而老人的手又黑又皱，坑坑洼洼说不清是伤疤还是老茧。两只手握在一起，一黑一白，对比格外分明。他心下一紧，觉得这老人可能真有什么难言的痛楚，她的孙子究竟又是怎么回事呢？

"老人家，您不要急，到底怎么回事，能不能慢慢说给我听？"焦文雄喝退了工作人员，好言好语地问。

"青天大老爷呀，我孙子被人抓走了，从前天夜里起就没回来过。求青天大老爷开恩，把我孙子放回来吧。"瞎眼阿婆抓住焦文雄的手臂像抓住一根救命稻草一样。

焦文雄一面觉得可怜，一面又觉得好笑。"老人家，不要叫我什么青天大老爷，现在都什么时代了，我们都是公务员，人民公仆，为人民服务的。您孙子不见了，您怎么知道是被我们抓走了？也许他自己跑丢了，又或者有什么急事走开了呢？"

"不会的！"瞎眼阿婆急切地说，"我孙子最孝顺了，不管有什么事，每隔三天一定会回来看我，从不会中断。像这样什么消息都没有就不回家，是从来没有过的事。"

"人不见了应该去派出所报案啊。您孙子叫什么名字？"焦文雄说。

"夏子豪！"瞎眼阿婆充满希望地报出名字，接着眼神又黯淡下来，"没用的，派出所我已经去过了，他们根本不搭理我，说一个成年人哪有什么走丢不走丢的。听人说他就是被两个大盖帽给带走的。"

"胡闹！"焦文雄有些恼火，禁不住低低吼出了声。他转身吩咐阚秘书，去查一下这个夏子豪到底是怎么回事。回过身又扶住瞎眼阿婆，亲切地说：“老人家您放心，我们一定会把事情搞清楚的。您孙子究竟是失踪还是被抓，现在还说不准。政府怎么会无缘无故地乱抓人呢？您先不要瞎猜，先跟我们的工作人员去宾馆休息，宽心等两天好吗？”焦文雄向阚秘书使了个眼色，阚秘书会意，立即上前去扶瞎眼阿婆。

谁知瞎眼阿婆警惕地甩开阚秘书的手，说：“我不去什么劳什子宾馆，我孙子已经不见了，谁知道进了宾馆还出不出得来？我就知道子豪是被他们抓走的，他们成天缠着子豪签什么凤凰湾征地合同。”

一听到“凤凰湾”三个字，焦文雄大吃一惊。原以为只是普通的失踪事件，看来背后还有些名堂。阚秘书也明白事情棘手，更加和颜悦色地去扶，说：“老人家，您别担心，焦书记都过问这事了，您孙子一定会找到的。您先跟我去休息休息吧。”

焦文雄也跟着说：“老人家，您孙子不见了，未必就跟凤凰湾有关。就算跟凤凰湾有关，我焦文雄也一定替您查个水落石出！”

“焦文雄？”瞎眼阿婆喃喃地重复了一遍这个名字，若有所思。阚秘书忙说：“对，焦文雄焦书记，江海市的市委书记都答应您了，这可是江海市最大的官。您还有什么不放心的呢？”瞎眼阿婆这才伸出黑皱的手，让阚秘书扶住，接着又说：“那我也不用去什么宾馆，我还是回家等去。”瞎眼阿婆一边答应着，一边准备自行回家。

一场热闹消散，人群也渐渐走开了。

焦文雄用眼角的余光瞥见人群中有一位身材高挑的红衣女子，似乎拿出相机拍了几张照。他微微用眼神向阚秘书示意。阚秘书顺着焦文雄的目光望去，也看见了那位红衣女子。他以众人无法察觉的轻微颔首动作回应了焦文雄，然后不慌不忙替焦文雄打开车门，让焦文雄坐进去后，马上转身走到红衣女子面前，神色平和，态度却十分坚决，说：“这位女士，请把您的相机交给我们检查一下可以吗？”

红衣女子微微一笑，说：“如果我说不可以呢？”说着话，从包里掏出一个小本，朝阚秘书晃了一眼。阚秘书何等眼神，一眼看清那是一张省电视台的记者证。他一边笑着，一边热情地伸出手来，说："原来是省台的大记者呀，欢迎来江海市，要多替我们做正面宣传报道呀！"

红衣女子不得不伸出手来，与阚秘书握了握手，笑着说："我还有个请求，不知道能否采访一下焦书记？还想请他介绍一下江海市赤潮灾害三级应急响应的情况。"

焦文雄的脑袋"嗡"的一声炸开了。他虽然坐在车里，阚秘书和红衣女子的对话却听得一清二楚。从省台报道贻贝食物中毒事件以来，他老觉得有个深不见底的漩涡在身旁越转越快，自己拼命挣扎着想摆脱，却好像越是挣扎反而离漩涡越近。现在怎么又出来一个"赤潮"灾害？仁川为什么没有跟自己汇报？这个省台的记者跟上次贻贝食物中毒的报道有关系吗？刚才夏子豪阿婆的一举一动又全落在她的眼里。

不行！必须扭转这个被动的局面。

焦文雄向阚秘书微一颔首，阚秘书已经明白，更加热情地说："焦书记很愿意接受您的采访，要不请您先到市委会议室稍候？"

今晚本是焦文雄难得的空闲时间。他打算去医院看小勇，陪妻子秀莲说说话，过一个清闲的周末。没想到先是被门口的瞎眼阿婆闹事，后又遇到这位省台的大记者。看来这个周末休息又泡汤了。

面对面坐在会议室里，焦文雄不免有些窝火，却不敢轻视对方。他看到记者证上姓名一栏写着"崔灿"，照片上的表情却比眼前这个真人要稚嫩许多。看来，这位年轻的崔记应该已经是位历经风雨、成熟老练的大记者了。

焦文雄心里这么想，脸上却堆着笑，说："崔记您好，非常欢迎您来江海市采访。"

崔灿在省台采访过各式各样的大领导，只不过绝大多数情况下，这类采访都是事先安排好的，连要问的问题也都事先沟通过。像这样误打误撞，偶然碰上的采访让她觉得又刺激又兴奋。她用不经意的目光打量着坐在对面的采访对象——市委书记焦文雄。五十多岁的年纪，鬓角两侧的头发已经花白，发际线倒是没有后退多少，发型是最普通最老式的短发，放在别人身上有点儿土气，但在市委书记身上，却显得严肃认真，反而隐隐显出一种威仪。穿着一件领导干部标配的白衬衫，衣领与袖口干净洁白，已经有些轻微的磨损，但不走到近前是察觉不出的。从外表和装束来看，这是一位标准的市委书记形象。

只不过焦文雄有一种独特的犀利眼神。短短两三秒，崔灿已经感受到焦文雄那深不可测的眼神。那眼神像一口深潭，散发着一种神秘的魅力，又像一个黑洞，强劲地吸取一切可吸取的事物，通过重新整合，再投射出去。

此刻，这目光就投射在崔大记者的身上。

崔灿从来没有在任何场合怯过场，唯独今天，焦文雄这深沉的目光让她感觉有些略微的不自在。

焦文雄从那短短的一瞥中，搜集到的信息是：面前这位省台记者，是一个充满干劲儿，精力充沛的人。站在领导的角度，他欣赏这样的下属。可偏偏崔灿并不是可供他驱使的得力下属，而是站在他的对立面，唯恐天下不乱，准确地说，是唯恐江海市不乱的记者。要应对这样一位无冕之王，他不免感到一丝丝头痛。

崔灿并没料到自己来江海市竟会碰到那么多事，先前贻贝中毒正是她率先报道的。她跟江海市卫生局防疫科的科长是老同学，两人通电话时无意中聊起贻贝出问题的事，崔灿立马就带着摄影师采访了几家医院，连夜剪辑完成就把报道发回台里了。新闻不就是抢在时间的前面吗？她为自己能抢先报道贻贝事件而暗暗得意。这回的赤潮问题，她又独家采访到市委书记，看来又博得一个头彩了。

虽然没有预先准备问题，但崔灿依然不会怯场。要是连这点儿能力都没有，她还能在省台当记者吗？她笑盈盈地说："焦书记您好，非常荣幸能采访到您。能给我们谈谈赤潮是怎么发现的吗？江海市采取了哪些紧急措施？"

"崔记好，赤潮的事情是由海洋局分管布置的，具体的紧急措施我还不太清楚，但江海市有信心把赤潮灾害控制在可控的范围内。相关的报道也会由海洋局统一发布，您作为省台的记者，更应该明白新闻纪律。"焦文雄字斟句酌，说话非常谨慎。

崔灿没料到会是这样的回答。她不甘心，接着追问："那可不可以安排我采访一下海洋局？"

"可以，明天就会有统一的新闻发布会，届时我们一定会邀请您参加。"焦文雄反应非常快。

焦文雄给崔灿吃了个软钉子。崔灿先前的兴奋劲儿没了，但还是接着问："市委门口那位瞎眼阿婆是怎么回事？她孙子的失踪跟凤凰湾项目有什么关系？"

"您也看到了，这事我们也正在处理，具体情况还无可奉告。"焦文雄端起茶杯喝茶。崔灿意识到采访即将无功而返。

采访市委书记焦文雄没有带来独家新闻，这让崔灿很失落。

第十章　崔大记者

崔灿对着电脑屏幕发呆已经有两三个小时了，屏幕上的光标不停地跳动着，好像跳进了自己的太阳穴。她用两只手撑住头，伸出手指，使了很大的劲儿按揉太阳穴。

没有用。

市委书记焦文雄低沉的嗓音又回响起来："您作为省台的记者，更应该明白新闻纪律。"

省台大记者崔灿喜欢红色，红色热烈、艳丽、刺激，甚至还散发出一种神秘的危险气息。崔灿之所以选择记者这个职业，就是因为可以见到各种人、各种事，体验各种不同的生活。谁知真的做了记者，采访任务都是按部就班的，采访提纲都是事先拟好的，一问一答就像牵线木偶一般，样样可以料到，事事没有新意。她在省台的记者生涯过得顺风顺水，职位也步步高升，但整个人却过得越来越憋闷，越来越不满意自己的生活。直到这次来江海市——

她狠狠地晃动脑袋，两根手指在太阳穴最后捏了两下，然后缩回来，十指并拢虚按在电脑键盘上，弓着手背，像蓄势待发的猫。啜了一口咖啡，那只猫"嗖"的一下出发了，十指在键盘上翻飞，"谁帮这个七旬瞎眼阿婆找回孙子……"的标题落下，一排排小蝌蚪般的文字取代了原先孤单跳动的光标，迅速地排兵布阵，很快集结完毕。崔灿在微博上点击发送时顿了一顿，吸了一口气。"去他的！"她心里轻轻骂了一声，随后就确定无误地发送了出去。

◇

047

等洗漱回来，再刷微博时，她有点儿不相信自己的眼睛，那篇文章的点击量竟然已经达到了一万。一个小时一万？崔大记者的职业生涯里从未有过这样的辉煌。崔灿在复旦进修时听过一位学者关于"注意力经济"的讲课，这一个小时一万，两小时呢？该折合多少注意力经济呢？她抱着笔记本电脑接着刷微博，文章下已经有许多人留言，有同情瞎眼阿婆的，有咒骂政府的，还有担心那个失踪不见了的孙子的，甚至还有人要发动寻找计划……崔灿读着留言，自己也禁不住激动起来，她在留言下面再留言，热切地与读者互动着。自己这条标题起得好，"七旬""瞎眼阿婆""找回孙子"都是大亮点啊。时间过得飞快，两三个小时之后，崔灿再看点击量时，已经超过十万了。

就在同一个夜晚，市委书记大秘的电脑屏幕也一样闪烁无眠。无意中翻看热搜的阚秘书刷到了崔灿的微博，他紧紧盯着"谁帮这个七旬瞎眼阿婆找回孙子……"十四个字的标题像是十四颗随时会掉下来的炸弹。凝了凝心神，阚秘书决定还是给焦书记汇报一下这个新情况。

电话里焦文雄的声音依然低沉有力，他倒过来首先发问："明天新闻发布会的事有没有安排好？"阚秘书一听到这个声音心就安了。他开始有条不紊地汇报："焦书记好，新闻发布会已经安排下去，由海洋局、工商局牵头，宣传部已经审过发言稿。至于夏子豪的事，我已经问过公安、工商、城管等各个部门，都没有羁押过这个人。夏子豪被谁带走的，到底在哪里，现在还没查到。"

不轻易发怒的焦文雄发火了，在电话那头的声音激动起来："这还是共产党的天下吗？一个大活人不明不白消失了！"阚秘书犹豫了一下，还是把崔灿微博上发文，上了热搜的事说了。焦文雄更怒，连声音都禁不住高了点儿："那位崔大记者在社交媒体上煽风点火，拿瞎眼老婆子说事，还有没有一点儿组织纪律性！"焦文雄意识到自己的失态，接着控制住情绪，向阚秘书指示说："还是要首先找到夏子豪的下落，只要人回来了，谣言就不攻自破。你去夏家看一看那位瞎眼阿婆，尤其不要被别有用心的人利用这个事做文章。"阚秘书一一记下后，焦文雄如常地挂了电话。

魏秀莲给焦文雄端来一杯参茶。三十年的老夫老妻了，秀莲还能觉察不出焦文雄的激动吗？她替焦文雄吹了吹，用手摸了茶杯，觉得温度刚好，就让他喝。跟别人端茶不同，秀莲总是要看着焦文雄把参茶喝下去才放心。焦文雄知道秀莲的习惯，便服从地喝了一大口。秀莲看着杯里剩下的一小半，柔声说："喝完吧，等凉了你又不喝了。"焦文雄笑了笑，又端起杯子一口气喝完。秀莲盯着焦文雄喝光参茶，这才满意地端走了空杯子。

再出来时，秀莲又端了一杯热红茶放到焦文雄手边的茶几上，无意地问："你说的瞎眼阿婆是北灶港那位夏家阿婆吗？"

秀莲从来不过问焦文雄工作上的事，她谨守着一个市委书记夫人的真正职责，那就是照顾好焦文雄的个人生活。焦文雄也很注意内外之分，即使是在家里谈工作，也会将书房的门关牢，免得惹出什么是非。但今天的事让焦文雄又急又怒，竟没留神关好门，电话里的内容被秀莲无意中听到了。听到也就听到，若没有听到"北灶港""瞎眼阿婆""夏家"这些词，秀莲就会完全忽略过去。偏偏是他们共同的"北灶港"，勾起了秀莲的回忆，忍不住要问焦文雄进一步的细节。

焦文雄听到秀莲的问题，愣住了，他回过神来，才答道："哦，对，是夏家阿婆。"

"她没认出你？"秀莲又问。

焦文雄这才想起，自己说出名字时，夏家阿婆好像喃喃地重复了一遍，自己当时并没有注意。他焦文雄的名字对北灶港人乃至江海市人来说再熟悉不过了。但秀莲这么说，却让焦文雄回忆起北灶港好像确实有这么一个瞎眼阿婆的存在。那阿婆兴许不仅仅是因为自己当过北灶港的镇长，是江海市的市委书记，才知道焦文雄这个名字。

◇

049

秀莲并排坐到焦文雄身边，很自然地倚过来。焦文雄想起白天手臂被夏家阿婆抓着，更想起那黑白分明的两只手。他觉得手臂处似乎有些发痒，就叮嘱了一句："今天的外套有点儿脏，让徐阿姨洗的时候注意一下。"

秀莲应了一声，然后接着说："夏家阿婆本来眼不瞎的。"

焦文雄"哦"了声，带了疑问的语气。

"夏家阿婆的儿子就是在三十年前的海难中丧生的，小伙子刚结婚三天。夏家阿婆就是那会儿把眼给哭瞎的。"

听到"海难"这个词，即使过去了三十年，焦文雄依然很难平静。他立刻感受到来自胸腔的压力，心脏突突地跳动着，血流加速。他赶紧握住沙发的扶手，以止住晕眩感。但表面上，焦文雄还是以极大的毅力掩饰住了一切。而刚刚沉浸在往事里的秀莲，竟没有察觉焦文雄的异样。焦文雄用平静的语气问："那这孙子是哪来的？夏子豪是遗腹子？"

"不是。他媳妇很快就改嫁了，离开了北灶港，跟夏家再没有往来。这个孙子好像是领养的。听说是她去城里治眼病，给抱回来的。一个瞎眼阿婆，要独自拉扯大一个孩子，生活是挺不容易的。后来你调到市里工作，我们也离开了北灶港，之后的事情就不太清楚了。"

"怪不得我今天说自己名字的时候，老人家好像认识我似的，还把名字念了一遍。"

"你那时是北灶港的镇长，你也经历了那次海难，夏家阿婆肯定认识你，没准儿还去找过你。"

两人都沉默了。

三十年前的那次海难改变了许多人的人生轨迹（包括焦文雄自己），有很多人失去了最亲爱的人。空气仿佛凝滞起来，两人都陷入了回忆。焦文雄搂住秀莲，秀莲顺从地靠过来。焦文雄仿佛对着看不见的空虚在作战，他挽住秀莲的手臂，不觉用力紧了紧。

"夏家阿婆这辈子挺苦的，过得不容易，你要帮帮她。"秀莲的善良依旧温润。

焦文雄点了点头。

第十一章　两个青年

焦文雄仿佛又回到了三十年前。

那时的他，才二十出头。一个毛头小伙子，刚刚当上北灶港镇的镇长，要在几千人面前开大会讲话。他紧张得拿着话筒，手心里全是汗，汗水黏渍渍的，一遍遍地擦，又一遍遍地渗出来，话筒差点儿掉下去了。比他年长两岁的连襟——池大海，当时管理着北灶港的码头，眼疾手快，上前一把握住他的手，拿过话筒，对着乌泱泱的人头，用那曾经对着海风海浪大吼练出来的嗓子，大声地说："乡亲们，大家安静！"

人群顿时安静下来。随后，他用充满鼓励的目光看了焦文雄一眼，见焦文雄已经镇定下来，便重新望着台下，说："下面我们请焦镇长为大家分发滩涂养殖证！大家鼓掌！"

鼓掌声响了好几秒。趁这时间，焦文雄掩饰好慌张，再度拿回话筒，他一下子变得胸有成竹。台下一张张黝黑锃亮的脸，都满满地挂着希望。焦文雄用他年轻的声音将富裕的希望切切实实地传达给他们。那希望的载体就是他们从焦文雄手中接过的一张张养殖证。那些常年出海，被粗糙的网绳割得满手都是肉刺与血疤的渔民们，一遍遍地抚摸着养殖证上自己的名字，眼睛里闪着晶莹的光。

这是北灶港镇第一次发放滩涂养殖证。

对于渔民来讲那就等于是农民的包产到户分田地，滩涂就是渔民的口粮田。相对于出海捕鱼的风险，滩涂养殖的辛苦真算不了什么。倘若在滩涂上下死力气，给料、撒药、起网、清淤、下苗，一样样按部就班，只要不出意外，到收获季节，一塘一塘的虾蟹换来的就是大把的票子。他们真心感谢大海，大海就是他们的衣食父母。所以，北灶港这一次发放滩涂养殖证，就选择在八月中秋祭海节这一天。

就在几年前，焦文雄也曾是他们中的一分子。出过海、下过滩涂，焦文雄知道向大海讨饭吃是个什么滋味，也明白大海在渔民心目中如同神一样的存在。但跟别的渔民不一样的是，焦文雄并不认命。个子矮小的焦文雄在渔民的生存竞争中显然不占优势。因此，他也不想沿着祖祖辈辈的道路走下去，永远过向大海讨生活的艰苦日子。每次出海回来，别的渔民成群结队，像是捡回一条性命一般到岸上狂欢，在小酒店里狠命喝酒、大把赌钱，而焦文雄却蜷缩在狭窄的船舱里，在那个低矮得抬不起头的铺板上翻开高中课本，开始认真复习。

焦文雄理解那些渔民，他明白把脑袋别在裤腰带上，从大海喜怒无常的波涛里平安回来的人们，何以总将用汗水辛苦换来的钱挥霍一空。因为对于这些渔民来说，也许已经等不到下次的平安上岸。人生得意须尽欢啊！他们并不知晓李白的诗句，却用泼辣的生命书写着这样的诗句。钱攒着有什么用？现在不用掉难道还留给后面的龟儿子享用？喝！喝他个痛快！在粗鲁的划拳声中，烈性的烧酒灌进了渔民们的喉咙，辣辣地在他们的腹腔燃烧起来，使他们忘记了辛劳和继续出海—上岸—喝酒—出海的宿命。

　　焦文雄却不想自己的生命也在这看不到尽头的循环中度过。渔民们更无法理解焦文雄，他们把焦文雄叫作"秀才"，不明白"秀才"一天到晚啃的这些书本，跟出海打鱼有什么关系。

　　唯一能跟焦文雄说上话的就是池大海。池大海高中没有读完就跟着家人上船出海了，他有着渔民们普遍拥有的品质：勤劳、质朴，肯花工夫，肯下力气。他在学习老一辈渔民经验的同时，还会自己找书钻研，很快便超越了长辈，成长为一名技艺高超的水手。哪里的洋流能够孕育最鲜美的鱼群，天气和风向是否适合出海，在茫茫的大海上，如何熟练地操纵着罗盘指引方向，都是池大海所擅长的。渐渐地，年长的、年轻的渔民都以池大海为主心骨，愿意听他的话，也把他推举为码头的主事。

　　池大海自己虽然不喜欢读书，却敬重读书人。他在啃那些技术书籍时，遇到不懂的问题就会向焦文雄请教。被人嘲讽为"秀才"的焦文雄，也总是不负所望地解答出他的疑惑。就这样，两个年龄相仿的年轻人，结成了莫逆之交。在许多个漂泊在大海上的夜晚，焦文雄与池大海并肩躺在甲板上。

　　池大海先发话："秀才，你说，我们天天在这海里捕鱼，会不会有一天，这大海里的鱼被我们捕空？"

　　焦文雄愣住了，不知道怎么回答，沉默了半晌说："不会吧，大海那么大。再说了，你是老把式，总能找到哪里鱼多。"

　　"哪里的鱼多也经不起那么多条船，那么多人，天天在大海里捕呀捞呀。"池大海的语气有些低沉。其实，这几年下来，他已经感到寻找鱼群逐渐变得有些困难了。

焦文雄认真想了想，说："那只有养渔结合，在保护的前提下适当捕捞。"

"养渔结合？"池大海琢磨着这四个字，好像突然看到一丝亮光，他不觉兴奋起来，"对！养殖和捕捞结合，捕一批，养一批，才能保证永远有鱼捕！"

焦文雄补充道："还要有相应的措施，比如渔网的孔径要在规定的范围内，不能太细。捕捞要避开鱼类的繁殖生长期。"

"哦，这时节最好是封海！"池大海一点就通。

"封海了，渔民们拿什么吃饭啊？"焦文雄虽然顺着池大海思路往下说，但却一点儿都不觉得这一天会到来。

"靠人工养殖啊！你不是说养渔结合吗？"池大海毫不犹豫地回答。

焦文雄对池大海感到激动的一切提不起兴致，他懒懒地说："不管是养，还是渔，光靠这些鱼虾，就能让北灶港人富裕起来吗？"

◇

053

"可不靠这些鱼虾，渔民们又怎么能富起来？"池大海反过来发问。

焦文雄答不出来，两人望着头顶的星空陷入了沉思。

池大海又说："秀才，你说得对。你读书，早点考进大学，去问问大学里的教授，怎么能让北灶港真正富起来。难不成我们祖祖辈辈都是穷命吗？"

焦文雄"嗯"了一声，不再说话。

四周一片寂静，船舱里劳作了一天的渔民们早已入睡，只有焦文雄和池大海这两个不那么像渔民的青年，守在甲板上听海风呼啸而过的声音，和海水扑打船舷的声音。这声音和海上生活一样单调，但这两个不甘于单调的人，总想从单调的日子里折腾出些什么新的希望来。

"秀才"这个称谓，在海上干粗活的人眼里，既带着一种轻蔑的瞧不起，又有一丝酸溜溜的炉忌味道。尤其是当船老大长得最漂亮的小女儿秀梅，对焦文雄这个文静的书生表现出明显的好感时，比如，为焦文雄多盛一勺肉菜，替焦文雄买一件白衬衫。每当这时，焦文雄总觉得所有人的目光如同一根尖锐的针，刺进他白亮的衬衫后背。

每当这个时候，池大海总是以他与秀梅姐姐秀莲的公开秀恩爱，大大咧咧地化解焦文雄的危机。他私底下跟焦文雄交流："文雄，没什么不好意思的，男大当婚，女大当嫁。秀梅是个好女孩，你将来考上大学了，不要辜负她就行！"

就连焦文雄都对自己能否考上大学完全没有把握，他不明白，池大海为什么会对他那么有信心，相信他一定会跳出农门，考上大学，走上和那些渔民们完全不同的道路。而他之所以不敢接受秀梅的感情，正是出于隐秘的自卑心理。

也许是在池大海持续不断的鼓励下，焦文雄终于在第二次高考复读后，成功考上了省城的大学。那天，正是秀梅将录取通知书拿给他的。他那不识字的老父母对儿子整天埋头读书并不以为然，认为上大学是不切实际的梦想，但却对船老大的小女儿十分友好。他们觉得，焦文雄最好的出路就是做船老大的女婿，做一名出色的水手，靠出海捕鱼积累财富。更何况，秀梅长得漂亮，性格又好，儿子还有什么不满意的呢？他们二老哪里知道，要强的儿子恰恰不肯低头屈服，更不愿在一种不那么平等的关系下，开始与秀梅的感情生活。

好在秀梅似乎明白他的心意，她从来不要求他表示什么，只是默默地关心着他，注意他的饮食穿着，甚至给他从县城的新华书店买回最新的复习资料。面对这样的深情，焦文雄一方面觉得承受不起，另一方面则逼着自己加倍地努力，想把自己提升到可以与秀梅谈情说爱的地位上。

在北灶港镇上，只有两个人关心焦文雄的高考结果，那就是秀梅和池大海。这天，池大海与焦文雄出海回来，见到秀梅与秀莲姐妹俩站在滩涂上等待着他们。池大海眼尖，先看到秀梅手上拿着的信，远远地就问："是秀才的信吗？"焦文雄紧张得手里都是汗，差点儿把信封撕坏。当大学录取通知书鲜红的封面露出一半时，四个年轻人都欢喜得跳了起来。他们没注意到脚下是软软的滩涂地，不免溅了一身的泥浆。焦文雄更是脚一滑，整个身子陷进了滩涂泥里，他拿着录取通知书的手却高高地举在半空。池大海笑着把信夺过来，说："走，这回可要好好地喝一顿！我请客！"

　　四个人都顾不得换衣服，直奔镇上的小酒馆。从不喝酒的焦文雄被池大海灌了许多酒，最后说话时舌头都有点儿打结了。两个女孩子也喝了不少，秀莲和秀梅姐妹俩是船老大的女儿，从小就厮混在水手堆儿里，酒量比起焦文雄来，只多不少。

　　小酒馆的白炽灯照着四张红通通的脸庞。夜已渐深，酒馆里其他人都散了，老板娘开始收拾桌上的残羹剩饭。池大海结了账，招呼焦文雄和秀莲姐妹俩离开。他一如既往地搂住秀莲大步往前走，焦文雄和秀梅被落在后面。清凉的海风一吹，焦文雄清醒了不少，他看了秀梅一眼，两人之间还保持着一手臂的距离。秀梅注意到焦文雄的目光，脸更红了，羞涩地低下了头。焦文雄摸了摸胸口的录取通知书，挺了挺胸膛，突然握住了秀梅的手。

　　秀梅开始还有些慌乱，她见前面姐姐秀莲和池大海已经越走越远，整条街道上只剩她和焦文雄两个人，便放松下来，被焦文雄捏住的手以细微的力量回应着。焦文雄感受到了秀梅的回应，索性更大胆地用另一只胳膊将秀梅搂住，两人就这么在一盏昏黄的路灯下立定了。

　　焦文雄闻到秀梅身上青春的味道，这气味让他陶醉，和着酒味，更激起他更进一步探索的欲望。他用手微微抬起秀梅的下巴，对准红唇深深吻了下去。一段让人喘不过气来的热吻之后，秀梅拉着焦文雄来到海边。

　　月亮很圆很亮。海水格外的平静。秀梅让焦文雄脱下满是泥污的衬衫，说要为他漂洗一下。秀梅把录取通知书郑重地放进包里。而此刻脱光了上身的焦文雄觉得浑身燥热，干脆一个猛子扎进了海里。焦文雄第一次在月光下的大海里游泳，他觉得自己越游越远，像是要游进那一轮明月里面去。当他回过头望向岸上的秀梅时，突然又觉得秀梅离他越来越远。一种生怕失去的感觉袭击了他，驱使他匆忙游上了岸，再次紧紧地抱住秀梅。

那晚，焦文雄和秀梅有了更亲密无间的关系。

第十二章　海难

那时节，北灶港人还保持着传统的道德观念，焦文雄也是如此。他并没有对秀梅许下什么信誓旦旦的诺言，却早在心里把秀梅认作自己的女人。因为他是北灶港镇考上大学的第一人，船老大也就默认了秀梅与他的事。

大学四年，焦文雄见识到了大城市的繁华，也开始明了北灶港与外面世界的巨大差距。与那些出身城市，条件良好的同学比起来，焦文雄别无所长，只能以更刻苦的学习与更优秀的成绩立足。临近毕业，尽管有留在大城市的机会，焦文雄却不曾有一丝犹豫，因为北灶港有他的秀梅，也有他的铁哥们儿池大海，以及他在辽阔的大海上，在柔软的月光下，暗自在心中树立的信念：让北灶港真正富裕起来。

他如愿以偿地分配进了北灶港镇政府。他的那些大学老师和同学或是替他惋惜，或是幸灾乐祸，没有一个人能够理解焦文雄的选择。当他抱着行李，风尘仆仆地出现在北灶港镇上唯一的长途汽车站时，迎接他的正是池大海那温暖的笑容。池大海用二八大杠自行车驮过他的行李，然后对着他的肩膀狠命一拍，说："好小子！果然等到你回来！你要是敢不回来，我就跑城里削了你！"

焦文雄只是笑，他跟大海两个，很多话已经在星空下的甲板上说完，到现在，都不需要凭借语言来沟通了。

接下来的一切都顺理成章。池大海与秀莲、焦文雄与秀梅在同一天成亲。婚礼的场面极其盛大。许多年以后，北灶港人都还会说起那场超豪华的婚宴。船老大两个如花似玉的女儿，嫁得一文一武两个称心如意的好儿郎，算得上是北灶港的独一份。再加上渔家待客本就阔绰，哪里还会吝惜钱。结婚那天，秀莲、秀梅的娘家借了好几家邻居的场院，共摆了六十六桌喜宴。吃的是流水席，四乡八方认识的，不认识的，空手的，不空手的，都被请上席。桌上的菜是碗摞着碗，盘挤着盘，碟堆着碟，鱼虾贝蟹，数不胜数。黄酒喝去了上百坛，烧酒也消耗了近百斤。那天，连北灶港的下水道口都散发着清冽的酒香。所有的人都醉了，最清醒的反倒是两对新人。

这场盛大婚礼也给镇政府唯一的大学生干部焦文雄铺下了良好的人际关系基础。所有人都知道，他是北灶港最豪爽船老大的女婿，所有的机会都自动出现在他面前，无须努力，焦文雄只用了两三年的时间，就成了北灶港镇的镇长。大家都觉得理所当然。

◇

057

在生孩子这件事上，池大海和秀莲领先一步，生的是个大胖儿子。焦文雄因为工作繁忙，几年后，秀梅才生下儿子小禹。一切都欣欣向荣，所有的人都相信勤劳可以致富，汗水可以换来钞票。大家的心都简单而快乐。池大海现在担任着码头管理主任，与焦文雄开始商量滩涂养殖的事。多年前，他们两在甲板上有关"养渔结合"的畅谈，终于要亲手实现了。

北灶港镇本就有中秋祭海的老习俗。这是个古老的大镇，也是上下三十里乡村唯一的大集市。每年的祭海节，是渔民们向神灵祈祷丰收、人船平安的日子。这天，四乡八方的乡民都会赶来看热闹。渔民们这几年收入也有了些富余，更是约齐了要热闹一番。焦文雄决定就在这一年的中秋祭海节上分发滩涂养殖证，使得这年的中秋意义非凡。

早两三个月，渔民们就扎起了大龙船，这是北灶港最具特色的。别的地方都是扎龙扎狮子，唯独此处扎的是个龙船。既是龙又是船，一大群人一齐舞，先是同外面舞龙一样地舞，舞着舞着，将船外面的龙鳞一掀，便化为一条大船，起舞的姿势也变换成划船的动作，一直舞到滩涂上。舞到最后，大龙船上的人一个个都散开了，跳跃着下滩涂去踩文蛤。踩文蛤和着音乐的节奏，几十条渔家汉子扯开喉咙唱起北港渔歌："金山银山不如我俚（我的）金海银海，嗳呵唷嗨……"他们的嗓子因为长年跟海风作战，所唱的北港渔歌也都带了海腥气，甚至还有呼呼的海风声。男女老少都沸腾了，所有的人都乌泱泱拥上滩涂，一齐去踩文蛤。大家欢天喜地，每个人手里都拎着各式各样的篮子、篓子、网兜，准备去接受大海丰盛的馈赠。

焦文雄也被这气氛感染了。他跟池大海会心地对视了一眼。两人都是在大海边长大的孩子，能不熟悉这一切？他们的脚底心也发痒了。

忽然间，远处的人群骚动起来，欢乐的渔歌变成了呼救声。焦文雄一看，远处的海浪阵阵涌来：我的天哪！变天涨潮了！

滩涂上的人们拼命往岸上跑，跑得慢的就被卷进了大海的波涛里。人们拼命而徒劳地挣扎着。海浪很快就到了跟前，焦文雄的脸色一下子变得煞白。就在咫尺之遥，他的妻子秀梅和两岁的儿子小禹不知什么时候也被卷进了海浪之中了！他想下水救人，却好像吓傻了一样，脚被钉住了，动弹不得。

池大海从他身边掠过，纵身跃入水中，一个猛子就到了秀梅身边，托住秀梅的脑袋，往岸上游。池大海像条大鱼一样灵活，而焦文雄这几年都没再下海了，如果是他去救，只怕还救不上来。脑袋里的想法刚一闪念而过，池大海已经背着秀梅上了岸，转身又下水去救小禹。焦文雄立刻给秀梅拼命地做人工呼吸。他的头脑昏昏沉沉的，怎么个人工呼吸，怎么个控水，啥都顾不上，只知道折腾了好久，秀梅却一直没有醒来。

他抱着秀梅的身体不放。他不相信，片刻之间人怎么能就这么没了。他想哭，眨了两下眼睛却没有眼泪。他想喊，张大嘴巴却没有声音。池大海再下水后就一直没有浮出水面，秀莲此刻趴在岸边，傻傻地盯着海水，也如同着了魔一般。

大海疯了。平静的大海是渔民们的衣食父母，疯了的大海是吃人的恶魔。人们的惨叫它全然不顾，只是肆意作恶。

北灶港镇这场海难夺走了七十多个人的生命。当年的江海市市长被降职，焦文雄也被撤职，下放到更偏远的乡下。没有人知道那天的大海为什么变了脸。

比撤职更难以面对的，是众人无声的指责。焦文雄从北灶港走的那天，没有人送行。孤零零的长街，路灯把身影拉成细细长长的一条。他背着单薄的行李，突然觉得这个从小把他养育大的北灶港好陌生。出镇子口，焦文雄被黑压压的人群拦住了。那是失去了亲人的北灶港镇民，他们来找焦文雄兴师问罪来了。他和他们面对面站着，焦文雄觉得简直要窒息了。人群愤怒起来，男女老少都指着焦文雄的鼻子喊道："还我儿子的命来！""把我的丈夫还给我！"

人们越压越近，焦文雄都忘记了有谁，光记得那一张张愤怒的脸了。里面是不是也有夏家阿婆？

"你们放过他吧！他自己也失去了老婆孩子！"是秀莲的声音。不知什么时候，她站到了自己一边。

没有人敢对秀莲说什么。池大海生前是管理码头的，处事公正，在渔民中享有很高的威望。秀莲也受所有渔民的敬重，都尊她为大嫂。现在池大海走了，秀莲说一句话还是很管用。

焦文雄为此永远感激着秀莲。虽然那天走的时候，秀莲再没跟他说一句话，也没看他一眼。

第十三章　歧路

合生村青工委员焦文雄蹲坐乡政府大门口的台阶上。

明晃晃的大太阳把他的脸和脖子都晒红了，从乡间沾染上的尘土被汗水牢牢地吸附住，油渍渍地粘在皮肤上。焦文雄知道，这汗灰时间长了，怎么洗都洗不干净，下乡三年，他很快就从肤色白皙的"秀才"变成了跟乡亲们一样皮肤黝黑的"黔首"。他琢磨着这个古代的词汇，"黔首"，真是形象，一个词就那么鲜明地分开了官与民。

为了给合生村打一口不咸的井，焦文雄不知道跑了多少趟乡政府。从年头跑到年尾，再从年尾跑到年头，回复他的永远都是那几个干巴巴的句子：乡里财政紧张啊，再研究一下啊，这个事困难很大啊，等等。焦文雄没别的办法，只能靠死等在乡政府，找乡党委书记反复强调合生村几百户人家日日只能喝咸水的难处。那咸水喝进去，真是越喝越渴啊，炉灶上煨热水的铜膛子，不出三天就结了厚厚的水垢，要用菜刀又敲又铲才能除掉。就连水鸭子喝了咸水都烦躁不安，光在窝边转悠不肯下蛋……

每次，乡党委书记总是耐心地听着。焦文雄摆出了一千个理由，说明合生村多么需要一口正常的水井，不求甘甜，只要不再咸苦。乡党委书记边听边点头，然后笑眯眯地做总结：合生村的困难是确实的，乡党委会一定考虑这个问题，但乡里财政紧张，您一定要理解……

再后来，只要焦文雄一上乡里来，乡党委书记不是去县委开会，就是去别的村调研，十趟里竟有九趟找不见他。焦文雄没别的办法，只好死守在乡政府门口，希望能再逮着乡党委书记，再把合生村打井的事说一说。

焦文雄不在乎自己的年度考核是否优秀，更不在乎什么时候才能调回镇上，他是真心想给合生村打一口甜水井。合生村所在的乡是通东县最穷的阳夏乡，合生村又是阳夏乡最北边靠海的村子。合生村的靠海，可不比北灶港的靠海，北灶港是千年古镇，天然的良港，传统的渔业基地。合生村却是一面靠海，三面被重重的山丘围住，既没有滩涂，也不适合出海船只的停泊。村民们很穷，打光棍儿的很多。周边乡村的女孩都不愿意嫁到合生村来，因为大家都知道，合生村连口正常的水都喝不上。

焦文雄像是一颗野草籽，被人随意地散落到合生村，再无人理睬。曾经在北灶港唾手可得的升迁机会，如今在合生村变得遥不可及。这里的村支书已经年迈不管事，其余的几个委员光知道打牌喝酒。村民们也麻木不仁，似乎已经甘于贫困的命运。只有被发配到合生村的焦文雄，抱着一种赎罪的心理拼命工作。自从焦文雄来到合生村，合生村的面貌不知不觉地改变了。他组织起村民自力更生，硬生生用自己的双手，铺成了第一条出山的石子路；给村里那几十亩贫瘠的坡田挖水渠，好歹提升了一点儿粮食的产量。只有打井这个事，焦文雄找县城里的专业打井队问过了，打一口深水井的费用十分高昂，根本不是贫穷的合生村能够负担的。那位负责打井的工程师还好心提醒，像合生村这样靠海的山区，打井之前一定要好好勘测，不然花了好大代价打出的井，很有可能出的依然是咸水。而这笔勘测的费用，也不比打井的费用少多少。焦文雄别无他法，只能一趟趟地去找上级乡政府要钱。

在合生村的那几年里，焦文雄每晚都梦见秀梅和儿子。秀梅一直低着头，像谈恋爱时那样，总是默默地拿手绞着辫子。儿子那张惨白的小脸不停地哭喊着，他挣扎着想去抱儿子，却总是被无边的潮水推开，永远也抱不到。

海难并不是焦文雄的错，但焦文雄偏偏选择在这天发放养殖证，造成人群的大量集聚，使海难的罹难人数达到了重大事故的标准，这是焦文雄无法原谅自己的。海难不仅带走了他亲爱的秀梅和可爱的儿子，他最知己的兄长池大海更是为救秀梅和小禹，再也回不来了。那些在甲板上的畅谈，那些对于北灶港未来的设想，那些想要改变命运的野心，都这样意外地被命运改变了。

焦文雄不知在乡政府的台阶上蹲坐了多久，蹲得他脚都麻了。毒辣辣的太阳已经西斜，看起来乡党委书记是不会来了。他终于站起身，准备回村。就在焦文雄收拾铺在台阶上的报纸时，他好像看见乡党委书记在墙角露了个头，在书记身边则毕恭毕敬站着一个跟他差不多年纪的青年干部。

焦文雄在乡里干部大会上见过他。他姓尤，大学一毕业就进了乡政府。焦文雄在这位尤姓干部身上，好像看到自己当年的影子，一帆风顺，资源集中，前途大好。焦文雄总看到尤姓干部在乡党委书记身边跑前跑后，永远是一张和善的笑脸，说着体贴舒心的话。

焦文雄看见尤姓干部转过身，向他走来，脸上依然堆着笑。

"焦委员好，您是来找卞书记的吧。怎么坐在台阶上呢，这大太阳底下的。不巧了，卞书记今天去县上开会，这时候了，应该不会回来了。下次有什么事您直接进乡政府来找我好了。"尤干部的态度如同春风一样温和。

如果不是刚才瞥见卞书记半个头的话，焦文雄几乎就信了尤干部的这番说辞。但现在，尤干部越是亲切，焦文雄越是明白，这是来打发自己走的。

焦文雄却不能戳穿他。正当他悻悻地推着自行车走出乡政府大院时，低头想事的焦文雄无意中撞到一个人。那个人正低头往乡政府大院里走，两人都没有看路，恰好撞到了一起。

"焦镇长！"焦文雄刚要说声对不起，却被对方一声熟悉又刺心的称呼吓了一跳。

焦文雄抬头看去，认出了撞在他身上的正是来自北灶港镇的潘大树。潘大树比池大海、焦文雄他们小几岁，也是渔民出身。他见潘大树推了一辆二八大杠自行车，车后座驮了一大袋东西。

"我已经不是镇长了。"焦文雄说。

"那不管，我们都只认您。后来的镇长都是来转一圈，捞点儿资历就升官走的。只有您和池主任，是真正办实事的。"

潘大树提起池大海，只让焦文雄更加怅惘。

"焦镇长，您等着，我办点儿事去去就来。这么久没见了，我请您喝酒。"

焦文雄被潘大树的热情缠得没法，只得答应一起去乡政府旁边的酒楼喝酒。潘大树几乎是押着焦文雄过去的，酒楼的老板娘一见潘大树，立刻堆满笑迎了出来。潘大树跟老板娘打了个招呼，说："这是贵客，你替我先照顾着，就在我常订的包厢。就两人，酒菜量不要多，要精致！"然后转过脸，快速跟焦文雄抱了个拳，嘴上说，"焦镇长，我去去就来！您先稍坐！"

老板娘一边点头满口答应，一边已经挽住焦文雄往包厢里领。这让焦文雄很不适应，想挣脱又怕别人说不开放，就只好快步往里走，以免老板娘黏得太紧。焦文雄在包厢惊魂未定地坐下，打发走了老板娘，才喝了半盏茶的工夫，潘大树就匆匆赶回来了。他一边说着"抱歉"，一边招呼老板娘上酒菜。

寒暄过后，潘大树见焦文雄还是放不开，似有什么心事，便问："焦镇长，听说您去了合生村？这次到乡上来有什么事吗？"

焦文雄一次次碰壁的苦楚正无处倾诉，见到故人关心的询问，终于忍不住了，便把怎么想给合生村打深水井，怎么向乡里打报告，怎么一趟趟找卞书记都跑空，一五一十地说给潘大树听。

潘大树先是皱着眉听，后来听着听着反而舒展了眉头，最后干脆一拍大腿，说："焦镇长，我当是什么天大的难事，原来是这么芝麻小的事……"他夸张地跷起一根小手指，用大拇指抵着小手指的顶端，"真的是芝麻点儿小，不过还是件大好事。"紧接着摇摇头，说，"可惜呀，焦镇长，您走错了方向！您要早点儿告诉我，合生村的井保管都用上一两年了！"说完，潘大树放松地靠在椅背上，给自己斟了满满的一杯酒。

焦文雄半信半疑。他知道潘大树脑瓜子灵活，就是文化低，但他把打井的事说得那么容易，实在有点儿不太靠谱。

见焦文雄不信，潘大树神秘地一笑，压低了声音说："焦镇长，您知道我刚才去干什么了吗？我就是给卞书记送礼去了。一点儿土特产，也不值什么钱，就是费工夫。我不但见到了卞书记，还跟卞书记讨来了盖房子的批条。"潘大树从胸口的兜里掏出一张便笺晃了一下，那上面果然有卞书记的签字。

焦文雄的脸气得通红。潘大树见到了卞书记，更坐实了他在墙角看到的，果然就是卞书记。堂堂乡党委书记，竟然对上门谈公事的他避而不见，私下里却收受贿赂，大开后门。

潘大树见焦文雄气鼓鼓的，又替焦文雄斟上酒，说："焦镇长，现在办事就是这样。这么多年，您还没开窍呢！来，咱们打个赌，您按我说的去做，保管合生村半年之内喝上甜井水！要是输了，我潘大树自己出钱，替你们合生村打井！怎么样？"

"你哪来那么多钱？"

"怎么会要我自己出钱。我的焦镇长！我看您的思想还需要好好开放开放。舍不得孩子套不来狼，羊毛还是出在羊身上。就说我这盖房子的批条吧，那是我丈人家三舅舅的二儿子用的，我替他疏通路子，费用他出，而这张批条至少得值这个数！"潘大树伸出一个手掌，手指又得老开。

"你这是空手套白狼啊。"焦文雄有点儿明白了。

"不对,关系就是价值,关系创造价值。"潘大树一本正经地说,"要不是跟您焦镇长是知己,我会透露这个?"说着,跟焦文雄碰了碰杯,一仰脖喝了一大口酒。

焦文雄明白潘大树的好意,也端起酒杯猛灌了一口。

"主意我可都给您出好了,您是愿意继续在乡政府台阶上等着,还是让合生村半年之内用上新井,全看您自己。"

想到自己一年多来白费的冤枉劲儿,焦文雄终于下了狠心,准备按潘大树指点的方向试上一试。潘大树又给焦文雄斟满酒,推心置腹地说:"要我说,焦镇长,合生村的井打好之后,您还是活动活动,回北灶港来吧。难道还一辈子待在那穷山沟里?"

"北灶港人能原谅我吗?"焦文雄低下头。

"海难,那是北灶港人命苦啊。可北灶港人就走不出这命了吗?只有真正了解北灶港,与北灶港同命运的领头人,才能带着北灶港人走出来!"潘大树突然说出了一番充满哲学意味的话。

焦文雄听进去了,他端起酒杯,与潘大树碰了一下,一饮而尽。

第十四章 秀莲

在潘大树的指引下,焦文雄仿佛鼓足了一生的勇气,才终于把精心准备的"土特产"送进了阳夏乡卞书记的办公室。这回,卞书记倒是并未像之前那样避而不见,脸上的笑容却是亲切了许多。一个月之后,县城打井队就开进了合生村。又过了半个月,合生村人就喝上了甘甜的井水。全村人举行了一个隆重的仪式,由村里的长辈半跪着,将第一碗甜井水端给焦委员喝。焦文雄哪里当得起,赶紧推出村支书,让老支书承受全村人的感谢。知情人当然还是明白，这甜水的得来，全不关老支书的事，都是旁边那个名不见经传的青工委员出的力。焦文雄真不敢相信，事情竟会进展得如此顺利。看来，自己的脑袋真是需要"开放开放"了。

合生村的甜水井滋养了全村人，也让焦文雄动了回北灶港的心思。他又找潘大树讨教下一步怎么走。在小饭店包厢里昏暗的灯光下，潘大树眨了眨眼睛，问："焦镇长，您有没有下定了决心？"

焦文雄叹了口气，又不自觉地点了点头。

潘大树一拍大腿，说："只要您下定了决心就行，剩下的事我去办！"

因蒙上许多油脂而昏暗的灯泡突然闪了一下，耀眼的光芒映在潘大树的眼睛里，使他的脸因兴奋而有些变形。

焦文雄心里突突跳了一下。"你准备怎么去办？"他镇定下来问。

"这回可要动真格的。"潘大树眨巴着眼，给焦文雄分析说，"您看，打井您是为村里的公事，对乡里来说，用的也是公款，经手的人只要得到相应的好处，顺水推舟，审批放行就可以了。调动，却为的是您自己，是私事。而这官场上的职位是一个萝卜一个坑，您调上来了，就得牵涉到别人的升迁贬降。牵一发而动全身，非得一把手拍板才行。"潘大树说话直接而透明。

见焦文雄为难，潘大树一笑，说："焦镇长，您要是能回来，那是北灶港的福气。您不用管我怎么做，只要您下定了决心就行。给我半年时间，到年底前县里干部会有一番调整。您就等着听好消息吧！就当我投了个资。"

焦文雄并不相信潘大树的话。之前为打井送"土特产"，焦文雄虽然心里别扭，好歹可以安慰自己这是为了公家的事。而现在，不过是他个人职务的调动升迁，他潘大树哪里会有这样的能量？就是送上十回"土特产"也是枉然啊。尽管从小饭店出来时，潘大树扶着已经醉了的焦文雄，拍着胸脯做了保证，焦文雄却只当他在说大话。

几个月之后，焦文雄接到了回北灶港担任副镇长的调令。

面对静静地躺在自己桌上的那张调令，焦文雄根本不相信自己的眼睛。他将调令正正反反地看了许多遍，又掐了自己的胳膊好多下，感觉到真实的疼痛。真实的疼痛从肉里升起，沿着看不见的神经游走，最终抵达大脑，让他傻傻地咧开了嘴笑，慢慢地，他的嘴里突然被一滴咸涩的水苦着了，他这才发现，不知什么时候，自己的脸上都是泪水。他不敢有动静，只是无声地擦干了眼泪。当同事们前来祝贺他升官时，焦文雄没有喜悦。他为合生村做了那么多实事好事，桩桩件件都让合生村的百姓感念不已，年度考核却一直只是合格。而一个潘大树，凭什么会有这样的能量，左右了村镇干部的任命？

焦文雄不禁有些恼怒起来，抓起电话就打回北灶港，找潘大树说话。

电话里，焦文雄却在潘大树祝贺的话语中，忘记了他打电话的初始目的。他本想问潘大树是怎么做到的，潘大树却总有办法把话岔开去，让焦文雄问不到实话。

焦文雄放下电话，怅然若失。"投资"，那次小饭店聚头时潘大树说过的那个词，缠绕在焦文雄的心头，把他压得喘不过气来。那是怎样一笔"投资"？是"土特产"的价值乘以多少倍？他焦文雄要怎样去还这笔"投资"呢？

电话里的潘大树却只字不提这些。

焦文雄来不及再缠绕下去。新的任命带来的千头万绪把他缠绕进了一个新的网里。忙碌的工作使他几乎忘记了潘大树。

焦文雄回到了熟悉的北灶港后，做的第一件事就是去看秀莲。

其实在合生村的时候，焦文雄只要是无事的周末都会去秀莲家。进了门打过招呼，便一声不吭地开始像一头老黄牛一样卖力干活。把秀莲家的水缸担满水；从煤球厂拖回一车煤饼，一层层整齐地码在后院；拿梯子上房替下已经破损的瓦片，换上新瓦；拆开接线盒，修理短路的电线；甚至替池仁川去教训欺负他的高年级男孩……能在周末回到镇上，替秀莲母子干些杂活，是焦文雄那时候唯一的寄托。他一年到头，只有在给秀莲家干活的时候，听到秀莲那句无比简洁又永远不变的"谢谢"时，心里头才会有一丝松快。

现在，北灶港镇副镇长焦文雄，应该可以提供给秀莲母子比这些杂活更多的东西了吧。焦文雄必须走出几年前的那场难以驱赶的阴影。他的噩梦太多了，秀梅哀怨的脸，小禹呼救的脸，大海坚定的脸，无数人斥责的脸，潘大树故作神秘的脸……他必须从这些噩梦中醒来……

怀揣着调令的焦文雄走进秀莲的家。他直截了当地向秀莲求婚，并保证不再要孩子，共同把池仁川养大。秀莲一点儿也不吃惊，顺理成章地答应了，好像她早就在等着焦文雄开口。秀莲嫁给了焦文雄，两个残缺的家庭又合成了一个，伤疤慢慢地合拢……焦文雄的仕途也开始走上正轨，镇长由副转正，一步步升到县里，成为县委书记，又高升到市里，当上副市长、市长，直到前几年，正式成为江海市的一把手——市委书记。秀莲与仁川，也跟着焦文雄从北灶港到通东县，再从通东县到江海市。三十年过去了，这个江海市的第一家庭，妻贤子孝，父子俩都官居高位，似乎已经接近圆满，再没有什么可伤害到他们……

三十年后的焦文雄，已经很少再做噩梦。但最近不知为什么，关于那场海难的噩梦又开始频频打扰市委书记焦文雄平静的夜晚。他梦见池大海像一条大鱼一样游过去救自己的妻儿……梦见自己徒劳而反复地给秀梅做人工呼吸……梦见黑压压的一片人群，一张张愤怒的脸……

他大汗淋漓，浑身湿透，醒来便望着惨白惨白的天花板。秀莲翻了个身，迷迷糊糊地睁眼看了焦文雄一眼，发现他醒着。

"怎么，又做噩梦了？"秀莲摸了摸他的额头，发现脑门儿上冰凉全是汗。

"没什么，一个梦而已。"焦文雄抓住秀莲的手，努力入睡。

"不行，身上都是冷汗，我去给你拿条热毛巾擦一下。"秀莲不睡了，利落地爬起来。

焦文雄知道再怎么劝阻也没有用。妻子就是这么个脾气，没有太多话，却总是默默地用行动支持自己。

秀莲用热毛巾擦拭了焦文雄的身体，也熨帖了他的灵魂。

那场海难，他失去了秀梅和小禹，秀莲失去了池大海，但他和秀莲却走到了一起。

秀莲比起秀梅更有大嫂的风范。与秀莲结婚后，他甚至暗暗有点儿嫉妒池大海。原来跟秀莲在一起，可以更放心大胆地往前冲，因为身后永远有一个温暖的家在等候着你。每次公务应酬之后，无论多晚，只要在江海市，或者在还能赶得回来的距离内，焦文雄就一定要回家。当小车驶进市委大院，远远就能望见家里门厅那盏永远不熄灭的灯。它像一个忠实的仆人，守候着主人的回来。焦文雄一看到那灯光，整个身心就放松下来。那灯原本是白色的荧光灯，虽然很亮堂，秀莲却说，到冬天看着冷。于是秀莲特意选了这个灯，暖暖的泛着浅浅的黄光，柔和不刺眼，亮度也恰到好处。

就是这些细节，让焦文雄处处感激着妻子。有什么能够比从噩梦中醒来，一个温暖的怀抱更让人流连忘返的呢？

第十五章　谢总的礼物

坐到宽敞明亮的市委书记办公室里，焦文雄已经全然忘记了昨晚的梦。他喝了一小杯咖啡，精神抖擞，准备迎接一天的工作。

阚秘书进来通报，海洋局局长池仁川来了。

焦文雄心想，他早该来了。

池仁川走进父亲的办公室。公务场合，他向来恪守规矩，恭敬地叫了声"焦书记"，然后在小沙发上落座。

焦文雄看着儿子，眉眼越来越像池大海了啊，连那股子坚定的神情也和大海一模一样。

"焦书记，我是来跟您汇报这次赤潮灾害的。"池仁川一边说，一边把海洋局这两天加班加点做出来的赤潮详细报告摊开放在焦文雄桌上。

"发布赤潮灾害应急响应事先为什么不请示市委？"焦文雄对报告并不感兴趣，却皱着眉问出了这句话。

"这是海洋局处理的事，我们直接向省厅汇报，同时抄报给了市委、市政府。"池仁川对父亲的发问有点儿反应不过来，要知道，因为它的专业性，海洋局其实是垂直管理与地方管理相结合的。而类似赤潮这样的事，完全在海洋局专业处理的范围之内。

焦文雄闭上眼，沉默不语，好半天才说了句："市委很被动啊。"

池仁川并不知道昨天市委门口那场风波，他一直在北灶港，监测赤潮。

"可是……"池仁川看见父亲很疲倦的神情，突然不忍心再争下去了，他把话都咽进了肚子里。

"你们现在的应急措施是什么？"焦文雄摆摆手，表示不再纠缠这个。他换了一个话题问。

谈到专业，池仁川恢复了他的镇定："赤潮区域的海洋捕捞与滩涂养殖活动都已经禁止了，也通过电视台、报纸、网络发布了通告。目前，严重污染的区域已经实施了黏土播撒，治理的效果还可以。但这次赤潮的范围大，如果全部使用黏土的话，对后期恢复海洋渔业生产会有一定影响。我们想尝试微生物治理，就是成本比较高。"

"如果微生物治理效果好的话，就用微生物吧。经费的问题由海洋局打个报告，市委可以支持一些。你把握原则处理就是。"焦文雄发话了。

池仁川不再说什么，退了出去。

焦文雄其实有满腹的话要跟池仁川交代，他觉得自己好像把这个儿子培养得太规矩了，事事都认死理。这样的性格很像他年轻的时候。因为这种性格，他付出过多大的代价啊。对于三十年前的海难，池仁川只剩下模糊的印象。虽然他失去一个亲爹，但得到一个爱他的继父。因为对池大海的愧疚之情，也因为失去儿子小禹，焦文雄把全部的父爱都投射在池仁川身上，为他遮风挡雨，不愿他受一点点委屈。谁知道，竟会培养出这么书生意气的儿子，这样的性格做研究也许很适合，但身处复杂的官场，认死理恐怕会吃亏的。有机会一定在家里再跟他提点两句。在办公室这样的场合，教导儿子多考虑方方面面的人际关系，也不太合适。赤潮，也许是儿子踏入官场面临的第一波浪潮，他需要自己去摸爬滚打，才能成长起来。做父亲的，说再多也没用。焦文雄满怀忧虑地看着池仁川走出办公室的背影。

阚秘书又进来了，他轻声说："焦书记，凤凰集团的谢总来了，已经等了大半天了。"

"哦，赶紧请她进来。"焦文雄心里一直想着凤凰湾项目，正好可以催问一下。这也是焦文雄最担忧而没有跟池仁川说出口的话：会不会有人借赤潮大做文章，干扰、阻挠凤凰湾项目的进程？

焦文雄只见过谢秋云一次。那是三年前，作为凤凰湾项目的总经理，谢秋云全权代表凤凰集团，与江海市委签署了框架协议和一期合同。凤凰集团的投资，对于焦文雄来说，犹如为想瞌睡的人递来了枕头。急于建设北灶港，改变江海市的整体面貌的焦文雄书记，把凤凰湾项目视作他从政生涯最后一笔浓墨重彩。经历过那么多，他对于往上升官已经兴味索然，只想在江海市这片土地上，实现三十年前朦胧的梦想。是的，他是江海市委书记，只要有决心去做，又有什么可以阻拦他？

因此，与凤凰集团谈判时，他主动提出了不少优惠条件，并几次上省城汇报，力陈北灶港建设的重要性，对凤凰湾项目的最终落地起了决定性的作用。

他对谢秋云也十分赞赏。才三十出头就担任总经理，全权负责凤凰湾项目的谈判。他本来以为，谢秋云之所以这样年轻就被赋予重任，不过是因为家族企业的缘故。谁知，签约时短暂的交谈，谢秋云居然对北灶港的渔业发展提出了相当专业的看法，这让焦文雄更加看好凤凰集团的投资。

对于谢秋云来说，其实在开始的阶段，她并没有太看好北灶港的凤凰湾项目。她甚至不太清楚父亲为什么一定要在江海市北灶港镇投资。她一度怀疑过父亲的投资眼光。从海洋生物学家的角度看，北灶港的确是天然的大港，渔业资源丰富，港口条件良好。但从商业投资的角度来看，北灶港镇各方面的基础设施太薄弱了，等于在一张白纸上画画，想要建成大港需要的投资数额巨大。谢秋云回想起一期滩涂征用过程中发生的种种麻烦：池仁川的前任——海洋局的葛局长不断变更图纸，整个一期的建设范围一缩再缩，最终，图纸看上去像一只未能展开翅膀，却伸长了脖子将头部探向海洋深处的瘦长凤凰。如果不是签约时焦书记表现出来的强劲支持与建设决心，谢秋云差点儿就要怀疑江海市对于凤凰湾项目的诚意了。

从大学海洋生物系毕业之后，谢秋云就子承父业，进了凤凰集团。凤凰集团是一家从海洋捕捞与水产加工业起步的家族企业，经过几十年的积累，已经发展成集远洋渔业、水产加工业、渔港物流业、房地产开发和新能源建设为一体的大型企业，在国内的同类企业中排名达到前十。谢秋云虽然是家族的独女，却按老规矩一样从基层干起。她在短短的五年时间内，干遍了凤凰集团的各个部门，接触了不同的行业，在对生产与经营的情况了然于心之后，她才被年老多病的父亲提拔为总经理。刚一上任，父亲就决定到大陆投资。目的地也是父亲指定的——江海市北灶港镇。

初担大任的谢秋云十分慎重，她必须从整个集团的利益出发考量一切。从经济学的角度来看，谢秋云觉得，凤凰集团这个时候入场投资，其实不是一个合理的选择。更何况，由凤凰集团全资投入的北灶港凤凰湾项目，一期工程中大多是新能源等基础建设项目，投入极大，产出极低。区区一个凤凰集团，能撑得起北灶港的建设吗？奈何父亲有一种倔强的坚持，谢秋云不得不登上考察江海市的飞机。尽管有那么多疑问和不解，但为了家族企业，谢秋云只能听从父亲的命令。幸运的是，她一踏上江海市的土地，一闻到北灶港的海风海味，谢秋云就喜欢上了这里。而江海市也拿出了最优惠的条件，象征性的土地使用费，银行的高额低息贷款，甚至三年的免税政策等。谢秋云经过仔细地测算，如果凤凰集团可以完成一期建设，那么在三年之后的二期建设中会逐步获利，这才使谢秋云郑重其事地在合作协议上，代表凤凰集团签下了自己的名字。

基于对官场的初步认识，谢秋云明白，这一系列的优惠条件应该离不开市委书记焦文雄的全力支持。因此，她对尚未谋面的焦书记印象极佳，觉得这是一位做实事，敢拍板，又不失灵活性的干部。她愿意跟焦文雄这样的干部打交道，而不是那些满嘴官话、套话，表面异常客气，却什么都不肯决定的官油子。

在整个谈判的过程中，焦文雄并没有出面，但他一直对谈判细节高度关注。从谈判的情况来看，凤凰集团派出的应该是一位高手。在关键条件上寸步不让，几乎到了苛刻的地步。有几回他都觉得谈不下去了，没想到第二天，对方又拿出了新的方案，细微的让步使谈判得以继续下去。凤凰集团对谈判步骤的精准把握让焦文雄深深佩服。直到签约的那天，他与谢秋云第一次正式见面，才发现凤凰集团的总经理、谈判的全权代表，竟是这样一个看上去年轻稚嫩的黄毛丫头，比仁川还要年轻几岁呢。真是一位了不起的对手！仁川什么时候能锻炼得这么精明呢？

谢秋云今天穿的是苏州产的手绣中式旗袍，团云的图案，素雅的月牙白色，旗袍外面罩了件银灰色的羊绒披肩。她笑吟吟地走进焦文雄的办公室。宾主二人寒暄几句过后，谢秋云落落大方地坐在池仁川刚刚坐过的小沙发上。

"焦书记您好，您应该听说了赤潮的消息吧。不知道这次赤潮的范围确定了没有？最重要的是赤潮的起因源头有没有找到。我们整个凤凰湾项目都在赤潮的影响范围内，您知道这对我们很不利。"

"具体的数据海洋局的报告上都有。"焦文雄把桌上的报告递给谢秋云。

谢秋云接过海洋局的报告，仔细地阅读起来。与她的那份检测报告相比，海洋局的报告更专业、更全面，果然不出她所料，大致影响范围在500—600千米。这份报告做得很详尽，以她海洋生物系毕业的专业眼光来看，都无可挑剔。谢秋云暗自赞许，但说出来的话却是另一番考量："赤潮的源头在哪里确定了吗？"

"这个……海洋局还在排查中。"

"那就不好办了，"谢秋云还是笑吟吟的，放下文件夹，轻轻搓了一下手，"焦书记，您是知道的，我们凤凰集团投资凤凰湾项目是花了血本，也是冒了极大的风险。现在赤潮范围这么大，恐怕整个项目进度都要受影响。"

"江海市委和海洋局高度重视这次赤潮灾害，正在积极治理，一定尽早排查源头，尽快恢复正常生产。"焦文雄说得很诚恳。

"那么凤凰湾二期的滩涂征用进度怎么样了？"比起赤潮，身为总经理的谢秋云更关心这个。她吃过一期的苦头，因此非常关心二期的滩涂征用工作。

"我们已经专门开了联席会议，把这个项目工作作为近期的重点来抓。谢总放心，一定不会耽误进度的。"其实联席会议是因为贻贝中毒事件召开的，但焦文雄确实提了征地工作。

"焦书记，您也知道，一期都是没有产出的基础建设，二期不快点儿上马，凤凰集团是撑不起这么大的摊子的。我们不比政府，每年都要向股东公开账目的，如果股东对经营状况不满，凤凰湾项目很可能被搁浅。"

焦文雄爽朗地大笑起来，说："怎么，我这个市委书记给你打包票，谢总还不放心？"他甚至做了个拍胸脯的姿势，谢秋云的精明让他绝不敢轻视，而她的年龄却使焦文雄忍不住产生一种父亲般的慈爱。

"那就好。如果到时完成不了，我可是还要来找书记大人的。"谢秋云笑着，柔软中带着一丝锋芒。

谢秋云对这次交谈基本满意。以她对这位江海市最高决策者的了解，焦文雄不会做无谓的保证，他答应的事一般都会落实到底的。

谢秋云准备告辞，问出了最后一个问题："焦书记能不能帮我找一个人？他是一位滩涂养殖户，名叫夏子豪。"

又是夏子豪！

"谢总认识夏子豪？"焦文雄眉毛一挑。

"也不算认识，一面之缘。只不过看起来，好像是我害了夏先生。因为我要买他的贻贝，导致他被扣上了私售贻贝的罪名。他被带走时，我也在场。说老实话，我认为这么处置是不妥的。"

他让阚秘书去查夏子豪的下落，四处没有消息。谁想到亲眼看到的人竟坐在眼前！焦文雄问："带走夏子豪的两个人长的什么模样？"

"两个穿着制服的男的，个儿都不高。一个头发很短，另一个头发长些。对了，头发短的那个眉毛那儿有个小伤疤。"谢秋云勉强描述了一番，焦文雄眉毛又是一挑。

"什么样的制服？"

谢秋云还真的答不上来，她不熟悉体制，对各式制服没有概念。

焦文雄说："我尽力查一下，看看这位夏子豪究竟是被哪个部门带走的。具体什么情况一定会依法处理的。"

谢秋云道了声谢，又拿出一个纸卷，双手捧着郑重地递给焦文雄。

焦文雄没有料到这一出，说："谢总，您这是什么意思？不会是要收买我吧，哈哈。"

谢秋云还是笑吟吟的，说："焦书记，要收买也不会拿个不值钱的东西来呀。凤凰集团更不会为了一个注定要亏本的项目来收买您。"

"那这是什么？"焦文雄倒有点儿好奇了。

"这是凤凰集团的董事长托人带来的一幅画，特意让我交给您。是我们董事长自己画的，为了感谢您对凤凰湾项目的付出，同时也是双方精诚合作的象征。"

"这么说我必须得收下喽。"

"那是当然。"谢秋云莞尔。

"那就恭敬不如从命了。"焦文雄一边说，一边接过画卷。他打开画卷，原来是一幅国画，画面上是苍茫的大海，隔着大海有座小岛和一片大陆，那岛上和陆地上各有一个面目模糊的人，遥遥地仿佛互相对望着。整幅画的水准一般，不过是个业余水平。而且作画的人似乎有些笔力不济，但焦文雄并未表露出来，只是客气地赞了几个"好"字，就命阚秘书收起来。

谢秋云这才起身告辞。

第十六章 带血的养殖证

半夜出差不是没有过，但半夜出差不知道目的地的，却是头一回。阚秘书不敢多问，抱着公文包坐在前排。他好几回往后座看，焦文雄在后座闭目养神，也不知睡着了没有。焦文雄不发话，阚秘书也不敢问。

司机小杨一定知道去哪里。他是焦文雄亲自挑选的，这人就是个闷葫芦。别人是口风紧，小杨是根本不说话。阚秘书也不能问小杨，领导的大秘竟然还要通过司机去了解领导的行程，多丢脸哪。

他只能自己看路揣测。

是往海边去的路。

难道是去北灶港？跟凤凰湾项目有关？阚秘书心里有些疑惑。

阚秘书的担心和疑惑没有持续太久，车行一个小时左右，果然到了北灶港镇的港口。

阚秘书准备叫醒焦文雄。

"你去给我把潘大树叫来。"焦文雄已经睁开了眼，先发话了。

"现在？这里？"阚秘书心想这么晚了，潘大树不回家睡觉，还会在港口？

"对。现在就去港口办公室把潘大树叫过来。"焦文雄十分肯定地说。

阚秘书从来没有这么晚去找过潘大树。但听到焦文雄不容置疑的语气，他不再犹豫，便往他熟门熟路的港口办公室走去。

半夜的港口寂静无声，海水平静得吓人，黑压压的一大片。海水拍打海岸的声音有节奏地隐隐起伏着。阚秘书下了车，拉开港口的大铁门。那铁门已经生锈了，"吱呀"一声把阚秘书吓了一跳。

焦文雄坐在车上看到了阚秘书的举动。他不易察觉地微微摇了一下头。这个小阚办事谨慎，就是胆儿太小，这么多年了还没锻炼出来。

阚秘书硬着头皮往里走，潘大树的办公室在港口最里面一排平房的最东头。离着还有几十米，阚秘书已经断定潘大树在里面。一股浓郁冲鼻的酒气飘散在夜晚的空气中。潘大树好酒，又舍不得喝好酒，常年喝劣质的高粱烧，酒味又浓又烈。阚秘书每次见到潘大树时，都能闻到这种冲鼻的酒味。真被焦书记猜中了，潘大树还真的没在家睡觉，就在港口办公室的沙发上打盹儿。阚秘书不知道，多少年了，潘大树都习惯听着海风海浪入睡。

看来焦书记果然挺了解潘大树的，阚秘书心想。

阚秘书"咚咚咚"地捶门。

捶了半天，只听得里面"哼"了一声，然后是桌子椅子拖动的声音，接着是拖鞋"踢踢踏踏"的声音，门"嘎"的一声开了。潘大树红光满面地出现在门口，还眯缝着眼，宿酒未醒，一时竟没有认出是阚秘书，他从鼻子里出气，横横地说："谁啊？大半夜捶个鬼门？！"说着气鼓鼓地又要关上门。

阚秘书忙顶住门，急促地说："潘大树！焦书记来了！"

"你哄谁呢？"潘大树笑了，"这黑漆天的，焦书记能来？"他倒是认出了阚秘书，酒意一下子散去了许多。

"谁敢哄你潘码头？"阚秘书郑重地说，"焦书记在外面车上等着你呢。"

"真来了啊！"潘大树一惊，"啪啪"给自己脸上甩了两耳光，立时清醒了不少。"我跟你去见焦书记。"一会儿工夫，又恢复成那个精明能干的潘码头了。

阚秘书真佩服潘大树这醒酒法，心想，这个老码头果然有一手。

　　两人走出院子，来到黑色红旗轿车面前。焦文雄见潘大树过来时的脚步有些不稳，就知道这老家伙又喝酒了。

　　焦文雄摇下车窗。潘大树加紧了两步上前，躬着腰凑在车窗前，毕恭毕敬地叫了声"焦书记"，又说："您怎么这会子来了？有啥事让阚秘书说一声就成了，还亲自上我这儿来。"

　　焦文雄沉声道："你都在胡闹些什么？好大的动静啊！人都闹到市委大院去了。小阚查一圈都查不着。"

　　"啥？啥动静？"潘大树摸不着头脑。

　　"你把夏家那小子，就是夏子豪，弄哪儿去了？"焦文雄见他没有反应过来，便毫不客气地单刀直入。

　　焦文雄是想了许久，才想明白夏子豪的下落的。一个普普通通的滩涂养殖户，会摊上什么事呢。直到他听阚秘书说起，夏子豪的滩涂就坐落在凤凰湾工程旁边，才想起了潘大树这个人。三十年前，在潘大树的"投资"下，焦文雄的仕途走上正轨。自那以后，潘大树却没怎么来麻烦焦文雄。反倒是焦文雄偶尔遇到麻烦时，还会来找潘大树"问计"，甚至全盘交代给潘大树处理。而自从焦文雄升职离开北灶港后，两人的联系越发稀少，那个"投资"也再没人提起。但他知道，潘大树在北灶港一直干得挺好，是说一不二的"潘码头"。那个极有可能被牵扯到滩涂征用风波里的夏子豪，既然到处找不到，他"潘码头"一定知道。

　　"您是说夏家那小子啊。焦书记，夏家那小子守着那片滩涂地不放，我只好动了点儿脑筋。这不是您上次开会吩咐下来的吗？凤凰湾项目二期滩涂征用必须抓紧！我没为难他，真的！"

　　"人呢？我让你现在、马上、立刻就把人放了！"焦文雄不轻易动怒，但凡提高了点儿声音，就说明他已经在发火了。

　　"是是是，"潘大树不再废话，"我这就去放人。"说着，从裤兜里掏出一大串钥匙，颠巴颠巴地跑去了。

焦文雄摇上车窗，疲惫地靠在椅背上，闭上眼睛。表面平静的他，内心却翻江倒海一样。他知道潘大树有能力，在基层干事，没有点魄力是不成的。但绝没有想到，潘码头竟然胆大妄为到这种程度！是他给了他错误的暗示？是那份"投资"还在发挥着某种作用？还是他与这位老朋友太过疏于联系了？竟不知道潘大树到底都做过些什么！

大概过去了十分钟左右。焦文雄觉得这十分钟很漫长，坐在黑色的红旗轿车里，在黑黑的夜色里等着，听着海风呼呼地刮过车顶，远处海浪单调地拍打着岩石，好像所有的一切都融进了一大团浓郁得化不开的黑色里。

潘大树终于出现了。焦文雄看他走路歪歪斜斜，到最后几乎是奔着过来，心中升起一种不祥的预感。

潘大树匆匆跑来，神色慌张，上气不接下气地说："焦书记，不、不、不好了，夏家那小子跑了！"

"什么？"焦文雄变了脸色。

阚秘书也"啊"出了声。

焦文雄再沉得住气，也禁不住这番变故。"你带我去看看。"他沉着脸对潘大树说。

潘大树在前面带路，焦文雄跟着，阚秘书走在最后面。路很不好走，从码头办公室的院子穿过，走上一条狭窄的小路，绕了一个圈，又拐了三四个弯，还经过另一扇铁皮门，终于停在一排更低矮的平房面前。"难怪我各个部门都问过，竟然生生打听不出夏子豪的下落，原来是被潘码头藏在这里了。真有他的。"阚秘书心想。

中间那间屋亮着灯，门窗都大开着，屋里除了一张翻倒的椅子，什么都没有。

焦文雄走进屋里，一下子看见地上掉着一个证件。

阚秘书顺着焦文雄的目光望过去，也发现了那个证件，他走过去捡起来，递给焦文雄。

焦文雄展开一看，竟是一张发黄的带血的滩涂养殖证！上面还签着焦文雄的大名！焦文雄仔细辨认着养殖证上面的名字，写着"夏天刚"三个字。他从记忆里搜索"夏天刚"这个名字，终于浮现出一张年轻的脸，应该就是夏家阿婆那个新婚不久的儿子吧？那么，这张养殖证就是三十年前担任北灶港镇镇长的自己，签发给夏家阿婆儿子的养殖证！夏子豪还保存着这张三十年前的养殖证！

焦文雄的心颤了一下。他仿佛又回到三十年前的夜晚，那黑压压、一张张愤怒的脸，向他索要亲人的性命。而他，又向谁去索要妻子秀梅与儿子小禹的性命呢？焦文雄眼前一黑，身体晃了一下，阚秘书眼疾手快，赶紧上前扶住了他。

焦文雄稳住心神，将养殖证交给阚秘书，说了声"回去"，转身就走，把潘大树晾在一边。阚秘书给潘大树使了个眼色，然后急匆匆地跟着焦文雄离开。

潘大树识趣地没再跟出来，他站在空无一人的屋子当中，觉得自己很委屈。

081

第十七章　谁先查到真相

池仁川第一次应对这么复杂的局面。

他领着海洋局的一队人马在北灶港不眠不休地干了一个多星期。撒黏土的活最重，虽说雇了民工，他却一丝也不敢懈怠，拿眼睛紧紧盯着，生怕哪里有遗漏。他作为局长这么身先士卒，底下的人谁也不敢偷懒，所有人累得人仰马翻。大家有怨气也不敢发，只好请章秘书委婉地向池局长表示，一周过去了，总该让人回去歇歇，泡个热水澡，换身干净衣服，好歹整顿一下再来。可池仁川一碰到工作上紧急的事，就变得有点儿不近人情。他压根儿没有理解章秘书话里的意思，只是简单地回复说："那就轮流回去一下，接下来的微生物治理还没搞过，但技术人员得留下来，密切关注动态，随时做好检测。"轮着回去的人欢天喜地，技术人员却拉长了脸，老大不高兴。

池仁川却什么都没有觉察到，他完全沉浸在自己的海洋世界里，白天测量链状裸甲藻的含量，晚上做梦梦见的是显微镜下的那些生物细胞。在梦里技术人员放养的微生物们都穿着铠甲，手持长矛，呐喊着向链状裸甲藻杀去。链状裸甲藻节节败退。突然，出现了一个硕大无比的链状裸甲藻，一大团阴影压向正在战斗的微生物，微生物们个个开始后退……

池仁川捏紧了拳头替微生物们加油，他大叫着："别退啊，往前冲！"突然一个转身，人醒了。再想起刚才那个梦，自己也笑自己幼稚。

天已经蒙蒙亮了。横竖睡不着，池仁川又不想惊动章秘书，于是自己走到海滩上去。他们住的宾馆是以前的镇委招待所，也是北灶港镇唯一的星级宾馆。条件当然不能跟江海市比，好处是离海滩极近，慢走五分钟就能到。

这一片海滩，在港口的另一侧，站在海滩上远眺正好把凤凰湾项目尽收眼底。滩涂的形状像一条又宽又大的卧龙，把北灶港港口一截两断，拦住北侧来的海风。一期的围海造田改造了大片大片的滩涂，原先柔软的淤泥现在都已被填成了坚实的土地。崎岖的海岸线不见了，嶙峋的礁石推平了，只看见陆地向海中绵延，伸向远方。大海好像臣服在人类的丰功伟绩之下，给人类的足迹让路。

沿凤凰湾的北侧竖起了一排高耸入云的风力发电机。它们像极了飞机单侧的机翼，线条简洁，造型柔美。白亮的金属色刺破了黎明的灰暗，静默不语，远远望去如同守堤的兵士。匍匐在风力发电机白色风车下面的，是一个椭圆的大型建筑，那是凤凰湾项目火力与风力混合的发电厂。

再往东是一个长方形的建筑，那是凤凰湾项目在建的自来水厂。

随着北灶港的发展，外来人口的增多，原来的水厂规模已经完全跟不上形势。焦文雄对于北灶港的定位设计，已经规划到了二十年之后。因此，就在前几年，江海市就有意把自来水直输到北灶港，以满足北灶港将来的发展需要。请专家论证下来，由于北灶港实在离江海市区太远，运输的成本与损耗太大。焦文雄就劝说凤凰集团，你们既然在北灶港投资，总要解决水电这样的基础建设。于是，他亲自牵头，让江海市自来水公司与凤凰集团各出一半资金，直接在北灶港新建一个分厂。年前，水厂刚刚运行，北灶港人喝上了自家产的自来水，这也算是焦文雄的政绩之一。池仁川看了电视直播的水厂开通仪式，台上焦文雄饱含感情地说起北灶港镇发展的历史，又充满信心地畅想起北灶港美好的未来，台下的北灶港居民个个热泪盈眶，大声喊着："焦书记！焦镇长！"那种百姓拥戴、鱼水情深的场面又浮现在了眼前。也正是这一次，池仁川才明白，原来父亲在北灶港的威信竟然这么高。

　　池仁川深深崇敬自己的父亲。一个为人民谋福利的官，才是真正的好官。他暗暗学习父亲的工作作风，遇到事情总是会想父亲处在这样的境地会怎么做。这次治理赤潮，他全力以赴，也想着能有一天，像父亲那样，站在新闻发布台上，用有力的声音宣布："北灶港赤潮的历史结束了，大家可以放心地进行渔业生产了！"他知道，随着时间的推移，天气的变化，赤潮就是不治理也会减弱，但他不想碌碌无为，他不但要治好"这一次"的赤潮，更要结束海洋生态污染的历史。

　　水厂过去就是集装箱码头了。码头刚刚建成，铁红色的钢架林立，数十个集装箱零零散散地堆在码头一侧，那都是凤凰集团用来运输从国外进口的前期设备的。再远处就是一排挖泥船，那是凤凰湾二期围海造田的工地了。

　　池仁川至今还记得运集装箱的万吨轮进码头的情景。那是半年前，北灶港第一次有大轮船进港，闸口、码头的工作人员都严阵以待，全镇的居民都跑来看热闹。当集装箱从万吨轮上卸下时，池仁川听到身后一位七旬老汉"啧啧"有声地赞叹："这铁家伙厉害到海里去了！这么大的铁壳子，能住上几百号人吧！"

池仁川回想起老汉的话笑出了声。那天人是真多啊，北灶港的居民是不是都出动了啊。马路牙子上、楼房顶上、船闸的桥堡上，黑压压都是人。想着想着，池仁川开始有些犯迷糊，怎么对面集装箱的旁边，甚至是集装箱上，也全都是黑压压的人头。他努力想弄清楚是怎么回事，睁大了眼仔细看，这才发现既不是做梦，也不是回忆。

天色已经大亮，码头上确实围满了人。人群的最前面，还拉着几幅红色的横幅。横幅上写着黄色的几个大字：

还我滩涂！还我生计！

横幅下面站着一个跟自己年纪差不多的后生，衣衫上竟还有一些血迹。后生身旁站着一位红衣女子，奔前跑后，正在指挥着什么。身后则满满站着一众汉子。个个黝黑而毛糙的脸，穿着粗笨的劳动服，踩着高筒的水靴。看样子，不是附近的渔民，就是养殖户。码头的二期工地上，挖泥船的桅杆上竟高高坐着一位老婆婆。她在干吗？那么高，不危险吗？

与后生对峙着的正是潘小妮和谢秋云。她俩身后，站着几个凤凰集团和镇政府的人。在人多势众的北灶港渔民的包围之下，两个弱女子显得势单力孤。

池仁川毫不犹豫，立刻挤进人群，一直往冲突现场的中心走。

当他出现在潘小妮和谢秋云中间的时候，两个女子都用感激的目光看着他。潘小妮与池仁川目光交汇过后，立刻又回过头，拿着个小喇叭跟对面那个后生喊话："夏子豪！你们表达诉求是完全可以的，但要采取合理合法的形式。能不能先让阿婆从挖泥船上下来，双方坐下来好好谈。像这样聚众闹事，阻挠二期工程是不行的。"

夏子豪？这位就是夏子豪啊。那天在滩涂上，池仁川接住了被夏子豪推出看棚的潘小妮，被迫当起了潘大镇长的"军师"。见到夏子豪本人却是第一次。只见对面这个跟自己差不多年龄的汉子，肤色同北灶港所有的渔民一样，被海风吹得黑黑的，却又在黑黑的肤色里面透出健康和强壮。头发乌黑发亮，近发梢处有点儿卷，使他看起来有点儿非洲人的味道。夏子豪尽管实际年龄要比池仁川小几岁，但因为生活的磨砺所带来的黑黝与粗糙，让两人的年龄看上去像是倒了个个儿，显得比池仁川还大几岁。

夏子豪听完潘小妮的话，冲着她喊回去："潘镇长！不是我们聚众闹事，还要请潘镇长先回答几个问题。这次的赤潮影响这么大，到现在还没有查清原因，到底是天灾还是人祸？凤凰湾项目侵占了海洋滩涂，影响了渔业养殖业，说好的海洋生态补偿款到底什么时候发放？凤凰湾项目围海造田的施工技术标准是什么？所用的材料达标吗？为什么前一阵闻到臭气熏天的气味？滩涂没有了，让渔民和养殖户怎么谋生？"在桅杆上的夏家阿婆也呼应着唱起了北灶港渔歌："滩涂没得子喽，饭碗敲脱子喽，饿肚皮喽……"歌声忧伤而辽远，沿着桅杆一直爬，仿佛爬到天上去了。

站在夏子豪前面的几个壮汉在渔歌的煽情下有些激动，一齐吼道："对啊，滩涂没有了，我们靠什么吃饭？！"甚至气势汹汹地捋起袖子想要往潘小妮那里冲。

池仁川赶紧挡到潘小妮面前，用身体遮住她，以免她受到伤害。潘小妮毫无惧色，只是用眼角感激地看了池仁川一眼，冷静地说："夏子豪，市海洋局正在治理赤潮，镇政府也在全力配合，相信很快就可以恢复渔业生产。至于赤潮产生的原因，我们还是要耐心等待专家的分析结果。"

谢秋云没有想到，几天前她还在为夏子豪而奔走，重新出现的夏子豪现在却站在她的对立面向她宣战。她有些生气，为自己的好心付诸汪洋而难过，但又不禁有些欣赏这个对手。他思路清晰，问出来的问题也很专业。既然问到凤凰湾项目，作为集团的总经理，有必要出面解答。谢秋云依然保持着她的风度，微笑着说："夏先生，我就是凤凰集团的经理，我可以很负责地告诉您，凤凰湾填海造田的材料用的都是环保材料，完全达标，采用的技术也是国际领先的吹填法。您和您的朋友只要愿意，我们凤凰集团随时欢迎你们来参观指导。"

"那海洋生态补偿款呢？什么时候发放？"夏子豪还没开口，周围的渔民和养殖户先吵嚷起来。他们最关心这个简单而现实的问题。

谢秋云说："海洋生态补偿款，我们凤凰集团去年就根据合同，将赔偿金额转给了政府。"说完转过脸轻声问潘小妮："潘镇长没有见到吗？"

潘小妮一脸茫然，说："没有啊，我们镇政府没有见到过这笔款项。凤凰集团是转给了哪个部门？"

池仁川主动说："凤凰湾项目围海造田的合同是海洋局批的，海洋生态补偿款是不是从海洋局的账户走的？合同是前任葛局长签的，具体情况我不太清楚，等我回去查一下。"

池仁川面向夏子豪他们，大声地说："乡亲们！我就是海洋局局长池仁川！你们的问题我都听到了。现在我代表海洋局来回答你们的问题。第一，赤潮的治理已经到了尾声，相信再过一星期就可以解除禁令，恢复渔业生产和销售。这次治理采用黏土和微生物相结合的方法，生态环保，我们一定要把赤潮的损失降到最低，乡亲们绝对可以放心。第二，赤潮的原因我们还在调查，采样已经送到北京，请全国海洋学的专家来评估，一经证实，会正式公开发布报告，绝不隐瞒！第三，海洋生态补偿款的合同是我的前任葛局长签署的，我回去后立刻查明，该发放的一分也不会少！第四，凤凰集团围海造田的技术和材料是否合格，海洋局也会派专人检查，欢迎大家一起来监督！"说着，他看了谢秋云一眼，谢秋云立刻不失优雅地颔首同意。

骚动的人群安静下来。池仁川接着说："乡亲们，我也是北灶港人，是大海、是这片滩涂把我养大！请相信我的承诺，海洋局是人民的海洋局，一定会给大家一个交代的！"人群里有些人稀稀拉拉地鼓起掌来，但是又被其他的渔民用凶狠的眼色制止了。

池仁川并不在意，他冲着高处桅杆上的夏家阿婆喊道："阿婆！您年纪这么大了，还是下来唱渔歌吧，我陪您一起唱！"

夏家阿婆听得真切，笑着说："是池大海家的仁川后生吧！你比我家子豪还大几岁呢！"

听阿婆说认识自己，还提起了自己的生身父亲，池仁川心中不禁有些疑惑，也涌上一阵伤感。"阿婆，我是池仁川！您是?"

"我是你夏家阿婆，你不认得我了，小时候，你总是光着脚板从我家门口的石板路上跑过来，跑过去……"

池仁川努力地从记忆中搜索打捞，却徒劳无功。他只能再次恭请夏家阿婆赶紧从高高的桅杆上下来。"阿婆，您看这天气也凉了，那上面风大危险，不如下来吧。"

◇

087

夏家阿婆"哈哈"一笑，手一松，"刺溜"一声竟像泥鳅一样从桅杆上滑了下来。到了平地，她反而有些颤巍巍，摸索到池仁川跟前，抓住了池仁川的手。池仁川亲切地叫了一声"阿婆……"他看着自己和阿婆的手握在一起，黑白分明，一双手又粗黑又皱皱，另一双手又细白又滑嫩。他不禁心下一恻，把阿婆的手握得更紧。夏家阿婆伸出一只手来摸池仁川的脸，喃喃地："池大海家的娃……"池仁川这才发现，阿婆竟然什么都看不见。他忙扶着阿婆，小心翼翼地把她让到一个货箱上坐下来休息。

夏子豪赶过来了，一把甩开池仁川的手，扶过夏家阿婆，鼻子里还没好气地"哼"了一声。阿婆笑呵呵地，左手抓着夏子豪的手，右手抓住池仁川的手，想把两只手靠拢在一起。池仁川不太明白阿婆的用意，仍然顺从地靠过去。夏子豪却倔强地摆过手，不愿意握池仁川的手。

夏家阿婆笑着作了罢，对池仁川说："这是我的孙子夏子豪，人是个老实人，就是脾气有点儿倔。你别往心里去。"

池仁川点点头，想起阿婆看不见，又用力地"嗯"了一声。

夏子豪瓮声瓮气地说："阿婆，你凭啥信他？他是海洋局局长，他心里一定不会向着咱们，说得比唱得还好听。"

夏家阿婆还是笑呵呵地，抓住池仁川的手不放："凭啥？就凭他是池大海家的娃！"

听阿婆几次提到自己的亲生父亲，池仁川更觉得阿婆像亲人一般。他把外面的衣服脱下来，叠成两折，蹲下身子一边给夏家阿婆擦脚一边说："如今天凉了，还站在滩涂里，阿婆您年纪大了，还是要当心身体。"夏家阿婆一边安心享用着池大局长的服侍，一边还扭了两下腰，唱着北灶港渔歌："七十岁的老婆子，十七岁的腰杆子，哎哟喂……"按着渔歌的节奏又舞了两下，得意地说："瞧，我身子还硬朗着呢，腰还是小姑娘的腰呢！"又长叹了一口气，说："赶海赶了大半辈子，眼看着这海就要被吃掉了，我还是下海跟她在一起算了。"

池仁川耐心地解释："海不是被吃掉，是要建设得更美丽！阿婆您等着，北灶港一定会变成东方大港！那时候，您站在码头上狠狠地唱北灶港渔歌，唱他个三天三夜！"

夏子豪翻了翻白眼，依旧不理池仁川，气鼓鼓地站在阿婆身边。

潘小妮和谢秋云都看到了池仁川对待夏家阿婆细心而和善的态度，就是对自己的亲阿婆，也不过如此了。

谢秋云笑吟吟地说："夏先生、池局长、潘镇长，既然夏家阿婆已经下来了，我们工程队能不能继续施工呢？至于工程质量，随时欢迎海洋局来检查，也欢迎夏先生前来监督。"

池仁川正在考虑，夏子豪却响亮地回答："不行！在没有搞清楚赤潮的原因之前，不能施工！"

谢秋云这会儿真有点儿生气了。她想自己这么多天跑东跑西为夏子豪奔走,你夏子豪不知道、不领情也就罢了。现在不知从哪个旮旯里冒出来,这么蛮横地来跟自己作对,简直是无理取闹了!

池仁川看出了谢秋云的愠怒,也觉得夏子豪这么做,未免有点儿不讲道理。但设身处地站在渔民的立场,他又有些同情夏子豪,何况还有亲人一般的夏家阿婆。

他忖度了一下,一字一句地说:"夏子豪,要求停工要有正当的理由,由政府发布警示或者通告,不然就是干扰生产了。我马上组织海洋局检查工程,但在明确问题之前,政府也好,你们渔民也好,是不能随意说停工就停工的。人家是企业,要讲效益的。我以我头上这顶乌纱帽向你郑重承诺,一定会严格把关,查清问题,公开真相的。你再闹,就是瞎闹了。"

夏子豪心想,你这顶乌纱帽有几斤几两,正想摇头拒绝,阿婆却发话了:"子豪,仁川说的有道理,你带大家先散了吧。要看,跟着海洋局一起去看。"

阿婆都发话了,夏子豪不好再多说什么。夏家阿婆德高望重,北灶港渔民中只要是上了年纪的,都知道她的遭遇,大多听得进她的话,开始纷纷退去。

池仁川真诚地说:"大家放心,我向大家保证,一定会把好关,查明真相的!大家回去吧。"一些渔民散去时向他打招呼,他都不嫌烦累,一一跟他们握手道别。

夏子豪冷眼旁观,觉得这位池局长真会作秀。而且不知是凭借什么样的魔力,竟降服了自己的阿婆,几次三番替他说好话。

先前在夏子豪身边的红衣女子走了过来,她就是省台的大记者崔灿。崔灿从夏子豪的身后走了出来,经过池仁川的时候,用别人听不见的声音幽幽地说:"我知道池局是谁的儿子。这事我也会去查的,咱们比一比,谁先查到真相?"

池仁川心想：这个红衣女子，她是谁？

夏家阿婆被夏子豪和崔灿扶走了，远远地还传来她清朗的渔歌声："七十岁的老婆子，十七岁的腰杆子，哎哟喂……"

就在这场风波快结束的时候，章秘书急匆匆寻到海滩，发现池仁川正在人群中与一位红衣女子说话，这才放下心来。倒是潘小妮眼尖，先看见了章秘书，便远远向章秘书打了个招呼。章秘书会意，往人群方向挤过去。潘小妮不想惊动池仁川，就走出人群，与章秘书会合。

"你们池局长这么拼命地在北灶港工作，他夫人不埋怨吗？"潘小妮问章秘书。

"别提了，池局长的夫人早几年得了重病去世了。老天真不长眼，池局长那么好的人……"章秘书不由得替池仁川感到不平。

潘小妮吃了一惊。她一直压抑着对池仁川隐秘的好感，当听到池仁川现在竟然是单身时，心中不免窃喜，同时，章秘书的话也感染了她，潘小妮对池仁川又产生了一种深切的同情心。

"那给池局长做媒的人一定很多吧，他那么优秀。"

"有是有，就是池局长根本没有时间谈，您也看到了，他是一心扑在工作上，连孩子都是扔给奶奶管。"

"池局长不会是眼高于顶吧？"潘小妮用玩笑掩饰着内心的慌张，心情复杂地望向还在人群中的池仁川。

第十八章　崔记这回要火

崔灿的插手让事情变得复杂起来。

阚秘书快步走向焦文雄的办公室。阚秘书和焦文雄的办公室是连在一起的套间，阚秘书在外，焦文雄在内。一般情况下，都是焦文雄叫阚秘书，他才会进里面来。如果有什么公务或消息，都会先敲一下里间的门（哪怕这门是敞开着的），向焦文雄喊声"报告"，得到许可后，才会稳稳地走过去向焦文雄报告。十几步的办公室，其实一眼都望得见，说话放高声些，完全可以听得清清楚楚。但阚秘书一定要走到焦文雄的办公桌前，轻言轻语地汇报。焦文雄欣赏阚秘书办事的谨慎细心，才专门把他调过来做自己的大秘。

这会儿阚秘书走得可一点儿也不稳。他何止是快步，简直是小跑过去的。过去时甚至有点儿刹不住脚步，在焦文雄桌边停住，俯下身跟焦文雄轻声地说："焦书记好，那天在省委大院门口拦住您的省台记者，崔灿，您还记得吗？"

焦文雄有些不满阚秘书的失态，抬起头说："记得。那个直来直去不管不顾的女记者。"

"她是崔省长的女儿，难怪这么有恃无恐。"阚秘书忍不住评论了一句。

"哦——"焦文雄果然有些意外。他陷入了沉思。

"还有，上次贻贝食物中毒的新闻就是崔灿报道的。"

阚秘书见焦文雄不再发话，便轻手轻脚地退了出去，这回，他的步伐又恢复了原来的节奏。

市委书记焦文雄很生气。从那次被夏家阿婆拦在市委大院门口，崔灿横生枝节，要求采访开始，焦文雄就对这位省城来的大记者很反感。还是省台的记者呢，竟然没有丝毫组织性纪律性，自己在采访中已经说得很清楚了，她大可以依样播出，反而显示了江海市治理赤潮的果断。就算不播出好了，也不该在网络上散布谣言，什么"谁帮这个七旬瞎眼阿婆找回孙子……"这么煽情，这么蛊惑人心，哪里像一个宣传干部。

阚秘书说她是崔省长的女儿！她微博上发的文章虽然不是正式报道，却造成了十分恶劣的影响。表面是私人发感慨，焉知背后有没有什么人的非正式授意？

◇

091

崔省长的女儿！这个身份不得不让人忌惮，也不能不让人担忧。尤成迈市长过去不就是崔省长的大秘吗？难道是他要拿赤潮和凤凰湾项目做文章？

焦文雄不禁暗暗握起了拳头，他浑身紧张起来。在他三十多年的为官生涯里，大风大浪也不知经历了多少回。每一回受了或大或小的挫折，最终都能化险为夷。他深知官场的水有多深多浑，须细心蹚过，万不可大意。那些蛛丝马迹，那些人际纠葛，不知哪一步就踩上触雷，把自己炸得粉身碎骨。

崔灿和尤成迈有没有通过气？或者压根儿就是两人串通起来，还有崔省长做后台？崔省长……焦文雄仔细检查自己与崔省长的全部交往。他和崔省长没有实质上的关联，但也一直对崔省长恭敬有加，从未有过冲突和对立。但是谁又能看得清楚呢？

焦文雄又想到凤凰湾项目。现在看来，所有的人和事，都奔着这个凤凰湾项目来了。这是他在江海市最大的政绩，也将是最后一战，毕其功于一役，要么成为江海市为人称颂的好官，在江海市的历史上留下浓墨重彩的一笔；要么跌落在尘埃，甚至被踩上一脚永远爬不起来，而北灶港镇建东方大港只能成为遥远的梦想。

焦文雄突然想到别的一些事。他按铃叫阚秘书进来，在阚秘书耳边低语了几句。阚秘书点点头，快步走出去。过了几分钟，阚秘书带了一个文件夹回到焦文雄身边。焦文雄打开文件夹，里面是尤成迈的详细履历。他迅速地浏览搜索，目光最终停在了尤市长早期经历的一栏里，那上面清晰地印着一行字：

1983—1984 年，阳夏乡政府干事。

焦文雄终于从三十年前的记忆里，打捞出一张模糊的笑脸。尤市长、尤干事、尤干部……那个在乡政府的台阶上，笑眯眯地告诉他，卞书记去县里开会去了的尤干部。

"尤成迈是阳夏乡第一个大学生干部，写报告是有名的一支笔。听说，转年就被县委书记崔利民看中，提拔到县里，做了县委秘书。这一做就是二十多年，一路跟着崔省长到了省里。"阚秘书有意无意地插了一句。

"唔。"焦文雄感到有些棘手。原来尤成迈市长就是当年的尤干部啊，他倒是真适合做领导的秘书。三年前，尤成迈赴任江海市市长时，就觉得对方有些眼熟，却因为彼此走过的仕途太不相同，他没有回忆起三十年前的那一个小小的交集。像尤成迈那样和气耐心、谨守本分、唯领导马首是瞻、不敢逾越雷池一步的干部，焦文雄后来见得多了。他们背靠大树好乘凉，在大领导的提携下，往上升得很快。尤成迈三年前的空降，焦文雄倒是没有多想什么，觉得省委的决定很是英明，自己的步子有时是太快，搭配一个守成的市长也比较好，有利于江海市的稳定与团结。三年来，与尤市长的搭班子也还顺利。特别是在做工作总结时，尤成迈常常能恰到好处地作出点睛之笔，一下子提升了工作的价值与境界，这让焦文雄不得不佩服。若不是这次凤凰湾项目变得异常敏感复杂，焦文雄压根儿没想到要去查尤成迈的履历，更没有想到三十年前那个满脸堆笑的尤干部，竟然已经如此成熟老到，而且，竟与他共事了三年之久！

焦文雄开始忧虑起官场上这盘根错杂的关系来。想当年，他不就像个愣头青一样只知道往前闯，还是在潘大树的点拨下，懂得了回旋往来……他更加担心池仁川初入官场，过于稚嫩，不知官场关系之复杂，世道人心的难测。现在看来，潘大树已经走得太远，有勇无谋，尽办渣事。焦文雄暗道："不行，我得让阚秘书好好应对此事。"这么想着，他按响了桌铃，唤阚秘书进来。

正当焦文雄坐在办公室里思虑百转千回的时候，省台大记者崔灿正兴头十足地跟着夏子豪在滩涂养殖场上捡贻贝。

夏子豪不知道拿这位省城来的大记者怎么办才好。

崔灿性格直爽，对养殖场上的一切充满了好奇。非得亲自撑船，把船撑得几次撞到礁石，再撞下去就得散架了。非得亲自捞网，把身上整个儿溅湿，连打了十几个喷嚏也毫不在意。夏子豪本以为她不过是城里人一时的新鲜，想着带她去看一眼养殖场，大不了捡几只虾蟹尝个鲜。赤潮禁令还没有解除，但夏子豪凭经验判断应该差不多了。他有两个虾蟹塘是赤潮到来两个多星期之前放的海水，赤潮来后，他就再没有换过海水，水质一定没有问题的。如果崔大记者有意，就是把两个塘的虾蟹都倒腾完，夏子豪也绝无二话。因为他这条命都是崔灿给救下来的，不是吗？

崔灿是无意中介入这件事的。她进省台的年头不多，提拔得却很快。虽然只有少数人知道她的背景，但也架不住同事议论。当了新闻部副主任后，这些风言风语就更多了。她是个倔性子，又不喜欢闷在办公室，干脆找了个借口出来散心。也是憋了股气，想抓一个轰动性的大新闻，才能堵住众口悠悠。来江海市后，瞎猫碰着死耗子，先是报道了贻贝中毒事件，一炮走红。随后海洋局就正式发布了赤潮应急响应，恰好说明崔大记者料事在先，这让她很是得意。之前的新闻则因高度的预见性而在社会上形成了较大反响。

再后来，在市委门口碰上了夏家阿婆，崔灿觉得有料可挖。但毕竟没有真凭实据，确实不能发正式报道，便在微博发了一通感慨。谁知这非正式的文章比电视台的正式节目传播得还广泛，很快刷到了"10w+"的阅读量，一下子上了微博热搜。

崔记者这回要火。她感受到了自媒体的力量，觉得终于实现了新闻自由。

崔灿索性跟着夏家阿婆来到北灶港镇。凭她在大学学生会练就的好口才与人际交往能力，天天在一帮阿婆大娘的身边混，听老人们讲陈年烂谷子的往事，讲街坊市井的传言，没两天就厘清了镇上三姑六婆间的关系，也顺藤摸瓜找到了潘码头。凭直觉，她发现北灶港镇真正的镇长不是那个年轻貌美的潘小妮，而是她爹潘大树。

用夏家阿婆斜对面那个老阿姨的话说，他潘大树在北灶港镇街上撒泡尿，不出十分钟，全镇人就都知道他昨晚上喝了几斤几两的白干儿。潘大树在北灶港镇街上跺一下脚，老街石板路上的青苔也会抖落两层。没有潘大树的北灶港，简直就不成个北灶港。

老人们也说起在潘大树之前，焦文雄和池大海主持北灶港事务时的陈年旧事。在池大海面前，潘大树连根小指头都算不上。池大海待人和气公平，不怒自威，老老少少都服他。焦文雄当镇长的时候还嫩，多亏了池大海的帮衬才站得住脚。可是池大海不在了，焦文雄被贬去合生村那个鬼地方，几年后虽然回到镇上，但没过多久又升官到县市去了。潘大树，这根当年的小指头，就成了北灶港的大树了。三十年前的往事，只有镇上的老人才说得出来。崔灿却有本事把那些老人们东一言、西一语的陈述，整理成一幅完整的拼图。

凭借省长女儿的身份，崔灿在江海市自然也有些内线。她已经通过卫生局的老同学七拐八弯地得知，阚秘书四处在打听夏子豪的下落，更知道阚秘书一直没打听到，急得直跳脚。崔灿并不是只会咋咋呼呼的官二代，她不但想当记者，还想当个女包公、女侠客。她把这些天观察到的现象一综合，觉得夏子豪的被抓，十有八九是潘大树下的手。

她不动声色，偷偷跟了潘大树几次，发现潘大树喝多了酒就宿在港口办公室里。而潘大树那两个忠心耿耿的跟班——小平头和锅盖头，每天拎进码头办公室的，不多不少，总是四份便饭。有时三人在外面饭店里白吃白喝，也还会打包一份饭菜拎回码头。一连几天都是如此。这多出的那份盒饭是给谁吃的？

崔灿为自己的发现激动不已。她沉住气在港口办公室对面观察着，一直等到晚上。她觉得干这事很刺激，比坐办公室刺激多了。想想看，要真能解救出夏子豪，挖出些猛料来，在微博再发一文"孤胆英雄女记者为七旬瞎眼阿婆找回孙子……"一定会大火。

现在想起解救夏子豪时的情形，崔灿都还惊魂未定。

这天，潘大树有事出去了。小平头和锅盖头大概实在是待得太闷了，竟一起出去打了一下午牌。打完牌天都黑了，两人在大排档吃海鲜烧烤，崔灿也跟着在同一个大排档一边吃一边隔了两张桌子盯着两人。这大排档的海鲜，新鲜倒是新鲜，可这卫生真是不讲究。摊主一边擤鼻涕，一边用手擦，擦完还在黑乎乎的围裙上蹭两下，然后继续用同一只手抓鱿鱼。崔灿只能自己安慰自己，"不干不净，吃了没病"，又皱着眉头继续吃下去。

她还没来得及多抱怨，小平头和锅盖头已经吃完了，又让老板打包了些饭菜，起身就要离开。崔灿赶紧也结了账，怕被发现，远远地跟在后面。小平头和锅盖头穿过港口大院，转过几个弯，进了一个小门，一直来到关押夏子豪的平房前。崔灿见小平头和锅盖头把饭菜拎进了中间那间房，顿时心里有数了。但她还在犹豫是通知公安来解救呢，还是自己独自行动。小平头和锅盖头接了个电话，大概是潘大树召唤他们了吧，两人匆忙锁上门就离开了。

机会就那么明晃晃地摆在自己眼前。何必再绕个弯，找别人解救呢？崔灿当机立断。前脚那两个跟班刚走，后脚崔灿就出现在窗前。

夏子豪正纳闷，这两人怎么又回来了，回来了又不开门，还斯文地敲起窗来了。他抬眼一看，发现不是小平头和锅盖头，竟是个年轻女子在敲窗。夏子豪一惊，隔着窗户说话也听不太清。于是崔灿不再跟他废话，当即找了块石头，把窗户砸开。夏子豪从窗户里跳出来，崔灿拉起他就逃。

两人跑了约莫有两里路，夏子豪发现丢了个东西，非得回去拿。崔灿拗不过他，又吭哧吭哧跑回去。

离港口还有百米远，崔灿眼尖，发现了停在港口办公室大门口的黑色红旗。她一把拽住夏子豪，躲在一堵矮墙后面。

"别去！焦文雄在里面！"

"谁？焦文雄？市委书记？"夏子豪只在电视里见过焦文雄。他不太相信电视上的大领导能活生生地出现在自己的眼前。

"看见那辆红旗轿车了没？车牌号是不是1？那就是你们的父母官，市委书记焦文雄的车。"崔灿压低了声音说。

夏子豪信了。他不知道这个天上掉下来解救自己的女英雄是何方神圣，她好像什么都知道。

"现在不管你丢的是啥宝贝，都别去拿了。咱们回吧。"崔灿转身就要走。

即便是夏子豪再不舍，也只能跟着崔灿回去了。再宝贵的东西还能比命宝贵？

夏子豪回来了。

◇

097

他不敢明目张胆地回家，而是让崔灿出面，联络了几家要好的养殖户，到滩涂看棚里，一起合计这些天发生的事。看棚里的电灯用的是柴油发电机，因为动力不足而一闪一闪地跳动着，映在这帮养殖户黑黝黝的脸庞上，像是燃烧的火焰。崔灿一时间觉得有种干地下工作的神秘，替夏子豪他们分析事实，又让崔灿油然生出一种为民请命的神圣感。

渔民和养殖户们很快就联系到了。从贻贝出事起，紧跟着赤潮，养殖的海鲜大批大批地死亡，镇里通知不让出海，北灶港的海鲜生产全部停顿了，渔民和养殖户们闷在家里快闷出毛病了。眼看着只出不进的钱袋子一天比一天瘪下去，他们得找政府要一个说法。夏子豪归纳了几个问题，最后总结为一个口号：

还我滩涂，还我生计！

崔灿替他们设计了字体，还异常谨慎地拿到邻近镇上的打印店里打好了横幅。一切准备就绪，商量好了第二天一块儿到凤凰湾项目工地上抗议。

夏家阿婆突然来了。

"你个小兔崽子！躲在看棚里不回家！不知道你阿婆多担心你！"夏子豪怕走漏风声，叮嘱崔灿不要把自己回来的事告诉阿婆。他望向崔灿，见崔灿跟他挤眉弄眼，就知道准是她泄露了消息。

夏家阿婆已经知道他们在捣什么鬼。她不但不阻拦，竟然还要求冲锋陷阵。"那挖泥船听说又高又稳，我老太婆要去桅杆上坐坐，吹吹海风。"

夏子豪拿自己的阿婆毫无办法。他责怪崔灿告诉了阿婆，崔灿白了他一眼，说："你家阿婆就是个人精。她早就猜到你回来了，她问我我只能招了。别怪我啊。"

然后就是凤凰湾项目滩涂工地上与池仁川、谢秋云、潘小妮对阵的那一幕。

崔灿当然知道池仁川是市委书记焦文雄的继子。两人的父子关系外人不知道，在江海市高层，却不是什么秘密。当初提拔池仁川时，还有些异议，说父子俩在同一个市任职，恐怕不太妥当。还是父亲崔利民拍了板，说："古人还有'内举不避亲'的做法，共产党的干部更加要实事求是嘛！池仁川无论从资历到能力都无可挑剔，总不能因为他是焦文雄的儿子就不提拔。咱们省也只有江海市有一个北灶港，这个专业对口的海洋局局长不放在江海市还放到哪里去？"

她在凤凰湾第一次见到池仁川本人，才知道当初父亲的决定相当英明。池仁川确实是个称职的海洋局局长，遇大事而不慌张，勇于承担责任。那天，他们是冲着谢秋云和潘小妮去的，根本不知道池仁川也在。一般"聪明"的官员都是事不关己，远远地躲起来。池仁川却像个愣头青一样，直往里撞，还主动把事情揽到自己头上。他说的话掷地有声，崔灿不知道他是作秀还是认真，所以才临走时将了他一军。

比起一本正经的池仁川，崔灿更喜欢跟夏子豪待在一起。她在夏子豪面前有一种更强烈的优越感。这种感觉不仅来自她省城高官之女的身份，更因为夏子豪把她当成救命恩人。她救了他，不是吗？她也是他的战友，一起在工地上抗议，一起拉标语，一起喊口号。整个行动的过程中，夏子豪异常敬重她，听取她的意见，由她安排行动的重要细节。这让崔灿更加自得。即使离开了省长女儿的光环，我崔灿照样做得更好。

第十九章　调查

池仁川坐在车里往市政府去时，因为疲倦合了会儿眼。小车很快就到了市政府的楼下。池仁川竟然在这短短的十几分钟里睡着了，还微微起了鼾声。

他太累了！章秘书心疼他，示意司机不必叫醒他，让他多打会儿盹也好。司机熄了火，两人就这么静静地在车上等他。

大概是觉得车辆行驶的晃动感没有了，五分钟之后，池仁川睁开了眼。

"我睡了多久？"见章秘书在等他，池仁川很不好意思。

"没两分钟。"章秘书递过要汇报的文件夹。

池仁川看一眼手表，时间刚好。他整了整衣服就下车了，步伐坚定而利落。

池仁川去给尤成迈市长汇报这次赤潮应急响应的处理过程。海洋局是垂直管理，同时也受市政府的属地管理，是被双重管理单位。

经过两周的辛苦治理，又延续了一周的监测，可以明确判断赤潮已经过去了。海洋局正式宣布赤潮应急响应结束，是时候向尤成迈市长全面报告情况了。同时，检查凤凰湾项目的下一步举措也要向尤市长请示，方能得到批准。

池仁川上任以来，这是第一次单独向尤市长汇报。这位尤市长跟继父焦文雄比起来，一直很低调。焦文雄很强势，市里的许多工作都是他一手推动的，最明显的就是凤凰湾项目。尤成迈本来就是省长大秘出身，长期担任秘书也使他习惯于在领导的管理下温和地工作。他来江海市才不过三年，给人的印象是亦步亦趋，也从未对书记布置的工作有过异议。遇事总是不肯专断，常常要跟市委那边商量着办。焦文雄与尤成迈搭这个班子就很省力，尤成迈并没有给焦文雄使什么绊子，焦文雄对尤成迈也是客客气气的，两人主政江海市，倒从来没有出现过什么大矛盾和大冲突。像这样书记和市长通力合作，下面的人就不需要左右为难，摆立场站队了。

◇

100

尤市长半眯着眼，靠在沙发背上，好像很放松，又好像在凝神细听。池仁川注意到，尤成迈市长的头发也已经半数变白了，他是不是比父亲焦文雄还要大一两岁？

听完汇报，尤成迈左手端起桌上的咖啡，右手抓着汤匙慢慢在杯中搅动。咖啡在杯中被搅出了柔美的曲线。尤成迈又眯起眼睛，好像在检查咖啡里是否有杂质。池仁川望着他的咖啡，心想尤市长怎么还不喝？难不成这咖啡里有什么问题？突然，尤成迈冷不丁问了一句："赤潮的起因查清楚了吗？上次省电视台报道的贻贝食物中毒事件跟这次赤潮有关吗？"

池仁川随即回答："赤潮不可能持续那么长时间，之前的食物中毒症状也跟链状裸甲藻引发的不同，可以肯定四月的食物中毒与这次的赤潮无关。但这次赤潮的起因还没有查清楚，因为链状裸甲藻赤潮在江海地区海域还是第一次发现。"

"那是外来物种？"尤市长又追问了一句。

"是的，可以肯定，所以还需要追溯链状裸甲藻的来源。"

尤成迈这两个问题很专业，而且都问在了点子上。池仁川对眼前这位低调的市长有了全新的看法。父亲焦文雄很少在家中谈论官场同仁，但偶尔提及尤市长时，虽不明说，话里话外却往往透着不太把他放在眼里的态度。"省长大秘出身嘛。"焦文雄总是这么点上一点。

这次汇报让池仁川有种不同的感受。虽然尤市长在整个汇报过程中都没有说话，最后问出的两个问题却很有专业性，而且都点子上。

池仁川额头上出了点儿细汗，但并不慌张。他不避讳自己的工作失误，诚恳地说："我们海洋局放松了对海洋生态的监测，的确需要改进工作。"

对于池仁川，尤成迈一直有着一种复杂的心态。他欣赏池仁川的才华和能力，但池仁川是焦文雄的继子，在江海市官场高层并不是什么秘密。对于这么一层父子关系，尤成迈心里多少有些疙瘩。提拔池仁川任海洋局局长时，尤成迈是持保留意见的。对于父子任职造成的复杂人事关系，尤成迈有着充分的警惕。

他回想起三年前，崔省长在送任前跟他的一番谈话。崔省长高度肯定了焦文雄是一个勇于开拓的干部，让尤成迈好好向焦文雄学习。

"小尤，你跟在我身边这么多年了，一直勤勤恳恳，笔头更是了得。不过，你这个秀才也该到下面去锻炼锻炼，学会怎么独当一面。这对你的成长是大有好处的。"说完，崔利民像往常那样拍了拍尤成迈的肩膀。

一股暖流包裹了尤成迈，让他顿时生出几分豪情壮志。虽然在平时的工作中，崔利民对他非常信任，也拍过好几回自己的肩膀，但都没有像那次那样温暖。

对于焦文雄力推的凤凰湾项目，尤成迈其实是有些保留意见的。他并不看好北灶港，那样一个偏僻的小镇，能有多大的前途。无论焦文雄把蓝图描绘得多么美好，尤成迈都觉得有画饼的嫌疑。批给凤凰集团那么低廉的土地，银行那么低息的贷款，这背后有没有相关利益的输送？凤凰湾项目的成败，实际是以江海市委和市政府背书担保，来赌北灶港的命运。万一失败，商人可以拍屁股走人，江海市的一众地方干部，谁能承担得起这么重大的责任？

以他三十多年的从政经历来看，有多少干部栽在了急躁冒进、好大喜功上。自打他当了崔利民的秘书之后，就学到了崔利民稳扎稳打的精髓。在当年全省近百个县委书记中，与崔利民差不多一代的就有四五十位，崔利民在其中并不是最出色的。但那些自恃能力强的，总是不甘庸庸碌碌，反倒纷纷出了事。之前不那么被人看好的崔利民，却踏踏实实，一个台阶一个台阶地往上走，一直走到省长的高位。尤大秘跟在崔利民身边，耳闻目睹了许多优秀的干部上个月还在给重大工程项目剪彩庆功，下个月就被纪委双规。

凤凰湾项目早在自己上任之前已经启动，尤成迈就算不赞成，也绝不会表现出来。崔省长送任时的嘱咐，使他不会也不敢反对。但他觉得，要完全跟上焦文雄的步伐还真有点力不从心。难道他是真的太胆小了？或者像崔省长说的，还缺乏独当一面的能力？他习惯了跟在领导后面，主动替领导分担工作，查漏补缺，还从来没有担过任职一方的重任。或许是为了班子的团结，又或许还缺乏某种勇气，他只好把这些不同意见藏在心里，从不插手工程的具体事务，也不拍板任何相关的决定。

有几分钟的沉默，尤成迈又用汤匙慢慢地搅他的咖啡，市长办公室的气氛因为这几分钟的沉默变得格外凝重。池仁川觉得像是过了好几个世纪，才终于听到尤市长那温和得不能再温和的声音，内容却尖锐得不能再尖锐："听说——凤凰湾项目那边闹得很厉害？"

池仁川原本也不想逃避这个问题。他把之前滩涂冲突的情形简要汇报了一下，顿了一下，又说："渔民们的诉求也很简单，一是要求海洋生态补偿款发放到位，二是查清凤凰湾项目的施工情况，是否按照方案正常进行，同时评估一下项目对环境生态产生多大的影响。"

池仁川真是个办事踏实的好官，尤成迈想。

"海洋生态补偿款，好像是有这么回事，应该还是海洋局上一任葛局长签的合同，你去查查看。我印象中海洋局也只是牵个头，具体还是由北灶港的干部操作的。"

"凤凰湾项目的施工情况，检查和评估后要有问题的话，海洋局得有叫停权。"池仁川急切地想把事情落实。

尤成迈有些犹豫，他心里明白，叫停凤凰湾项目，一定会遭到焦文雄的强烈反对。他池仁川不会不知道凤凰湾项目是焦文雄的心血吧，凤凰湾停工简直就是打焦文雄的脸。在这关键时刻，他尤成迈究竟该站在哪一边？是坚持原则的池仁川，还是勇于开拓的焦文雄？原本曾忌讳过父子同在一市为官的尤成迈，今天却被夹在这俩父子之间，真是一个令人尴尬的境地。

他用汤匙缓慢地搅了咖啡一下，终于下了决心，字斟句酌地说："凤凰湾是大项目，停工影响也大。海洋局一定要慎重，你们先去细心检查，有问题及时向市政府报告，要拿出充分的理由和证据才能停工。合资方肯定是要说法的。"

池仁川点头称是。他不是不知道检查和评估凤凰湾项目将会产生什么样的影响，更明白停工对焦文雄意味着什么，对北灶港，甚至对整个江海市意味着什么。但面对尤成迈的追问，面对夏子豪的责问，面对那个红衣女郎几乎带着挑衅的话，他无路可退。

"好的，尤市长，我一定会仔细调查，及时汇报的。"说着，他礼貌地站起身，和尤成迈握手道别。走出市长办公室时，他细心地带上了门。

尤成迈望着池仁川的身影若有所思。这个池局长，还真有点儿意思。跟他父亲焦文雄年轻的时候，倒有几分相像。不对，焦文雄不是池仁川的继父吗？可那固执的脾气，真是一模一样。

三年前上任的时候，尤成迈一眼就认出了焦文雄。三十年前那个

◇

103

坐在乡政府台阶上不肯走的倔强青年，像疯子一样盯在乡党委书记的屁股后面，软磨硬泡地要求给合生村打一口井。那时的尤成迈，刚刚大学毕业分配到乡政府工作，他只知道干好领导交办的每一项工作，对焦文雄这样没事找事的，还真是不太好理解。当年的焦文雄硬是跟一口井杠上了，好像那井就是焦文雄的命根子似的。而尤成迈却不得不替卞书记通风报信，挡过好几次驾。尤成迈这么做的时候，心里还是挺同情焦文雄的。可同情又有什么用呢？他还是得听领导的话，按领导的吩咐去做。而这一切也终有回报，老卞书记一直把他当成心腹，一口一个"小尤"亲热地叫。崔利民把他调去当秘书的时候，老卞还主动在崔书记前连声夸赞，恨不得把他夸成一朵花，夸得连他自己都不好意思了。

从阳夏乡被崔利民看中提拔后，尤成迈与焦文雄再没有交集。谁能想到，命运兜兜转转，又会让他们两个在江海市碰头？现在，老焦的性格沉稳多了，再不是当年那个疯子。但尤成迈发现，每当焦文雄做出重大决定时，眼睛里那如炬的目光，依然可以辨认出当年的那股子劲儿。没想到他的儿子池仁川也有这股子劲儿，还偏偏用来挑起了燃向焦文雄的火苗。尤成迈有些忧虑，围绕着凤凰湾项目，会在江海市引发一场怎样规模的大火呢？他想及时扑灭火星，但夹在同样倔强的父子俩之间，他感到从来没有的软弱无力。此时他的心情，若被崔省长知晓，会不会又再次批评他开拓性不足，不敢独当一面？想到这儿，他感到自己的肩膀，三年前被崔省长语重心长地拍过的肩膀，变得有些灼热，使他终于生出了几分勇气。

第二十章　凤凰湾

焦文雄气得直发抖。阚秘书从来没见过焦书记这样。但今天他不敢上前劝，因为把焦文雄气得发抖的正是焦文雄的儿子池仁川。

本来池仁川向尤成迈汇报工作是很正常的事情。可池仁川是谁？是焦文雄的儿子！尤成迈是谁？那是焦文雄时刻警惕的江海市市长！焦文雄越想越不是滋味，仁川向尤市长汇报工作没有错，但去之前、去之后都应该主动来跟自己讨教，想一想该说什么，不该说什么，以免有什么把柄落在别人手里。现在倒好，池仁川非但一句都没提跟尤成迈汇报了些什么，反而是以一份要求检查、评估凤凰湾项目对生态环境影响的公文让焦文雄知道了这场汇报。更要命的是，焦文雄根本不知道池仁川到底跟尤成迈汇报了些什么。这公文上每个字传达出来的意思，都在剑指凤凰湾。虽然没有直说停工，却写明了"有必要就停工"的意思。这让公文上每个字都变成了射向焦文雄的暗箭！

暗箭伤人，暗箭难防，偏偏这暗箭还是自己的儿子池仁川射出的。

焦文雄当然不相信仁川有害他之心，那是自己的儿子。不是亲生、胜似亲生的儿子！

但焦文雄不相信尤成迈。三年了，作为省长大秘空降下来的尤市长，虽然从不露什么锋芒，也从不在任何重要决策上跟自己唱对台戏，焦文雄却不敢掉以轻心。谁在市长的位置上不想着更进一步呢？焦文雄当市长的时候，也是一边夹着尾巴，一边做梦都想着进步。直到真的当上了江海市委书记，焦文雄才敢拍板凤凰湾项目，才开始一步步

◇

105

规划，想要真正实现自己的理想和目标。

"仁川真是太幼稚了。他只知道认死理，太容易被利用了。"焦文雄甚至有点儿挠头，该怎么跟仁川讲明白这些道理。

焦文雄终于忍住气，怕直接跟池仁川起冲突，他让阚秘书打电话约池仁川回家。理由嘛，就说小勇身体不好，他妈想让他回家看看。

阚秘书不动声色地下去打电话了。焦文雄直愣愣地盯着阚秘书离去的身影，不禁暗自想："要是仁川有小阚这么成熟就好了。只是，如果仁川真的那么成熟了，他还是自己培养的好儿子吗？"

这一天，焦文雄都显得心不在焉。他匆匆处理完一些事务，不到下午五点，就吩咐阚秘书备车回家。回到家，跟秀莲说了声，仁川晚上会回来，就不再多说，把外套一脱，躺在沙发上休息。

秀莲看焦文雄的脸色很不好，说话的语气也是怪怪的。她不敢多问。但听到儿子晚上要回家，却让秀莲很高兴，不但让徐阿姨多加两个菜，还亲自进厨房剥起了毛豆。

池仁川是在晚饭时分准时踏进家门的。焦文雄把情绪掩藏得很好，池仁川并不知道他将面对的是什么，一进门就记挂着问小勇的身体有没好些。焦文雄硬生生沉住气，一家人难得有机会和和气气地一起吃顿温暖的晚饭。

吃罢饭，焦文雄说："我跟仁川有事要谈，等下送两杯茶到书房，没事就不要进来打扰了。"

秀莲好像早有预料，淡淡地"嗯"了一声，就和徐阿姨一起下去收拾，不再多话。她在茶台泡好两杯普洱，端进了书房，分别放在父子俩面前，一人一杯。焦文雄和池仁川已经分坐在小茶几两边，表情十分严肃。秀莲出门的时候，轻手轻脚地把书房门带上。她从没见过父子俩这样，虽然有十二万分的好奇，她还是忍住了不听不看。

不管发生了什么，她都相信，父子俩没有什么过不去的坎儿。而且不出一天，这爷儿俩一定都会一五一十地讲给她听的。如果谁也不说，那就说明根本没有什么事。

焦文雄把那份《关于检查、评估凤凰湾项目对生态环境影响》的文件往小茶几上一放。

"说说这是怎么回事吧。"依然是一贯沉稳的口气。

"我跟尤市长汇报过了，"池仁川说，"这次赤潮对渔业生产影响很大，渔民们的意见也很大，要求搞清楚赤潮的起因到底跟凤凰湾项目有没有关系。况且海洋局有这个责任。"

焦文雄本来闭着眼睛听汇报，这时候却睁开了，轻轻说了句："糊涂！"

"糊涂？"池仁川反而真正糊涂了，"爸爸您这是什么意思？"

焦文雄清了清嗓子，说："你有没有考虑到公开检查、评估凤凰湾项目的后果？"

"后果？"池仁川更加不解，"我们是要查清真相。"

"真相是什么？真相就是你准备告诉大家一个什么样的结果。"焦文雄说。

池仁川第一次对焦文雄的话感到不满。但他不想跟父亲起争执，转而拿出正常汇报工作的劲儿，一五一十开始讲这两天调查的情况。"这两天我们海洋局进行了全面的检查，造成这次赤潮的原因主要是链状裸甲藻，北灶港海域以前从来没发现过链状裸甲藻，所以高度怀疑是外来物种的入侵。北灶港渔民不但要求落实海洋生态补偿款的发放，也要求查清楚凤凰湾项目是否环评达标。说实话，不应该等渔民们提出要求才查，这本身也应该是海洋局监督的职责范围。凤凰湾是大项目，没有市府的批准，海洋局查不下去。"他不急不躁地说。

焦文雄从鼻子里轻轻"哼"了一声，沉声说："所以你去向尤成迈要尚方宝剑了？"

池仁川听着不是味儿，又不敢反驳，就低了头不语。

"你也知道凤凰湾是大项目，你往尤成迈那里一汇报，等于把软肋全晾出来了啊！"焦文雄长叹一口气，人重重地往沙发背上一靠。

池仁川倔强地说："哪有那么复杂……"

"别人会替你想复杂的——"焦文雄不再客气，他得点醒自己这个书呆子儿子，"你是江海市公开招考进来的第一批硕士研究生公务员，乘着干部队伍年轻化、高学历化的东风，很快就走上了领导岗位。市委、市政府都知道你我的关系，所以得格外小心谨慎。凤凰湾项目是我亲自抓的头号工程，现在你提出来要检查、评估，别人会怎么想呢？很多事情不是简单的'1+1=2'，你还是书生意气，看问题太简单。"焦文雄觉得自己说得够多了，便止住了，用眼睛深深地盯着池仁川。

池仁川这时候反而不怯了。"爸爸，我知道官场复杂。但海洋局不仅仅是个行政部门，也是个技术部门。有责任也有权力对海洋生态进行监督，凤凰湾项目在这里面究竟有没有问题，是清是浊，一查便知。为什么要前怕狼后怕虎，反而让人觉得有问题呢？向尤市长汇报也是正常的程序啊，何况尤市长从来没有反对过凤凰湾项目。"

焦文雄发现，要说服自己的书呆子儿子不是件容易的事。两个人的思维完全不在一条轨道上。仁川是什么时候养成这样的思维方式的？难道是自己一手培养出来的？焦文雄有些哭笑不得。他把话题一转，问起滩涂养殖户闹事的情况。"听说，你那天在滩涂遇到渔民闹事了？"

"是的，就是那个曾经失踪过的夏子豪领的头，还有他的瞎眼阿婆也在现场。"

"听说你那天一副青天大老爷的模样。"焦文雄嘴角有一些不易察觉的轻笑。

"夏子豪他们说海洋生态补偿款没有发放，凤凰集团的谢秋云谢总说已经签了合同，去年就正式打款了，北灶港镇镇长潘小妮却说完全不知道有这么回事。这事是葛局长牵头的，需要回海洋局查档。"池仁川自顾自说下去，同时因为感到事情棘手而皱起了眉头。

"任何工作过程中都可能出现各种各样的问题，但大方向要把握好，凤凰湾项目是一个综合大工程，关系到北灶港的现代化、工业化。过程中出现什么问题，就事论事，一个一个解决就是，但不能停工，不能因此否定整个工程。"焦文雄还试图想点醒池仁川。

"没有，"池仁川争辩道，"爸爸不知道，那个夏子豪，到处嚷嚷非法抓人，在渔民中挑头闹事。潘大树也太大胆了，一个小小的码头主任，竟然一手遮天，都快把北灶港搞成黑社会了。"

"下面基层办事毛躁，当然潘大树这么做也太大胆了点儿，的确该批评。"

"光是批评？"

"那还能怎么办？虽然赤潮应急响应还没公布，但我们也已经发出了禁售令，夏子豪的确是违反了禁售令嘛。基层做了一点儿错事就要被处理，以后谁还给你办事啊。你接触基层太少，潘大树是老码头了，在北灶港的威望很高，离了他不行。况且凤凰湾不是个简单的项目，那是关系到未来发展的问题。既然你答应了他们调查，我给你一周时间，这是最高限度，一周后，凤凰湾必须恢复正常施工。"焦文雄再次强调。

◇

109

"可是……"

"行了，你去查吧。如果凤凰湾真的查出什么问题，你要第一时间通知我。"面对自己的倔儿子，焦文雄真没什么办法了，只好叮嘱了一句。他在想，凤凰湾会有问题吗？

"就这样吧。"焦文雄摆摆手，不再给儿子说话的机会。

父子俩不欢而散。

第二十一章　两个女人

　　一时间闹得沸沸扬扬的赤潮在海洋局迅疾的应对和精心的治理下已经消退了。海洋又恢复了它孕育生命的慈祥本性。政府的各级禁售令也撤销了，养殖户们又开始忙碌起来。他们忙着清理养殖箱，盘点损失，放育新苗。五月的海风吹在人身上刚刚好，不徐不疾，不冷不热。

　　夏子豪是众多养殖户中最忙碌的一个。

　　他是养殖好手，经过这次事件，不知不觉地，已经在他周围形成了一个以中青年养殖户为主的群体。大家不光信赖他的技术，更相信他的人品，愿意听他的话。于是，夏子豪要照顾的，就不仅仅是自己的十亩滩涂地，还得随时解答其他养殖户们遇到的各式各样的问题，有时候甚至要跑上十几里路，亲眼看到情况再进行处理。而这些辛劳的报酬，往往只有两包香烟而已。碰上走得急，养殖户除了道谢，连那两包香烟都没来得及买，夏子豪就已经一踩自行车，车铃一响，"刺溜"一下跑出去好远了。

　　从潘码头那里逃出来，夏子豪身上充满了干劲儿。他不能白受了这委屈，因赤潮耽误了的养殖进度需要去赶。养殖户们信任他，把他推举为向政府要说法的头领，他因此不得不花大量的时间去帮助别人解决各种麻烦和问题。这是他从来没有的感觉。打小他就明白家里的状况，他一直生活在贫穷的阴影下，几乎从来不抛头露面，只想一心一意卖力干活，想把艰难的日子过好些。

　　现在，他竟然冲在人前，为人们所仰慕、推崇。他有点儿不习惯这感觉，但又开始有点儿喜欢这感觉。他从来没有刻意要做老大，只不过他的人品、遭遇，还有那一手过硬的养殖技术把他推到了老大这个位置上。因为帮助别人而耽误的自家养殖场的活儿，他更得起早贪黑地补回来。五月的凌晨三四点钟，天还很冷很黑呢，夏子豪就雷打不动地起来忙乎了；五月的下午六七点钟，天已经开始暗下来了，夏子豪还在滩涂上忙着补缀网眼、洗刷网箱、添食补水。

这些天还好有崔灿在。崔灿喜欢看夏子豪在滩涂劳作的身影。这位大记者什么都好奇，也和夏子豪一样，有着充沛的干劲儿。不知她从哪里找来的破旧衣服，把自己穿得跟那些赶海的中年妇女一样，赤着脚，包着头，扎着裤腿，就往滩涂上蹿。她学着夏子豪的样子理一理渔网，点一点养殖箱，看看料有没有吃完，需不需要加点儿食。

有时候她又忽然不见了，隔一会儿就拎来两份盒饭，不由分说地给夏子豪打开，逼着他坐下来吃饭。有时候还会从夏家阿婆那里带回来两个煮鸡蛋。还有时候兴起，从养殖场直接拎出两只生蚝，找两根石头架上，竟吃起烤生蚝来了。夏子豪只要上了滩涂就经常饥一顿饱一顿的，这阵子有崔灿在，倒是前所未有的能正常吃上饭。崔大记者可从不亏待自己，连带着夏子豪也能沾沾口福。

◇

111

谢秋云不知道自己为什么又走到这片滩涂来。

那是夏子豪吗？那个倔强着不肯卖给自己贻贝的男人。跟自己这个海洋生物专业的博士比专业的奇怪渔民。不幸的是，自己的专业理论竟输给了这个皮肤黝黑而粗糙的人。她有些不服气。滩涂上的交锋更让她生气。自己曾四处为他奔走，他夏子豪不知道不领情也罢，凤凰湾项目又怎么惹了他，非要认定凤凰湾项目跟这次没来由的赤潮有关联。真是天大的笑话！

听说，夏子豪这片滩涂养殖场，本来一期就纳入了征地范围的，夏子豪硬是死扛着不松口，给凤凰湾留下了一个难看的疤。也许在他老实的面容下，隐藏着不为人知的狡黠和贪婪？但谢秋云却不愿意这么想夏子豪。海洋局要检查凤凰湾项目的函发过来后，谢秋云一边吩咐工程部的人配合检查，一边在工地上心烦意乱地瞎逛，逛着逛着，竟无意间走到夏子豪这片滩涂地来了。

上次来买贻贝的时候心急火燎，又发生了那么大的变故，都没有仔细看这片滩涂养殖地。这次，谢秋云却看出不一样来了。一般养殖户都是粗放式经营，大片大片的塘养经济收入比较高的虾蟹，一年一季或两季，养完撒药清塘就算结束了。因为经营单调，有的塘遇到养殖间隔期，往往清了塘就这么裸露着暴晒。

夏子豪这片滩涂地却按地势高低分成了塘区和水区，看得出是精心规划过的。塘区的各个塘没有一个是空着的，水区则都是一排排整齐的浮子和网箱，显然养着不同的海洋生物。每个区隔都有小径通达，方便及时照看。塘区和水区多而不乱，井井有条。最乱的大概就是他在路边搭的这个看棚了。

谢秋云来北灶港这么久了，见惯了粗放养殖的滩涂，她也知道这里的渔民没这个经济实力，也没这个技术经营现代化的渔业养殖。这不正是她凤凰湾项目将来可以大展宏图的地方吗？而今天，谢秋云第一次在北灶港见到完全根据科学规划安排养殖的滩涂地时，曾经的信心和豪情竟也有些恍惚了。她对夏子豪的好感又多了几分，原来生的气好像也都消失了。

夏子豪在哪儿呢？谢秋云顺着滩涂地的小径往海里望去。她看到最远处滩涂的晒架下坐着两个人。一红一黑。黑的不用说是夏子豪。那红的，是不是那天跟在夏子豪后面的那位女子？那女子看起来跟夏子豪并非一路人。她是怎么到这滩涂上的？又怎么跟夏子豪混在一起的？

谢秋云发现自己有一些酸涩的妒意。谢秋云很不理解自己，夏子豪被抓走，她为此去找过镇长，甚至还向焦文雄书记专门提起，后来听说夏子豪被省城来的大记者给救走了。难道这个红衣女郎就是省城大记者？

夏子豪挑头闹事，造成凤凰湾项目即将面临检查评估，甚至有可能停工。说起来夏子豪应该是她的敌手，她却对他一点儿也恨不起来。不就是检查嘛，凤凰集团经得起查，凤凰湾项目也经得起查。谢秋云对自己的凤凰湾充满信心。让那个池局长慢慢查吧，自己还是到海边去吹吹风。

"谢大经理？！你来干吗？"夏子豪的声音里充满了警惕、怀疑。自从知道谢秋云是凤凰集团的总经理后，他就不再对她客气。他从滩涂上站起来，像受惊的小狮子一样，隔着好远对谢秋云吼出了这么一句。

谢秋云强自镇定，带着笑意说："怎么？这么快就不欢迎我来了？"

"你要吃蛤贝去市场上买，这儿不卖。"声音还是硬邦邦的，直来直去。

"非得吃蛤贝才能上你这儿来？上次给你惹那么大麻烦，我给你道歉。"谢秋云终于说出心里的话。

"不提了。您是大经理，我们这些渔民算什么呀。走吧，别再给我惹出更多的麻烦。"夏子豪有些不耐烦地挥了挥手。

崔灿在一旁看着两人你来我往地拌嘴，她以一个女人的直觉，觉察出了可能连谢秋云自己都没有意识到的东西。谢秋云跟夏子豪，大项目的总经理和等待被拆迁的养殖户，不应该是你死我活的仇人吗？现在却有种怪怪的感觉在两人的对话里头游动。崔灿觉得很神奇，又不知道这一切会怎么发展。她冷眼旁观着。

谢秋云注意到崔灿在观察自己。她同样以一个女人的直觉，看出崔灿和夏子豪之间非同一般的关系。那同样是一种奇怪的关系。省城来的大记者，和一个普普通通的渔民，几乎没有任何共同点。夏子豪身上有什么不普通的地方？如果非要找到点不普通的，那就是一股非凡的韧劲，不是寻常渔民能有的。谢秋云有些羡慕崔灿的意气风发，崔灿则感受到了谢秋云身上的娴雅冷静。

"夏先生，我想您大概对我、对凤凰湾项目有什么误会。"谢秋云镇定地说。

"误会？误会也不是我一个小小渔民造成的。海洋局不是说了要检查评估，对吧？"夏子豪说着，回头望了崔灿一眼。

"难道，我们就不能像朋友一样交流？"谢秋云说。

"你在这里跟我个人有什么好谈的，反正谈补偿、谈征地都是跟政府去谈。"夏子豪补了一句。

这么说等于是在逐客了。谢秋云很委屈，一转身跑了。夏子豪大大咧咧的，根本没有注意到谢秋云转身之前那幽怨的一瞥，也没有看到她眼里噙着眼泪。

崔灿却看得很清楚。她什么也没说，收拾起吃剩的快餐盒，麻利地用袋子装起，跟夏子豪喊了声："我去扔垃圾了啊，顺便去街上转转，晚点再回来！"

夏子豪"嗯"了一声，他已经习惯了崔大记者的做派，说走就走，说出现就出现。他依旧自顾自地打理起那些养殖的宝贝来。

第二十二章　失踪的补偿款

池仁川头很痛。他把领带松开些，走到窗前，把会议室的窗户打开，长长吸了一口气。已经三天了，他带着秘书，领着由会计、审计以及工程师等组成的工作组下到凤凰集团。通东县盛和书记、北灶港潘小妮镇长也代表当地政府参加了工作组。

凤凰集团派了老成持重的龚廷彦副总经理出面接待，在简朴的欢迎晚宴上，头发已经花白了的龚副总以茶代酒敬池仁川，既是表态，也是显示诚意："我们凤凰集团一定积极配合工作组，需要什么资料、账目，一定及时奉上，决不拖延。需要看什么、查什么，一定做到立时反馈，决不打马虎眼。"

池仁川对凤凰集团的态度很是满意。果然，在接下来的工作中，也的确做到了有求必应。只是，工作组整整忙活了一星期，每天工作十几个小时，中间连喝口水的时间都没有，翻阅了上百本账本，走遍了整个凤凰湾工地，却查不出任何问题。

账面上没有任何问题。每份滩涂征用都签订了完整的协议，按照协议，凤凰集团如期支付了生态补偿款。手续完备，那么，渔民们为什么没有拿到钱？

池仁川叫来凤凰集团的会计。"这个生态补偿款你们是直接发放给渔民的吗？"他指着征用协议问。

"是的，池局长您看，每份协议上都有渔民的亲笔签名。"会计殷勤地翻给他看。

池仁川按会计的指点，翻了几份协议，每一份上的签名笔迹并不相同，看起来是由不同的人签的。

"那具体的发放人是谁？能不能叫他过来核实一下。"池仁川紧盯不放。

"直接经手的发放人不是我们集团的。因为数额比较大，笔数又多，我们当时是直接把钱转给了镇政府的工作人员，由他们代为发放。我们强调了，必须发一个，签一个字。最后他们政府方面也的确把签了字的协议拿过来了，我们核对过了，一份不少，金额也是对的。"会计回答。

池仁川疑惑地望向盛和与潘小妮。盛和朝池仁川摇了摇头，潘小妮面对他充满问号的眼神，也是一片茫然。

"那是镇政府的哪几位工作人员呢？"

"我们是一次性全部转给码头上的潘大树主任的。转账的底单还在。"会计转身吩咐人去找转账凭据。

池仁川的手指慢慢地在会议桌上敲着，声音很轻，几乎没有人察觉。盛和则把目光投向潘小妮。潘小妮觉得池仁川手指叩桌的声音响得怕人。她沿着他的手指往上看去，看到他半解开的领带和衬衫领口。衣衫的这一丝乱，显示了主人的心不在焉。领口之上的下巴，因为三天的忙碌都没有时间刮胡子，长出了青色的胡子楂儿，更给池仁川增添了男子气。他的嘴巴紧闭着，两根眉毛紧拧在一起，表露着他内心的混乱。

一周的共同工作，潘小妮对池仁川了解得更多了。她发现他平时十分注意仪表的整洁，每天都是西装领带纹丝不乱，衬衫的第一粒纽扣也必定扣牢。但是今天，他竟然在细节上出了那么多疏漏！他为什么紧张慌乱？因为补偿款的不知所终？

会计把拿来的转账凭据交给池仁川看。一清二楚，总金额也对，没有任何问题。他不动声色，说："好的，我知道了，你先下去吧。"

事情到这里就很清楚了。既然凤凰湾集团把补偿款转给了潘大树，也收到了一份份清晰的签字协议，而渔民们却说没有收到，那潘大树就成了其中的关键。钱究竟发放到哪里去了？签字难道是伪造的？这重重疑问都得由潘大树来解答。

"我再强调一下组织纪律的问题。工作组是封闭的，每天的结果汇总后直接向市府报告，不允许向外传播。"池仁川的语气很严肃。说这话的时候，他用同样严肃的眼神缓缓地环视了会议室一周。每个人都肃然，正了正身子，纷纷点头。盛和书记听到他的话之后，特地往潘小妮身上多看了几眼。

潘小妮感觉到了盛书记的目光。她同时也发现，在他那一圈扫视中，停留在自己脸上的时间最长。潘小妮有些莫名地恼火起来，太小瞧人了不是？难道父亲真会有什么问题？难道自己还会去跟父亲通风报信？她潘小妮不只是潘大树的女儿，更是共产党员，是北灶港镇的镇长，岂能分不清公与私的尺度？而她对他隐秘的好感，也成了加剧这恼火的缘由。是呀，一个大城市来的大局长，怎么看得上小小渔村的小镇长？要不，他池仁川怎么会将自己的单身状态瞒得结结实实？

恋爱中的女人心思往往是错乱的，坚决果断的潘小妮到了这样的时刻，竟也会把感情因素掺杂到工作中来。池仁川若知道她此时的想法，真是要撞南墙喊冤了。

"那今天就到这里，散会。"池仁川宣布。盛和快步走到他身边，用目光征询他的意见。池仁川知道他的想法，却故意把目光调开，不置可否。

工作组所有人开始噼里啪啦地收拾东西，准备去吃饭。"啥时能放我们回家呀，我们的池大局长自己是个单身汉，我们可是拖家带口呀。"看着池仁川跟盛和前后脚走出会议室，坐在潘小妮身边的一位扎着马尾的年轻女干部小声嘟囔着。

女干部无意中的话再次触动潘小妮心底的那根弦，她听见自己的心脏"怦怦"跳得很快，周身的血好像一下子聚到脸上，发烫得厉害。潘小妮强自镇定，生怕自己的不自在被女干部看出来。"不知道今天中午吃什么？不会又是带鱼吧。"她主动替女干部拿起了包，并巧妙地转移了话题。两人说笑着，肩并肩往外走。

毫无滋味地吃完午饭，照例可以休息一小时。回到宾馆的房间，潘小妮开始坐立不安。池仁川最后那停在她脸上的眼神，让她百味交杂。是怀疑？是不信任？还是别的什么？难道自己的父亲真会在补偿款上做手脚？潘小妮不敢，也不愿意相信。

但现在所有的目光都聚集在她身上，连一向器重她的盛书记，也连连看了她好几眼。所有人都知道她潘小妮是潘大树的女儿，而潘大树是目前侵吞补偿款最大的嫌疑人。她拿起手机，打开通讯录，点开父亲的名字，面对输入框中一闪一闪的光标，头脑里却一片空白。根据工作组的纪律，工作时手机都是统一上交的，吃饭休息时，可以当众使用手机。潘小妮怕万一有什么紧急情况，另外还带了一部备用手机。潘小妮知道，只要自己一发短信，那就是铁定的违反纪律，就会陷入万劫不复的深渊。

但自己的父亲真的会有问题吗？潘小妮知道，潘大树并不是一个好父亲。自己那个痴呆的哥哥，给父亲添了很大的经济负担。从小，潘大树就在码头上闯生活，天黑了也不着家。几天几宿的，都不会回来。潘小妮记不清有多少回，孱弱而温顺的母亲把饭菜热了一遍又一遍，等到很晚不得不母女俩一起吃饭。至于那个傻子哥哥，倒是每顿饭准时就给喂饱了，早早地毫无心事地睡去。留下母女俩点着灯，倦极才相拥而眠。终于不知道从什么时候起，母亲不再一遍遍地热饭菜，到点了就吃，收拾完关了灯便睡。但潘小妮知道，就是在黑暗里，母亲也睁着一双眼睛，等待着什么。十天半个月的，潘大树会回家一趟，把足够一家人生活的一大笔钱扔在母亲面前，然后酒气熏天地倒头就睡。第二天天还没亮，家里又不见了潘大树的踪影。整个童年，潘小妮就是在这种有规律的等待和不规律的酒气中度过的。

潘大树算不得一个好父亲，但从某种意义上来说，他毕竟挑起了这个家的经济重担。只是潘小妮的母亲，终于在这种日复一日的等待中停止了等待，现在长眠于地下，开始了她永远的等待，等待与亲人下一辈子的重逢。彼时的潘小妮，已经外出上大学。而她的傻子哥哥，则被送进了邻乡的疗养院。回来奔丧的时候，潘小妮跟父亲潘大树一句话也没说。等办完丧事，潘小妮去看了一眼傻子哥哥，擦擦眼泪就登上了去外地的客车。

潘小妮大学毕业的时候，完全可以留在大城市。潘大树却在她临签就业合同的前一夜给她打了个电话，电话里什么也没说，只说了句："小妮，回家来吧。"声音苍老而淡漠。

潘小妮一下子改变了主意，重新报考了家乡的基层岗位。因为踏实肯干，没几年，潘小妮就被任命为镇长，来到这个让她又恨又爱的北灶港。她到北灶港工作的时间并不长，其间与父亲潘大树也并没有太多交集。人人都传自己的父亲是北灶港老大，潘小妮对此嗤之以鼻。还老大呢，共产党的天下难道还允许老大的存在？也许是离得太近，潘小妮对自己的父亲并没有太深的了解。她见识过他的苍老，他的软弱，也就没法把他想象成老大。

　　潘小妮在输入框里输入一个"爸"字，又删掉，又输入，又删掉，反复了几回，终于什么也没发送。她扔下备用手机，长长呼出一口气，像是下定了某种决心，站起身，去卫生间梳洗一番，刻意扎了一个高高的马尾。扎头发的时候，她把皮筋儿勒得紧紧的，仿佛要把那些不愉快的回忆都扎起来，不让它们从记忆中跑出来捣蛋。然后又恢复成了那个精明干练的潘小妮，"噔噔噔"地下楼了。

　　在开始下午的工作之前，潘小妮站在了池仁川房间的门外。小镇宾馆昏暗的长廊里空无一人。所有的房间都关得严严实实，像一张张望向她的长脸。潘小妮再次调整了自己的呼吸，举起左手，开始敲门。

　　门开了，池仁川那张粗犷而不失英俊的脸出现在眼前。他带着疑惑的神情看了潘小妮一眼，将她让了进来。

　　门关上了。房间里只有池仁川和潘小妮两人。一种压抑而紧张的气氛在不大的空间里缓缓流动着。

　　"潘镇长，您坐。"池仁川引潘小妮在沙发上坐下，又给她端来一杯茶。

　　潘小妮豁出去了。

　　"池局，我申请回避。"潘小妮用眼睛直视着池仁川。

　　池仁川沉默了。

　　他完全没有想到，调查会牵涉到潘小妮的父亲。在与潘小妮短暂的工作接触中，他绝不相信潘小妮会有什么问题。他看过潘小妮的眼神，清澈透亮。不得不说，潘小妮身上那股不服输的劲儿，那女镇长的霸气，吸引了性格内向的池仁川。而在滩涂冲突中，潘小妮偶尔显示出的无助与软弱，又让他不觉起了一种保护心理。当日的挺身而出，既是身为海洋局局长的一种责任，也同样受到他自己都不愿意承认的情感驱使。

但现在的情形确实很微妙。潘大树成为调查的关键，身为女儿的潘小妮，同时又是北灶港镇的镇长，她要面临的，恐怕不仅仅是申请回避那么简单。他不愿意潘小妮陷入那样复杂的境地。但，他能阻止一切的发生吗？

身为凤凰湾项目工作组的组长，他可以将调查范围只限于潘大树。然而，他并不能预料事情以后会发展到什么程度。到那时，潘小妮瘦弱的肩头能不能经受得住？

"现在还没这个必要吧。"他犹豫地说。

"池局，有这个必要。"潘小妮的语气是坚定的。她开始摘下工作组的胸牌。

他用手想去阻拦她，却不小心碰到了潘小妮高耸起伏的胸部。他像碰到了烫手的山芋一样，立时缩了回去。

两个人的脸都红了。潘小妮将胸牌放在池仁川面前的茶几上，突然觉得轻松了很多。

第二十三章　省城来电

还在海滩看日落的崔灿接到了父亲崔利民省长的电话。夕阳很美，崔省长的声音听起来却不太美妙。

"灿灿，你在江海市搅和些什么呢？"

"老爸，你胡说什么啊，什么叫搅和？我正在跟一个大新闻呢。"崔灿踢着一颗小石头，歪着头说。

"别以为我不知道你在搞什么鬼。你赶快给我回省城。省里最近可能有人事调整的动作，你在里面瞎搅和，人家还以为是我授意的。"

"我才不管你们官场那一套。我是记者，记者的责任就是还原真相。"

"真相？小丫头片子，你知道什么是真相？限你三天内回省城。"崔省长的声音严厉起来。崔灿还想再争辩，那头却只剩下"嘟嘟嘟"的忙音。

崔灿知道，老爹是真发火了。她想了想，又拨通了爸爸的秘书小周的电话。"周秘吗，我是崔灿，问你个事，我爸最近在忙什么？"

那头的周秘书支吾着不好回答。他是尤成迈外调后才提拔上来的，跟崔省长不过一两年，还在熟悉情况中，更不敢多言。

不料电话却被崔利民拿去了。"灿灿，你不听话是吧，还找小周打听我，我看你真是没王法了。你看我怎么治你！"

"啊，爸啊，我这信号不好，我不跟你说了啊。"崔灿赶紧挂电话。这是撞到枪口上了，崔灿吐了吐舌头，朝着大海做了个鬼脸。

崔利民当然看不见这个鬼脸。自从女儿参加工作后，崔利民很少过问她工作上的事，直接打电话给崔灿的情况更是少之又少。崔灿跑新闻忙，崔省长的工作更忙，偶尔回家，两人还经常彼此错开，一个月见不了一两回面。女儿大了不由爹，崔灿一直是被宠着长大的，她才不顾忌老爸的警告呢。

这次，老爸直接打电话来干预自己的调查，这不正说明此事极有挖掘的价值吗？崔灿兴奋起来。难道省长老爸也牵涉其中？崔灿倒是不担心自己的老爸有什么不法行为，但省长女儿顶住老爸的压力，继续查案，那不是美剧里的刺激情节吗？竟然发生在自己的身上，不要太爽哦！崔灿赶紧上岸。

她叫了两声，没听到夏子豪回应，就自顾自赶回宾馆房间去整理资料。她把这些天发生的事前前后后梳理了一遍，越来越觉得这事不简单。自己非得坚持深挖下去，一旦挖出来，恐怕是个爆炸性的大新闻，崔记从此一举成名。至于省长老爸的警告，让它待一边凉快去吧，反正崔大姑娘一向也不听话。

崔省长拿这个女儿也没办法。刚接完周秘书的电话，向女儿发了一通火，还没有平静下来，周秘书带着平静而专业的笑容过来了，说："省长，尤市长来了。"

崔利民一愣，这说曹操，曹操就到啊。"让他进来。"崔利民稳了稳心神。

周秘书望着尤成迈走进省长办公室的身影，有点儿羡慕尤成迈与崔省长的那份亲密关系。听说这位前任大秘是崔省长最信赖的秘书，一直跟了他二十多年，终于外放到江海市。尤秘刚刚调任那会儿，崔省长很不习惯，一连换了几个秘书都不称心。总算周秘书为人正派又谨慎，口风更紧，暂时留了下来。

尤成迈来见崔省长，崔省长几乎每次都是放下手上的工作立刻就见，有时候甚至一说就是几个小时，还留晚饭。作为现任秘书，周秘书当然不敢偷听领导在讲些什么，但毫无疑问，从尤秘书做到尤市长的尤成迈，显然深得崔利民省长的信任。

崔利民将尤成迈让到会客沙发上，自己也在一旁的沙发落座。"怎么样，江海市那边的情况？"崔利民是那种启发式的领导，总是不多说，让部下充分发挥主观能动性。对于自己长期信任的尤成迈，更是如此。

尤成迈欠了欠身子，面向崔省长坐下。"崔省长，江海市之前的赤潮，我已经在电话里跟您汇报过了。"崔利民点点头。

"现在赤潮倒是治理好了，可是赤潮的原因一直没有排查清楚。渔民们又跳出来闹事，怀疑赤潮跟正在进行的凤凰湾项目有关。"尤成迈知道省长很忙，就拣重点的说。

崔利民的神色凝重起来。"凤凰湾项目是你们江海市的重点项目啊，省里也是挂了号的。说赤潮跟凤凰湾项目有关，有没有确切的证据？"

"还是有点儿问题的。这次造成赤潮的链状裸甲藻，是外来物种，江海市从来没有发现过。海洋局正在检查评估这个事儿，估计这几天会有结果。"

"那为什么不耐心地等结果呢？"崔利民目光炯炯地盯着尤成迈。

尤成迈被他盯得几乎想躲起来。回想在崔省长手下当秘书时，没少被这么盯过。但一想到自己对于凤凰湾项目的种种忧虑与担心，被整整压抑了三年的不同意见，尤成迈终于鼓起勇气，迎着崔利民的目光，镇定地说："海洋局牵头成立了检查组，市府也发了函，同意检查组可以根据实际情况要求凤凰湾项目随时停工。这事，我想着还是跟您先汇报一声。"

"哦。"崔利民含糊地应了一下，陷入了快速的思考。对于凤凰湾项目，崔利民是熟得不能再熟了。那是市委书记焦文雄亲手抓的江海市一号工程。焦文雄为这个项目不知往省里跑了多少趟，自己这个省长也被他骚扰得不行。说真的，崔利民还挺欣赏焦文雄的，这个从基层一路摸爬滚打上来的书记有股不达目的不罢休的韧劲。小尤跟他比起来，确实还缺乏这种开拓精神，更缺乏一把手拍板和担当的精神。在凤凰湾的问题上，崔利民更愿意站在焦文雄一边。这毕竟是百年大计的大工程，千万不能因为一点点困难就停摆。

崔利民想了想，说："既然市里已经做了这个决定，还是先等检查组的结论吧。"他是省委高层，说话表态都要慎之又慎。

尤成迈也不能再多说什么。"海洋局正在调查，有结果我会马上向您汇报。"他补充了一句。

"下次也不一定要你亲自来汇报，通过正常途径交流也可以嘛。"崔利民加了一句。

尤成迈的心里"咯噔"了一下，分辩地说："崔省长……"

崔利民却打断了他，语重心长地说："小尤啊，我们做事要把握好大方向，你是个聪明人，不用我多说。"

尤成迈艰难地点了点头。

崔利民却转过话题，问："你去江海市有几年了？"

"三年了。"尤成迈忙回答。

"哦，三年也不长也不短。"崔利民表情很平静。

尤成迈想从话中找出些什么暗示来，却觉得虚无缥缈得很，什么都抓不住。从崔利民平静的表情中更无法揣测出什么来。尤成迈这回算是白跑一趟，甚至可以说是碰了个软钉子。

"你事忙，今天就不留你吃饭了。"崔利民干脆利落地结束了谈话。

尤成迈不敢多言，连忙站起身告辞。崔利民依然像往常那样，送他到办公室门口。

看到尤成迈这么快就出来，小周却很诧异。这次会面大概是时间最短的一次了吧。他也来不及诧异，连忙陪着尤市长到楼下车边。

坐上车，尤成迈又往楼上崔利民办公室的窗口望了望。老领导啊老领导，您究竟是什么意思呢？还让我下次不用亲自来汇报，这是在刻意疏远我？

不成，下次还得亲自来！也许，还应该来得更勤快些。

想到自己本来准备的一大箩筐的心里话，都被崔省长挡了回去，尤成迈郁闷得很，竟不自觉地往前面车椅背上砸了一拳，把前排的司机吓了一跳，转过脸来用疑问的眼光看着尤成迈。

尤成迈这才意识到自己的失态，急忙调整了情绪，把无数杂念排了出去，对司机说了声："开车。"

奥迪车很快就疾驰而去。

尤成迈倚在后座，昏昏地睡去。他每次见崔利民，都还摆脱不了秘书的紧张心态，总是绷紧了弦，实在太累了。一旦会面结束，放松下来，疲倦的感觉就彻底地袭来。

第二十四章　崔利民

崔利民是逐渐关注到焦文雄的。像焦文雄这样，从基层踏踏实实，一步步干上来的，熟悉了解基层的情况，做事果断，有担当，有魄力，放在地方一把手的位置上，应该是可以干出相当好的成绩来的。崔利民自己，也是一步步从基层上来的。虽说跟焦文雄的起点不同，但他很清楚这中间每一步的艰辛。据说曾有人做过一个不完全的统计，中国公务员的晋升难度，越往上淘汰率越高，那才是千军万马走独木桥，既容不得出错，更要干出成绩，真正做到德才兼备，才有可能从激烈的竞争中脱颖而出。三年前，省里在考虑江海市的领导班子时，对于焦文雄还是有一些争议的。他的能力是没有话说，但似乎做事有些独断专行。虽然在市长这个位置上，并没有表现得太过明显。但从平时的一些细节，也能看出这个人的做事风格。比如到省里来开会时，大家几乎都心照不宣地按照官位大小排着队走路，绝不会越雷池一步。只有焦文雄，似乎没有那么讲究，看到哪里有空位，就插了过去，给人一种突兀的感觉。跟省里领导交流的时候，有时市委书记答不上来的话，焦文雄也会毫无顾忌地插嘴补充。另有人提起三十年前北灶港镇的往事，不知道焦文雄是否真正从中吸取了教训。

最后还是崔利民的一番话起到了关键性的作用。

他记得他当时是这么说的。

"三十年前的事，太过久远。没必要再纠缠不放。江海市处在改革开放的攻坚阶段，是真正考验一个干部的时候。保守，其实是不进

◇
125

则退。如果我们的干部都畏手缩脚，各项事业还怎么开展？我看焦文雄可以，给他一个舞台，让他尽情施展吧。步子迈得快不要紧，还有班子其他成员的监督嘛。我们共产党是集体领导嘛。"

就这样，焦文雄顺利当上了江海市的市委书记。在市长的人选上，崔利民推荐了长期跟在自己身边的尤成迈。一是尤成迈的性格沉稳，可以对焦文雄起到一个平衡的作用。焦文雄的步子如果迈得太大了，让尤成迈给他再拉回来些。二是，崔利民更希望尤成迈能够在江海多跟焦文雄学习开拓和担当的精神，今后能到更广阔的天地里锻炼自己。自己再干满这一届，就该到站了。尤成迈能不能继续上一个台阶，就得看他是否担得起更重的担子。

这才有了三年前崔利民对尤成迈肩头的一拍。

三年来，焦文雄在江海市干得有声有色。引进凤凰湾项目，焦文雄倾注了多少心血，崔利民是最清楚不过的。他亲眼见到焦文雄一趟一趟地跑省城来汇报工作，嘴唇都说得发白发干。有天早上，崔利民正好有点事上班得早，才七点竟在省委大院门口碰到了焦文雄。他胡子拉碴，头发还打着结，哪里像一位市委书记，倒像一个田头的老农。一问才知是连夜赶来，一早就守候在这儿了。

这股拼命三郎的劲儿打动了崔利民，使得他在后来有关江海市的诸项事务的审批过程中，常常会不知不觉地说上几句帮忙的话，开个绿灯，凤凰湾项目就这样快马加鞭地进行起来了。遗憾的是，在这个过程中，尤成迈的身影并不多见。

也许还要多给他点时间，崔利民这样想。

对于今天尤成迈的工作汇报，崔利民有些失望。赤潮跟凤凰湾项目有没有联系？渔民们为什么会闹事？这中间的复杂情形，崔利民很想下去了解清楚，可惜他公务缠身，哪里能说下去就下去。那么，作为江海市的市长，尤成迈应该可以好好地下去调研，把基层的情况如实地反映上来。可他今天都汇报了些啥呀，都是些现成的东西，并且调查的结果还没出来，就捕风捉影地怀疑这、怀疑那。

当初推荐尤成迈，就是看中了他的稳重。跟了自己将近二十年的尤成迈，崔利民是最了解不过的。交代给他办的事，绝不会出半点差池。工作中若有什么不妥之处，尤成迈也会在适当的时间以适当的方式指出。既不让领导为难，又能及时纠偏。对于大刀阔斧的焦文雄而言，应该是再好不过的搭档了。如果江海市的大政方针有什么不妥之处，尤成迈就该是那个最早敲响警钟的人。

现在，算不算尤成迈敲响了警钟？

可为什么，他总觉得这里面有什么不对劲的地方呢？

但是，凭借高度的政治敏锐性，崔利民又认为尤成迈的警钟，绝不可小觑。凤凰湾项目必须彻查清楚，江海市改革开放的步伐不能停，更不能放缓。

崔利民从来没有感到这么左右为难过。

◇

十个手指头伸出来都有长短啊，崔利民苦笑着，两只大手搋开来，用力撑在办公桌上，指头的关节突出而粗糙，这是长期劳作的结果。光从崔利民的履历上看，几乎所有的人都觉得他一帆风顺，如今更是身居高位。只有他自己才知道，每一次的进步，都付出了几倍于常人的努力。在通东县任职的时候，他去过每一个乡镇。凤凰湾项目所在的北灶港镇，他当然去过，而且对那里海洋资源的优越条件印象深刻。但那时，没有机会也没有能力改变什么。那时，北灶港镇刚刚发生过海难，焦文雄已经下放到了合生村，整个镇政府班子都笼罩在一种哀伤的气氛里，死气沉沉的。崔利民走访了每个遇难者的家庭，鼓励他们恢复生产，问他们有什么困难，还切切实实地解决了一些问题。再后来，他调离了通东县，甚至离开了江海市。在省里其他地市任职的时候，他还是像在通东县时那样，跑遍每个县、乡、镇，亲自调研实务。他熟悉基层每位干部的履历、特点和脾性，总是恰到好处地搭配好班子，上上下下都对他服气得很。崔利民从来不做没把握的事，也从不

127

冒进，总是方方面面考虑成熟了，特别是充分听取过大家的意见，才会做决策。在外人看来，他似乎谨慎得有些过头，但随着职务越升越高，崔利民明白，自己肩头的担子也越压越重，真的必须有百虑而无一失才行。上位者一个轻易的决定，可能会影响到成千上万普通百姓的生计日常。

像崔利民这样，在工作上投入那么多精力，想必有一位贤内助替他打理家庭的一切。实则不然。崔利民的妻子常年卧病在床，是医院的老病号。因此，在崔灿小的时候，崔利民一边在外奔波，一边还要赶回家替妻女做饭、收拾。他每日为妻子擦身按摩，为女儿崔灿梳头发。崔灿的每份家庭作业，每张试卷都是崔利民亲自检查过签字的。直到后来，家里请了保姆，崔灿又长大能独立些了，崔利民才从烦琐沉重的家务劳动中解放出来，但却又毫不犹豫地把多出来的每一秒时间又加倍地投入到工作中去了。也正因为如此，他跟崔灿的父女关系格外亲昵，崔灿甚至有些被宠坏了，做事冲动，不顾忌后果，这性格全不像崔利民。唯一让崔利民略感安慰的是，他相信他的女儿行事再莽撞，也一定是向着正义与光明而去，绝不会走错路、走歪路的。

第二十五章　潘大树失踪

潘大树失踪了！

池仁川无论如何也想不通潘大树是怎么得知消息，又是怎么失踪的。工作组是完全封闭的。那天上午，当所有的矛头都指向潘大树之后，自己还在检查组上特地强调了纪律问题。连潘小妮也主动申请回避了。为了保证调查结果不外泄，池仁川仅仅是在电话里跟尤成迈市长做了口头汇报，尤成迈也丝毫不耽搁，立刻指示市公安局派干员协助。市局派出行动小组与池仁川会合，准备将潘大树控制起来。

下午，工作组集中在一起，原地待命。池仁川焦急地等待着行动小组的到来。他不抽烟，没法用抽烟来缓解情绪，就用手指肚在桌上轻轻敲着，节奏从慢到快，又从快到慢，时不时抬头看一眼会议室的大挂钟。他将手机摊在桌上，等着行动小组联系他。其他的同志都坐在自己的位置上无所事事。

潘小妮的回避申请被他驳了回去。一方面，是出于他对潘小妮的高度信任。另一方面，他不能对潘小妮明说。当他考虑到后面可能发生的事时，他觉得，潘小妮如果能够在工作组中更为坚定地表明她身为镇长的立场，或许可以一定程度上撇清某种嫌疑。

潘小妮坐在那里，心乱如麻。她既担心父亲真的有什么不法的行为，又因为中午时分与池仁川的单独相处而产生了更为复杂的微妙心理。她发现，自己陷入了一个令人愁肠百结的境地里，一头是她颇有好感的池仁川，一头是自己的父亲。而让她颇生好感的池仁川正要领着自己去把自己的父亲控制起来。尽管她对父亲说不上有多么深厚的感情，但那毕竟是自己的父亲，曾经生她养她，哪怕仅仅是在经济层面上。事实上，池仁川给予她的好感，不正有着类似父亲一样可以依靠的感觉吗？

◇

129

在每个人的情绪都已经紧张到无法承受时，会议室的门终于推开了。行动小组的干警到了。其中有位个子矮小的中年人，向池仁川介绍自己姓孟，是行动小组的组长，又一一介绍了行动小组的其他三位成员。双方互相打了招呼，交代了一下情况后，不再废话。池仁川也叫了三位工作人员，一起参加行动，其余的就在会议室待命。

池仁川的目光落在潘小妮身上。潘小妮看出了他的犹豫。他确实在犹豫。作为北灶港镇的镇长，潘小妮应当参加。再加上刚才那个不能明说的顾虑，池仁川仅仅犹豫了两秒，还是坚定地叫出了潘小妮的名字。潘小妮觉得自己往那个荒谬而矛盾的境地里又陷落了一分，但还是打起十二分的精神，站起身，走向池仁川，加入了行动小组。

池仁川看了看大挂钟，刚刚下午三点。从他向尤成迈汇报到现在，时间才过去了两小时。他向孟组长点了下头，对方会意，发出简短的命令："出发！"

一行八人的行动小组，登上两辆车，迅捷而低调地往港口办公室驰去。

北灶港镇很小，五分钟就到达了目的地。因为并不是正式逮捕，市局的同志都穿着便衣。下车后，一行人也不多话，直奔潘大树的港口主任办公室。

令人吃惊的是，办公室的门锁着，敲门里面也没有人回答。

潘小妮曾经来过这个办公室许多趟，从没见过这个办公室会锁门，连潘大树一个人在办公室的情形都很少。在她的记忆里，这个办公室总是非常热闹，人来人往。进出的大多是船老大、水手们。他们有着黑红的脸庞，粗糙的手掌拍在潘小妮的小脸上生疼。潘大树哪怕是不在办公室，一般也都在附近。这个办公室按常规不锁门，只是把门带上，况且总有潘大树手下的小喽啰们在门口值守，只要有人来就告知他"老大"的去处。

现在，这间办公室出人意料地锁上了。平时在这附近晃悠的小平头和锅盖头也不知去向。孟组长向同来的警察示意，另两个警察一齐走向门前，低喝一声，同时用力踢门。

门被踢开了。

办公室里杂乱无章，许多文件摊开在桌子上，连港口办公室的公章也掉在桌前的地上。一切都显示着这里的主人刚刚匆忙离去。地上堆着好些纸灰，还有燃烧的痕迹，屋里充满呛人的烟味。

池仁川紧锁的眉头这会儿拧得更紧了。"工作组的同志辛苦一下，整理看看还有什么相关的文件资料。"池仁川说。

孟组长点点头，也吩咐另三位警察迅速到周边搜索，一面又用内部电话通知协助抓捕。

大家各自开始忙碌。潘小妮也跟着检查组的同志开始整理文件，屋子里只剩下"沙沙沙"翻动纸页的声音。

"池局！"一位男同志捡到几份文件，不禁叫出声来。

"怎么了？"池仁川冷静地问。

那位男同志手指着档案，说："您看！"然后就说不出话来了。池仁川走到他面前，大家都围拢过来。

是几份空白的海洋生态补偿款的发放协议！

与他们在凤凰集团看到的，一模一样。只是这几份，没有渔民们的签名和手印。

如果说行动小组过来的时候，潘大树只是有着莫大的嫌疑，那现在这沓空白协议出现在潘大树的办公室里，他与整个凤凰集团生态补偿款侵吞案的关系已经昭然若揭。至于补偿款究竟去了哪里，又是如何偷天换日，怎么伪造的签名和手印，是谁冒领了补偿款……剩下的谜团都得让潘大树自己来解答了。

池仁川立即向尤成迈市长电话汇报新发现的情况，事态明显已经升级。

潘小妮真的被击倒了。她完全没有想到自己的父亲潘大树真会如此胆大包天，敢做出这样的事。也许，她太不了解自己的父亲了。望着办公室里她曾经熟悉的一切，潘小妮有些发蒙。

"我没有……"潘小妮心里在说。

她望向池仁川的眼神是无助的。

池仁川的心在往下沉，他用热切的目光迎着她，想隔空传递一点儿温暖。然而，海风从窗户里长驱直入，把整个办公室吹得凉凉的。

整个事情发展到现在，已经失控了。补偿款经由潘大树之手消失不见，潘小妮作为一镇之长，至少是失察。潘大树又是她的父亲，更应该申请回避，这是没办法的事。

听到池仁川的电话汇报，尤成迈猛地一惊，捏着电话听筒的左手不觉颤抖起来，原本右手抓着的咖啡杯重重地摔在了桌子上，委屈地晃了两下杯身，将大半杯咖啡甩到了桌面上。尤成迈却无心顾及办公桌上的这一片狼藉，而是迅速地想到，凤凰湾项目的问题即将在江海市掀起的狂风暴雨。

他该怎么办？凤凰湾项目一定要叫停！既然出了大问题，凤凰湾项目就不能再继续，得把问题彻底查清楚。他一直担忧的事终于还是发生了，多少次，他想私下跟焦文雄交流，想劝他放慢些脚步，想提醒他。但又因崔省长送任时的嘱咐而怀疑自己是不是魄力不够大，眼光不够长远，站位不够高。于是，好几次，话到嘴边又吞了下去。而现在，他忧心忡忡，后悔自己三年来的袖手旁观，闭口不说。然而，凤凰湾项目对于江海市举足轻重，如果贸然叫停，将会给江海市带来不可估量的后果，他犹豫了。那个潘大树怎会如此胆大包天，背后有着什么样的靠山？要不要跟焦文雄商量呢？焦文雄自身，会不会被牵涉到凤凰湾项目的问题之中呢？如果是，牵涉到底有多深？他尤成迈该怎么办？是一起扛过难关，还是即将要独自挑起江海市的担子呢？

在事情没有水落石出之前，最好能严格按照原则办事。

想到此，尤成迈终于下定决心，他稳住突突乱跳的心脏，开始冷静地吩咐下一步应做的事情。

尤市长的指示很快下达到各个相关部门。潘小妮暂时停职。市里由纪检、反贪局、公安局成立联合调查组，同时上报省里，省里明确指示，要求尽快找到潘大树，摸清来龙去脉。至于凤凰湾项目的施工，不如先恢复正常的施工，毕竟，这关系到成百上千个工作岗位，关系到地方上的发展与前途。

这是尤成迈第一次独立做决定。他长吁一口气，不觉衬衣已经湿透了。

他又将所有的应对举措反复思考了两三遍。崔利民省长会对此满意吗？还有什么遗漏的地方吗？

第二十六章　冤家路窄

潘码头从来没有这么落魄狼狈过。

就在两个小时前，潘大树接到一个神秘电话，电话里的人只说了一句话："把你那边的空白协议处理一下。"潘大树还想问点儿什么，电话已经挂掉了。

空白协议？潘大树立刻反应过来，一拍脑袋，冲到办公室，打开文件柜，手忙脚乱地把那沓空白协议搬到地上，手哆哆嗦嗦地点燃了打火机，往协议纸上烧去。那么一大沓协议烧尽也要好长时间，潘大树盯着手表，觉得指针走得飞快。他终于顾不上看着协议烧完，就心急如焚地打开保险柜，从里面取了两捆现金。翻找中，港口办公室的公章掉落了下来。他捧着两捆现金正往包里塞，看着滚落的公章，自己直摇头，心想，这枚公章是用不上了。索性用脚一踢，公章滚了两下，停在办公桌不远处，不动了。慌乱中，潘大树根本没有注意到还有几张协议散落在地上。

潘大树拎着鼓鼓囊囊的包跑出来，小平头和锅盖头立刻过来会合。"出事了，我出去避避，你们也去躲一阵。"潘大树简短地交代。小平头和锅盖头互看一眼，齐声说："头儿，放心，我们不会添乱的。您放心走。"三人很快就分开了，各自找路。小平头骑上他那辆雅马哈，飞一般地消失在乡间小路上。锅盖头则跟着别的渔船出海去了。潘大树开着港口办的破桑塔纳先是开往邻市，然后把车抛了，坐上半路拉人的小黑车前往省城，又在城郊提前下了车，打了个摩的，往省城西北驶去。

◇

133

他在省城其实是两眼一抹黑，也不知道该往哪里去。按他自己的经验，越是人多混乱的地方越安全。他没有往城里去，换了几种不记名的交通工具之后，在省城的东郊找了一家农户。房东是一对儿种菜的农民夫妇，五十岁上下，看起来忠厚老实。潘大树先预付了一个月租金，从路边摊买回了些日用品，暂时安顿下来。每天深居简出，除了买点儿吃的，几乎不出门。

这个地方是省城东郊的一个小镇。外来人口多，街道市场是一片脏乱差。天高皇帝远，这里的政府机构基本上只疲于应付上面的检查，至于乱停车、乱摆摊这些小事通通不管，何况管多了还容易引起冲突。整个小镇就在这种无为而治的状态下每天乱哄哄、吵嚷嚷地度过。潘大树很喜欢这氛围，跟北灶港镇差不多。不同的是，他在北灶港是一呼百应、人人都识的状态。到这里，要隐姓埋名做缩头乌龟。他不习惯，却也无可奈何。

就这么坚持了半个多月。潘大树想知道凤凰湾项目的进展，官方新闻里却什么也没有。这案子虽然已经立案，但还在侦查中，按尤市长的指示，根本没有向新闻媒体透露半点儿消息，连通缉令都是内部发的。不但如此，配合案件调查的凤凰集团也没有查出什么问题，因此凤凰湾项目也恢复了施工。潘大树翻遍了报纸，听遍了广播，从省台新闻看到市台新闻，都没有看到一点儿危险的信号。潘大树只在《江海日报》末版的右下方角落里看到一则简短的消息：尤成迈市长视察凤凰湾项目工地，要求大家抓好工程质量，保证工期。潘大树盯着那豆腐块大小的消息，喃喃地念："尤成迈市长视察凤凰湾……"

他回想起半个月前给自己通风报信的那个神秘电话。

空白协议，没有错，一定指的就是凤凰湾项目里头的猫腻！但如果凤凰湾项目有问题，为什么还在正常施工呢？市长还去视察了。奇怪的是，市长几乎从不视察凤凰湾，每次都是焦书记来。焦书记参加奠基礼，焦书记来剪彩，焦书记来讲话，都是焦书记。焦书记怎么不来了？难道是焦书记出事了？不能啊！要是焦书记出了事，自己怎么还能安然逃脱？那个神秘电话听起来像是阚秘书故意压低了嗓子的声音，像又不像，让人说不上来。

难道是有人故意设陷阱，想通过我，网罗焦书记的罪名？潘大树想。

潘大树被自己这个想法吓了一大跳。不行，他得想办法跟阚秘书联系上。不能这么不明不白地继续下去，这要熬到什么时候都不知道。

到了晚上，潘大树换了件女人的衣服，拿丝巾罩了头，趁房东夫妇已经睡下，偷偷溜了出来。潘大树租的这间民房是半独立的，有个后门直接从小院通到大路上。当初他租房子的时候就看中了这一点。

他七拐八拐往小弄堂里走，记得前面有一所职高学校，校门口路边有个老男人坐在小马扎上卖各种电话卡，兼带手机贴膜的生意。潘大树扔掉丝巾，把外面女人的花衣服脱了，径直走过去，在老男人的摊上挑了部手机，一张 SIM 卡，扔下两百元就走开了。再出来，潘大树改变了方向，往江边偏僻的地方走去。到一处拐角，潘大树站住了。他掏出刚买的手机和 SIM 卡，手哆嗦着插上卡、装好手机，环顾四周，确认无人，然后才拨打阚秘书的电话。

手机"嘟"了两声，接通后传来阚秘书那熟悉的声音。潘大树激动得想哭，他在这个城郊小镇待了半个多月，也闷了半个多月，此时听到熟悉的声音直想落泪。但是顾不得哭，他抓紧时间说："阚秘书吗，我是大树。凤凰湾到底有没有事？"

阚秘书好像有点儿吃惊，但很快反应过来，说："让你处理的没处理好，你说有没有事？到处都在找你！"

潘大树的脑袋"嗡嗡"地响，嗫嚅着："怎么新闻一点儿都没透消息？"

"已经立案了，你还没现身，难道等着新闻给你通风报信？"阚秘书语带讽刺。

◇

135

潘大树被阚秘书的话噎着了。"可是……"

"手里还剩多少？"阚秘书真能问到点子上。

"不多了，能坚持个半年吧。"潘大树实话实说。

"你在哪儿，我来想办法。"阚秘书停了下，又改主意了，说，"不用告诉我你在哪儿，过两个月再给我打电话，我托人给你送钱。"他顿了顿，用严厉的口气说："藏好自己！别再误事！"然后听筒就传来一片忙音。

潘大树举着手机发怔，他望着不远处茫茫的江水，有点儿恍惚。半个月前，他还是呼风唤雨的潘码头，现在，却得像流浪狗一样东躲西藏。

小妮，小妮受牵连了吗，她好不好？潘大树很想拨打女儿的电话，但他忍住了。阚秘书说，到处都在找自己，那女儿的电话一定被监控着。可怜的小妮！经过这一遭，她还能继续当镇长吗？

136

失去希望的潘大树一下子瘫坐在地上。他现在操任何人的心都没用，只能操心自己。这里只待了半个月，就已经待不下去了。还得再熬两个月，这两个月能否平安度过？两个月以后呢？像如今这样憋气地活着，真不是滋味。

他沿着江边往前走，夜晚江风吹来，带着腥甜的气息。这气息湿重而闷热，比不得北灶港的海风，咸咸的，直通通地吹到骨子里头。这江风，不够劲儿。然而潘大树还没来得及抱怨江风比不上海风，劈头撞见了两个他意想不到的人。

夏子豪与崔灿！妈呀，真是冤家路窄！

潘码头？对面夏子豪已经认出了潘大树。

没等潘大树反应过来，夏子豪已经扑了过来。

第二十七章　崔省长怎么说

　　夏子豪是被崔灿硬拉着上省城的。凤凰湾项目补偿款的事已经立案，潘大树在逃，这一切崔灿是知道的。她虽然手眼通天，但案件侦查不同于其他，有着严格的内外之别。崔灿也不方便多运用关系打探。潘大树一天找不到，这案子就一天没有进展。这样，留在北灶港已经没有什么用处。于是崔灿软磨硬泡地要带夏子豪上省城。崔灿想，也许到了省城，反而能知道更多的消息。夏子豪对省城不感冒，但崔灿答应可以陪他到省城上访，把凤凰湾的事情再闹大些。就这样又是骗又是哄又是磨的，夏子豪终于把他的滩涂养殖场暂托给朋友，又给瞎眼阿婆买上好多吃用，估量着够十天半个月用的，这才跟着崔灿来省城。

　　到了省城，崔灿其实没有什么特别的计划，她将夏子豪安排在同事空出来的宿舍里住下来，然后每天拉着夏子豪像没头的苍蝇一样瞎逛。夏子豪嫌城里的空间小而憋气，崔灿就带着他到东郊的江边去转转。谁知会转出一个熟人，转出一个大惊喜！

　　抓了潘大树回来，夏子豪和崔灿却犯了愁。这么一个大活人，怎么处置都不妥。夏子豪看着被绑在椅子上的潘大树，犹豫地问崔灿："要不把他送回江海市？公安局不是正通缉他吗？"

　　"送回江海市太麻烦了，这一路让他跑了怎么办？"崔灿说。

　　"其实，你也可以报案，省城公安局会把他转回江海市的。"崔灿想了想。

　　但要是那样的话，案件审理啥的，就都不关崔灿什么事了。只能

◇

137

等一切水落石出，才能在被许可的范围内采访。崔灿对这一套流程太熟悉了。

"我给你出个主意。"崔灿骨子里的冒险精神终于鼓动着她不走寻常路。

崔灿拨通了父亲崔利民的电话。

"爸，我的崔大省长，我是灿灿啊。我这儿有一个你肯定感兴趣的人。"

夏子豪并不知道崔灿竟然是省长的女儿。他只是一个普普通通的渔民，他所能认识的最大的官不过是北灶港镇的镇长。打死他他也想不到，这个天天陪在他身边，替他们渔民出头奔走的崔灿竟然是省长的女儿。从崔灿嘴里叫出这一声"爸"，夏子豪觉得像天方夜谭。

省长的女儿竟然会来救自己、帮自己，现在还提出把潘大树的事直接汇报给省长，看看崔省长怎么说。

崔利民真没想到，女儿会在凤凰湾项目上牵扯得这么深。崔灿这通电话惊得他瞠目结舌。"瞎胡闹！你这是非法拘禁！赶紧报案，移交公安部门处理！"

崔灿却不依不饶，说："我把潘大树交出来可以，但你得答应我一个条件，审潘大树的时候，得让我旁听。我也可以答应你绝不泄密，直到案件结束，你们同意发布新闻的那一天。新闻内容一定让你们审核过才发。我给你立这么大的功劳，换一个独家采访权不过分吧。"

崔利民对女儿无计可施。她说得合情合理，也有先例可循。"那好吧，我都答应你。你在哪里？我这就派人过去。"

崔灿向夏子豪得意地眨了眨眼。

连夜审问潘大树的结果令所有人大吃一惊。

根据潘大树的交代，补偿款确实被侵吞了，大部分交给了阚秘书，小部分就算是潘大树和他手下那些小喽啰的辛苦费。除了被侵吞的补偿款，潘大树还提供了一个情况，好像是海洋局和凤凰集团有阴阳合同，但具体情况他并不清楚。鉴于案情的复杂与凤凰湾项目的重大影响，省里由反贪局牵头，成立了高级别的专案组，连潘大树落网的消息也不许往外透露，而是暗中开始对江海市、北灶港进行秘密调查。

崔灿忍不住跟夏子豪提了些独家内部消息，又嘱咐他不能跟别人说。听完崔灿的转述，夏子豪恨恨地说："我就知道海洋局也不是什么好鸟！"

崔灿"扑哧"笑出了声，说："那也是前任海洋局葛局长的事，跟池仁川又没什么关系。你瞎吵什么。"

夏子豪回过神来，说："倒也是。"他摸了摸后脑勺，跟崔灿说要回北灶港，去查查阴阳合同的事。崔灿知道，自己的身份已经给夏子豪造成了极大的困扰，他现在在自己面前说话做事都自在不起来。夏子豪是留不住了。

崔灿问："你一个平头老百姓回北灶港能怎么查？"

◇

139

夏子豪挠挠头说不出话来。

崔灿神秘地一笑，说："我给你出个主意，你要想办法打进凤凰集团内部，哪怕做个清洁工、保安都可以。进了凤凰集团，盯住那些头头脑脑的动向，总会发现蛛丝马迹的。"

夏子豪说："我跟凤凰集团唱过反调，谢秋云也认识我，能混得进去吗？"

"要我说呢，你就直接去找谢秋云，让她给你安排个活儿。"崔灿眼珠一转。

夏子豪问："这能成吗？"

崔灿一笑："放心吧，准成！"

夏子豪半信半疑，但好像也没有别的更高明的办法。

崔灿很潇洒地一甩头，说："就这么说定了！你先回北灶港，我们彼此有了新消息再联络！"

崔灿在汽车站送走了夏子豪。她正往停车场走的路上，差点儿被一辆红色的玛莎拉蒂撞上。急促的刹车声刺耳划过，玛莎拉蒂的车窗摇了下来："姐，你刚送的那人是谁？"

崔灿吓了一大跳，刚想骂人，却见车内坐着的竟是自己的表弟崔焱。"小焱啊，怎么是你？你来干吗？"

"就是来找您的啊，我请您去吃私房菜，那里都得提前一个月预订，省城最有名的一家。来，上车！"崔焱殷勤地打开车门。

"没事献殷勤，非奸即盗。"崔灿摸不清这个游手好闲的表弟葫芦里卖的是什么药。

"瞧您说的。我可是您的亲表弟啊。这个面子都不给？"

"不吃白不吃，吃了也白吃哦。我丑话先说在前头，如果是闯了什么祸，想让我在我爸面前给你说情，没门儿啊！"

"姐，怎么老往坏处想人家呢？这回，一定是好事！正经事！"

等坐到会所小包厢里，喝着三十年的老白茶时，崔焱才透露了他的打算。原来，崔焱找了几个出资的合伙人，想做点儿地产生意。因为刚起步资本不大，就相中了北灶港。崔灿之前在北灶港折腾出来的动静，崔焱早就关注了，这次是来向崔灿讨教问计的。

"恐怕不成。北灶港是经过科学规划的，委托凤凰集团全面开发。像你们这种皮包公司来乱插一脚，难！"

崔焱神秘地一笑，说："老姐，跟自己人还打什么官腔，我听说——"他压低了声音，"凤凰湾项目好像出了点问题，要是能低价吃进——"

崔灿大吃一惊。崔焱能知道凤凰湾项目的消息并不让她吃惊，她吃惊的是，表弟打的这个如意算盘真黑。

"人家是科学规划的大港，你只想去炒房圈钱，想得真美！"

"姐，你不帮忙就算，这条路子可别透露给别人！"崔焱满不在乎崔灿的指责，反正他的路子多的是。

第二十八章　爷孙俩

潘大树失踪了整整半个月。潘大树的失踪，使焦文雄隐约觉得山雨欲来，乌云压境。虽然凤凰湾项目已经恢复了正常施工，他却敏感地觉察到这"正常"之下，涌动着非常之"不正常"的暗流。他想到一些事，心惊肉跳，又安慰自己，也许一切都会过去，这不过是他仕途生涯中又一场小小的风波而已。出于案情的需要，潘大树在省城落网的消息一直向江海市封锁，连焦文雄也不知道潘大树的下落。他也一直相信，这个颇有"本事"的潘码头，这个三十多年的老伙计，最终会逢凶化吉，遇难呈祥。也许等尘埃落定，凤凰湾会更亮眼，他们两个老家伙，能在北灶港的小饭店里，再痛快地喝一通酒。

一到下班时间，焦文雄就站起身准备回家。最近半个月可能是焦文雄最闲的时候，他推掉了一切能不出席就不出席的活动，一下班就正常回家，含饴弄孙，不亦乐乎。

当他推开办公室门时，却发现阚秘书正站在门外等候着他。

焦文雄一愣，问："小阚，有事吗？"

阚秘书难得地紧张，手臂毕恭毕敬地垂在腰际，双手都握成了拳头。

焦文雄敏感地观察到了，于是示意阚秘书进办公室，并关上了门。

两人分别在办公桌前后坐下后，焦文雄只说了两个字："说吧。"

"潘大树是我通知他躲起来的。"阚秘书下定决心，单刀直入地说了。

焦文雄一怔，下意识地问："为什么要躲？"

"海洋生态的补偿款，我让他做了手脚。"

平平淡淡的一句话，把焦文雄的脑袋震得发晕。"你，你们怎么会这么胆大包天？……"

阚秘书镇定地说："我们只是想晚点发放这笔钱。用钱的地方很多，焦书记您是知道的。"

"可是也不能这样……"焦文雄颓丧地瘫靠在椅背上，仿佛一下子苍老了许多。

"没有办法，这只是权宜之计。谁会想到这么快查出来。"阚秘书皱着眉说。

焦文雄摆了摆手，阚秘书马上止住了话。

"小阚，也许是我害了你。"焦文雄轻轻地说。

"焦书记，您别这么说，我知道您都是为了江海市。"阚秘书激动起来。

"错了，都错了。"焦文雄苦恼着。

阚秘书低下头陷入沉思，过了一会儿，他抬起脸看焦文雄，发现他还保持着几分钟之前的姿势，依旧瘫软在大靠背椅上。

"焦书记，我想，事情也许还有转圜的余地，只要……"，阚秘书欲言又止，"最重要的是凤凰湾项目不能有事……"阚秘书终于说了出来。

焦文雄似乎被提醒了什么，正身坐直，眼睛重新放出灼人的精光。

"小阚，我老了，迟早都是要退的。可你还年轻，也许当初若不是跟我……"焦文雄的声音里有一种特别的柔软。

"焦书记，您别这么说，我最大的幸运就是跟着您学到了许多……"阚秘书毫不犹豫地说。

焦文雄抬眼看着阚秘书，迎着他的是一双无比真诚的眼眸。

"但愿如此……"焦文雄喃喃道，"要不让潘大树回来投案吧。

该交代的交代清楚。"

"焦书记,您放心,我会去处理好的。"阚秘书补充道,"当断不断,反受其乱。"

焦文雄下意识地点了点头。

阚秘书迈着坚定的步子出了办公室。焦文雄一个人留在办公室里,没有点灯,黑暗中只有烟头的红光一闪一闪,映出焦文雄沉思的脸庞。

不知道过了多久,天已经完全黑下来了,焦文雄才回了家,一到家便被孙子小勇缠住了。

"小勇!你又调皮,快别待在书房里,爷爷要看书的。"秀莲见小勇又钻进了书房,忙跟在小勇屁股后面喊。

"爷爷跟我做游戏。"小勇拎着一桶乐高,站在焦文雄面前发号施令。

焦文雄放下文件,慈爱地摸摸小勇的头,发现他又长高了不少。"小勇啊,你今年多大了?"

"爷爷您怎么又忘啦。小勇今年七岁,马上要上小学啦。您老记不住,真是个坏爷爷。"小勇嘟着嘴,很不高兴。手上却没闲着,把一大桶乐高倒在大书桌上,占领了地盘。

焦文雄捡起两个乐高组件,眯着眼找洞眼儿,想拼在一起。"是是是,爷爷是个坏爷爷,小勇都七岁了,爷爷还记不清,该批评。"焦文雄一边哄着孩子,一边感慨。

焦文雄与秀莲结婚后,为纪念池大海,没有让池仁川改姓。他和秀莲也没有再生育。池仁川结婚后有了孩子,上户口时仁川主动提出,让小勇跟爷爷焦文雄的姓,大名就叫焦勇。焦文雄看着小勇,心想:这个家真是多灾多难啊,什么时候不幸能远离我们? 焦文雄想到眼下尴尬而微妙的处境,不禁更加忧虑起来。

"爷爷,不是这么拼的。拿来,我教你!"小勇见焦文雄笨手笨脚的,一把夺过他手里的乐高,演示给焦文雄看。

焦文雄这才收了心，集中注意力玩乐高。现在的孩子玩具真多啊，小勇房间里有满满一柜子各种各样的玩具。光乐高就有四五套，可以拼超大型的东西。小勇最爱玩的就是乐高，大家投其所好，几乎每年都有人送小勇乐高。

焦文雄拿起两块乐高仔细研究，这老外的创意真的叫人佩服，乐高做得精致巧妙，几个面都可以和不同的形状拼接。无数的散件慢慢地拼成一堵墙、一根柱、一个弯钩，再把这墙、柱、钩组合起来，可以拼成你想拼的任何东西。同时，再宏伟的东西也是这细细小小的组件构成，一旦拆散就再也聚拢不来，只有重造……

焦文雄一边琢磨，一边看小勇搭乐高。小勇搭得飞快，很快就铺开了一片，又开始往高处搭。焦文雄发现这乐高真是个好东西，果然让人沉浸其中。小勇搭的这是什么呢？一大片平展的土地，一排排整齐的平房……

"小勇，你在搭什么呢，告诉爷爷。"焦文雄饶有兴趣地问。

"大港啊。"小勇头也没有抬，专心致志地拼乐高。

"大港？"焦文雄被孙子的回答愣住了。

"对呀，爷爷您看，这是码头，这是集装箱，这是吊车，我现在正在组装万吨轮船。等轮船装好了，就载着爷爷出海，周游世界去！"小勇努着嘴，发出"呜呜"的声音，模仿大轮船的机器轰鸣。

"好，爷爷等小勇建大港，等小勇的大轮船来接爷爷。"焦文雄的眼眶渐渐湿润了。

焦文雄看着小勇玩耍，默默站起身，收拾了书房里的相关文件，找了件外套穿上，开始打电话。"小阚吗，你让司机过来接我，对，我在家。"

秀莲见焦文雄走出书房，把门轻轻带上，还夹起了公文包，很是吃惊。"怎么这么晚了，还要出去？"

焦文雄点点头，说："晚上别等我了，你们早点儿睡。小勇玩得差不多了，记得让他早点睡，不能熬太晚。"

秀莲答应着，不再多说什么，替焦文雄找合适的鞋子。焦文雄坐在门厅里换鞋的时候，发现正躬身收拾鞋柜的秀莲白发多了许多。他忍不住伸出手，想替秀莲拔掉几根最明显的。

"别拔啦，人都说白头发越拔越多的。"秀莲甩过头说，"还拔我的白发呢，你不照照镜子，要不了几年，你也满头白发啦，还天天这么拼命。"

焦文雄自嘲了一下，说："也是，连仁川都三十好几啦，没准儿他都有第一根白发了呢。"他忽然发现，自己跟仁川整天都是公务上的交流，说来说去都是工作上的事，生活上对这个儿子还真的不够关心。

第二十九章　应聘

◇

"进来！"

凤凰集团招聘保安这样的小事，本来不可能惊动谢秋云。细心的人事部经理从应聘人员的名单中发现了夏子豪这个名字，又确认了就是那个曾经在海滩给谢总难看的夏子豪，便把这事报告给了谢秋云。

谢秋云不明白夏子豪的来意。他不是跟那位爱穿红衣服的女记者在一起吗？怎么会跑来应聘保安？他不是认定了凤凰湾项目侵害了他们养殖户的利益，又怎么会来给凤凰集团做事？难道他另有所图？

听完人事经理的报告，谢秋云准备会一会这个夏子豪。

夏子豪在凤凰集团办公楼的走廊里坐立不安。这幢办公楼是凤凰集团来北灶港后新建的。因为大量的资金都用来建大港了，办公楼本着高效、省钱、耐用的原则而建，并不追求豪华。从外表看，就是土里土气的三层小楼，装修也是清爽简单。不过这办公楼的层高比一般的屋子要高些，显得敞亮而透气。走廊也多宽出一米，人来人往都有着充裕的空间。

崔灿的提议，夏子豪是一半接受，一半不接受。他还是没有那个胆量直接去找谢秋云。正好看见凤凰集团招聘保安的启事，夏子豪就直接来了。让他没想到的是，应聘个保安，谢秋云都要亲自把关。他只好硬着头皮来了。必须面对的总要面对。夏子豪琢磨着该怎么跟谢秋云开口，说几分，留几分。阴阳合同的事，她谢秋云身为总经理，难道会不清楚？如果让她有了防备，打入凤凰集团内部又有什么用？夏子豪开始对崔灿的计策产生了怀疑。正这么胡思乱想着，夏子豪便听到门内叫他进去的声音，他来不及再深入考虑，直接走进总经理办公室。

谢秋云一身职业装坐在老板桌的对面。她优雅地示意夏子豪在面前的椅子上坐下。秘书替夏子豪端来一杯水，就关上门出去了。

"夏先生，我们又见面了。"谢秋云微笑着开口了。

"谢总好。"夏子豪想起自己跟谢秋云有限的两次见面。一次是她强买贻贝，害得自己被潘码头的手下不明不白地关了几天。一次就是在滩涂地上针尖对麦芒的争辩。每一次都充满了戏剧性。现在，居然又面对面地坐在一起了。

"夏先生，你对我们凤凰集团，好像有一种莫名的敌意。你这次来应聘我们集团的保安，打的又是什么算盘呢？"谢秋云单刀直入地问。

"我们的滩涂地都快要被你们凤凰集团吃掉了，我就是来找碗饭吃啊。"夏子豪摆出一副满不在乎的神情。

"没那么简单吧。像夏先生这样的人才，还少一碗饭吃？不会是来当卧底的吧。"谢秋云继续微笑着。

"你把我看得太高了吧。"

"不管你抱着什么样的目的来我们凤凰集团，我谢秋云还是欢迎你这个人才的。不过，我觉得你对我、对凤凰集团一直抱着很深的成见。"

"资本家和渔民，肯定是对立面喽。"夏子豪也笑着说。

"那就看看我们这两个对立面，能不能调和起来吧。"

夏子豪无意中用眼角瞥到了压在一堆文件下面，有一份律师函，自己的名字恰恰露在外面。

"这是什么？"夏子豪问。

谢秋云顺着夏子豪的目光望去，也看到了那份律师函。"哦，这份东西已经没有用了。"她说着就伸出手，想把那份律师函收起来。

夏子豪一把夺过那份律师函，从头到尾扫了一遍大意，吃惊地问："那次我被抓走，你曾经想聘律师，搭救我？"

谢秋云淡淡地说："都过去的事了。再说了，也有人把你救出来了。"

"为什么？"

"也许，资本家想把渔民养肥些再宰？"谢秋云打趣夏子豪。

夏子豪说不出心里是什么滋味。从谢秋云害他被抓，到滩涂征地，他一直把她当成敌人，谁知道敌人竟真心实意地想帮助他。

"是，我到你们凤凰集团是想来看看能不能查到点什么东西。"事到如今，没什么可隐瞒的。夏子豪干脆向谢秋云坦白。他将他对滩涂地的感情，他对凤凰湾项目施工的怀疑和盘托出。当然，潘大树已经落网，潘大树交代的那份阴阳合同，他保留了没有说。毕竟，这是涉案的机密，他也只是从崔灿那里得知一鳞半爪而已。

听到夏子豪直白的说明，谢秋云有些愕然。但很快，她明白过来，她理解夏子豪的感情，她干脆答应了夏子豪，请他做个保安兼监督，让他随便走、随便看，如果真的发现凤凰湾项目有什么不对，可以随时向她谢秋云报告。

资方和劳方两个敌人达成了奇妙的协议，两只手握在了一起，凤凰集团的特聘督察就这么上岗了。

第二天一早，当谢秋云走进凤凰集团的办公楼时，在大门口遇到了身着保安服，正在认真执勤的夏子豪。长期劳作锻炼出来的健美身材竟将普通的保安服穿出了军装的味道。见到谢秋云时，夏子豪那张被海风吹得黝黑的脸挤出了一丝近乎僵硬的笑容。

刚送走池仁川领头的官方工作组，又私下迎来了夏子豪这位不依不饶的特别督察。谢秋云有些哑然失笑。来这边投资遭遇到的种种麻烦，让谢秋云再次怀疑父亲的决策。谢秋云并不怕他们来查，凤凰集团磊落坦荡，经得起任何检查。她只是不喜欢这样被动地陷入莫名的漩涡中，她的精力被分散，无法全身心投入项目的运营。如今，凤凰集团已经进退两难，不把二期工程进行到底，就没有经济回报，凤凰集团前期的投资不仅会沦为笑话，更会把整个集团拖进巨额负债的危险泥潭。

谢秋云没有退路。她必须前行。

第三十章　理发

池仁川又去了北灶港。

他让司机先停在镇街口等，自己一个人走进小镇。沸沸扬扬的凤凰湾案件现在是外松内紧，小镇恢复了昔日的平静。大家都回到原来的生活轨道上过日子。镇街口那个仙鹤塑像还是焦文雄做镇长时立的，围绕着塑像有着一小块可怜巴巴的绿地。就这么一小块绿地，到了晚上，成了小镇居民们跳广场舞的地方。现在是大白天，六月的太阳晒得已经开始有些热了，这绿地像是要补回晚上喧嚣所欠的觉，安静地休息着。

池仁川穿过绿地，走到北灶港的老街上。老街口一家炸油条的铺子已经熄了火，老板懒洋洋地倚在发白的木椅子上，看起来跟卖剩下的那根倚在沥油架上的油条没什么两样。旁边是一家卖明器的，各式的花圈、铜烛台、香炉以及摆到街面上的一些寿鞋。池仁川觉得有些晦气，避开走到对面，对面是一家手机贴膜店，跟这个老街的氛围格格不入。大概是贪图老街的房租便宜些吧，看起来生意也一般。

池仁川知道，手机贴膜店过去就是潘小妮的家。他是来看潘小妮的。他相信潘小妮不会透露消息给潘大树，尽管那个人是她的父亲。没有任何理由，但他就是相信。

为什么？为了潘小妮那清亮透彻的眼神？他觉得，有这样眼神的人应该是一个善良的人。虽然，他从潘小妮身上，感受到些许蛮横，但这蛮横背后似乎有更大程度的软弱在里面。

他也从潘小妮身上看到正直，这正直背后还夹杂着许多天真。因为这天真，他感到自己跟潘小妮有那么一丝丝类似。就像面对父亲焦文雄对他语重心长的教诲时，他用天真坚持着自己的原则一样。

因为原则，潘小妮不会出卖自己的父亲。同样因为原则，潘小妮也不会给潘大树通风报信。但也是因为原则，潘小妮现在只能停职，在整个案件里她必须回避。

池仁川不想让别人知道自己来看潘小妮。他一个人走进潘小妮的家。

他用手轻轻地敲门。

这个声音好熟悉。潘小妮记得这个曾经在检查组听了一周的声音。

她跳起来开门，果然是他。

她默不作声，只是简单地把身子让开，然后轻轻把门带上。她一点儿也不吃惊，好像早就知道了他要来。

池仁川发现潘小妮瘦了。她本来是个圆脸，现在下巴竟有些尖了。他不善于安慰人，不知道说什么好。

潘小妮把池仁川让到客厅，泡了杯绿茶。

他端起茶，抿了一口，清了清嗓子想说话。

"你来了就够了。"潘小妮却先说话了。

池仁川确实没法说任何话，他不能左右事情的走向，也不知道潘大树在凤凰湾案子上牵涉得有多深。而他又是一个不善于说空话、套话的人。

"你放心，事情一定会查个水落石出的。"他终于憋出这么一句。

"不用担心我。"潘小妮其实看着池仁川有些心疼。自从她知道这个男人是一个人带着孩子后，这种心疼变得五味杂陈。

"你的头发该理了。"潘小妮差点儿去摸他的头，她隔空比画了一下，"我陪你去理发。"潘小妮不由分说，带池仁川去了镇上一家比较干净的发廊。

在这个屁股都不太容易腾挪的小镇上，每家人都互相认识，甚至谁家的鸡下了一个蛋，都能在半小时之内传遍全镇。潘大树的倒台，虽然还没有在社会上公开，但早有风言风语在小镇流传。潘小妮面对的压力应该很大。她的停职也没有正式宣布，但镇政府的好事之徒早就把消息捅了出去。潘码头出事了！潘镇长呢？那个女镇长看着面善，跟潘码头不是一路人吧。谁知道呢？毕竟是亲父女呀！这些日子来，只要潘小妮一露面，类似的窃窃私语就会响起。

当池仁川和潘小妮一同出现在小镇的主街道上时，这样的声音也传到了池仁川的耳中。已经对此逐渐习惯的潘小妮把胸挺得更高，旁若无人地走过去。池仁川听了却不是滋味，他忍不住想辩白几句。可当他循声望去，见到的却是人们闪烁游移的目光，像一团巨大而杂乱的渔网笼住了他，让他无从分辩，越挣扎越难以逃脱。

潘小妮发现了他的异样。她停住脚，等落在后面的池仁川上来时，干脆大大方方地挽住了他的胳膊，更把自己的身体放心地半倚在他身上。就这样，潘小妮将池仁川从四面八方袭来又咄咄逼人的流言中拖扯出来，两人亲密的样子像极了一对恋人。

人群的窃窃声反而止住了。

坐在与城里相似的发廊里，池仁川觉得很神奇。他是来看望潘小妮的，结果却是潘小妮来陪他理发。这个小镇上认识他的人不多，但连她潘小妮都不避讳，自己又有什么可担心的。的确，他有好长时间没理发了。潘小妮大大方方地在旁监督着理发师，安排着应该怎么理。池仁川以前理发，要么是秘书陪着，要么就是一个人去，理完算数。现在，他觉得倒了个个儿，自己成了被看望、被照顾的那个。

理好发，潘小妮又把他仔细打量了一番，觉得满意了，这才点点头，跟理发师去付账。那理发师客气地直摆手，连说："潘镇长来，是看得起我啦，老主顾了，今天这笔不收啦。"池仁川这才知道那理发师竟然是认识潘小妮的。他心头一热，潘小妮竟不顾嫌疑，把自己带到熟人这里来。而从理发师热情的态度来看，也未必处处都是墙倒众人推。想来潘小妮平时的为人摆在那里，总会有朴实正直的北灶港人认可她。池仁川心下安慰了许多。

◇

151

正大光明。池仁川脑子里闪过一个词。这不仅仅说明潘小妮与自己的交往没什么见不得人的，也是潘小妮在父亲问题上宣布了自己的问心无愧。也因为这正大光明，从理发店出来，池仁川大胆牵住了潘小妮的手。两只手握在一起，他感到无比的温暖。

潘小妮真希望永远这样，一直被池仁川牵着手，哪怕走到天涯海角。什么北灶港镇镇长、江海市海洋局局长、凤凰湾项目，还有那个给她带来烦恼多于亲情的父亲，通通离得远远的，就让天地之间只剩下她与他两个人，直至地老天荒。

就这么随意走着，两人竟不知不觉走到了海滩。海风的呼啸让一切都沉静下来。两人相视一笑，不约而同地脱下了鞋袜，挽起裤腿，手牵着手下了滩涂。池仁川找到一片稍微平整些的礁石，招呼潘小妮坐下歇会儿，顺势搂住了她。倚在池仁川怀抱中的潘小妮，卸去了沉重的铠甲，感到无比放松，竟不知不觉睡着了。

池仁川怕小妮着凉，一只手扶住熟睡中的她，另一只手轻轻地将外套脱下来给她盖住，然后更进一步地搂紧了她。

潘小妮做了一个美好的梦。童年，一个夏天的黄昏。潘大树难得早回家，更难得没有与母亲争吵，一家人快快乐乐地在海滩上嬉戏。潘大树将她举得高高的，对着大海喊她的名字："小妮——"

回声在海滩上震荡……

第三十一章　私访

池仁川又来到凤凰湾工地附近。

凤凰湾一期工程已经收尾。一期都是基础设施，像电厂、船闸、自来水厂等。高大的风力发电柱通体洁白，直插入碧蓝的天空。发电柱们一排排矗立在通往凤凰湾的新马路上，因为视线的错觉，它们沿海而立，仿佛一直竖到海里去。崭新的船闸像两个大城堡，城堡之间的闸门正在开闸放水，汹涌的海水奔腾而来。停泊在港内的渔船因为水位的提高，都精神起来，猎猎的国旗在风中招展着。

池仁川还记得小时候的北灶港，破败的木船闸，连桥面都是坑坑洼洼，说不定哪天就要塌了。港口里的海水很浑浊，渔船也因为地域狭小而局促地挤在一起。现在的凤凰湾和自己记忆里的北灶港相比，真的开始有了大港的雏形了。

池仁川一直往里走，直走到凤凰湾二期工程的边缘。二期工程才开始围海造田。半个多月前，他曾带着检查组来过工地，那时的工地上才打了几个桩。检查组没有查出什么问题，就匆匆离开了。

今天，池仁川一个人过来，他并没指望发现点儿啥，只是随便走走。二期的工地现在完全被围起来了，工地入口有戴袖章的人检查出入证。上次来时，池仁川曾留意过有一个缺口，他转到那个缺口，想看看能不能进去。

那是一个滩涂口，一面由悬崖构成了一个天然屏障，另一面的礁石面上都很难站下一只脚，施工方大概也认为这里太过窄小，过不来人，而围栏到这里恰恰用尽，就没有再刻意封闭起来。池仁川从小赶海，身手不错，估量着自己能过这个滩涂口，于是轻轻一跃，果然正好踩在狭窄的礁石面上，接着又轻轻松松跨了进来。没走两步，看到有些安全帽堆放在地上，顺手捡了一个戴上。

戴上安全帽的池仁川，看起来像是来工地检查的工程师。来往的几拨工人见到，都没有什么特别的反应。

他继续往里走，一直走到正在施工的地方，却发现有些不对劲了。一股难闻的味道直冲脑门儿。他看见，在这里施工的几个工人也都戴着口罩，拧着眉毛，来去都匆匆忙忙的，好像也是在躲避那气味。

池仁川带着疑问一直走到围海造田的施工处。两艘大型挖泥施工船停在滩涂地里不动，工地里的真空泵也不在工作，吹泥面风平浪静。有几艘小驳船根本没有挖泥，却在往滩涂里倾倒一船船的东西。

这不是施工方案里的吹填法！池仁川头脑异常清醒。

为什么那两艘先进的自航式绞吸挖泥船没有施工？而这些小驳船里到底装的是什么，往滩涂里一船船地倒？得搞清楚这个问题。池仁川毫不犹豫甩下鞋，小心翼翼沿着工地的边沿下了滩涂，慢慢向小驳船靠近。他趁人不注意，脱下外套，从驳船刚卸货的地方挖了一大包，用外套裹起来就走。

驳船上的人忙着干活，没有发现池仁川。他快步回到岸上，穿上鞋子，挟着外套急急向外撤。结果越是急，越是慌乱，差点儿一头撞到一个人身上。

两人赶紧刹住脚步，这么近的距离，池仁川认出了对面这个戴着安全帽的人正是谢秋云。

"谢总？"

"池局？"两人几乎同时叫出声来。

"池局长您这是来视察吗，怎么也不通知一声？您这是微服私访来了？"谢秋云半开玩笑地化解着尴尬。

池仁川见躲不掉，摘下安全帽，跟谢秋云握手："不敢不敢，只是在海边随便走走。"

"随便走走怎么会走到这工地来，又脏又吵的。"

谢秋云的句句紧逼让池仁川难以招架。他急于摆脱谢秋云，好早点儿把腋下夹着的东西拿去化验，干脆直说："谢总的工地是最现代化的，怎么会又脏又吵。上次检查组来的时候，二期还没有正式动工，这回走到这附近了，就想着来见识一下先进的吹填法施工。"

"那您看到了吗？"

"可惜没看到壮观的吹填法，那两艘挖泥船不知道为什么停工了。"

"哦？"谢秋云脸上飘过一丝疑惑。

"谢总可以自己去看看。"池仁川看谢秋云正在发愣，赶紧往外走。

谢秋云本想叫住他，但他的话让她疑窦丛生，恨不得赶紧到工地证实，反而把池仁川放下了。

谢秋云是海洋生物学的博士，对海洋工程了解并不多。整个凤凰湾的围海造田工程是由副总龚廷彦负责的。难道龚廷彦瞒着她擅自更改了施工方案？又或者，下面的分包工程队没有严格按照方案来施工？谢秋云急于弄清真相，便加快了脚步，赶到围海造田的工地。

果然，吹泥面一片风平浪静。谢秋云也看见那几条往滩涂里倾倒东西的小驳船。

不好！他们用堆填法替代了吹填法！她想起了夏子豪在滩涂上当众对她的挑战，也想起了夏子豪在应聘保安时说出的赤裸裸的质疑。一股热血冲到谢秋云的脑部，被欺瞒、被糊弄使她愤怒。但她很快就用理性控制住了自己的情绪。

凤凰集团必须用壮士断腕的勇气来纠正这一切，谢秋云想。

第三十二章　龚副总

龚廷彦今年已经五十八岁了。临近退休的年龄，还被派来一个地图上都找不到的偏僻小镇。他的顶头上司，却是差不多可以做他女儿的谢秋云。算起来，在凤凰集团，龚廷彦也是老资格了。让一个乳臭未干的黄毛丫头把自己指挥来指挥去，龚廷彦无论如何也咽不下这口气。谁让人家出身好，生来就是凤凰集团董事长的独生女呢？即使自己打拼一辈子，也永远赶不上那小丫头的一根手指头。

集团派龚廷彦来北灶港担任副总，主要是弥补谢秋云在工程方面的不足。因为龚廷彦老成持重，能够帮助到缺乏经验的谢秋云，却万没有料到，龚廷彦会因此生出异心。

三年前，他下了上海的飞机，在前往江海市的大巴上昏昏欲睡了两个多小时，又坐上还在草创期的凤凰集团分公司派来接他的小红壳三轮汽车，冒着黑烟"突突突"地来到北灶港荒凉的海滩上，他差点儿哭出声来，连行李都不想打开，转身就想回去。

幸好，他认识了潘码头。

在十余次的酒酣耳热之后，潘码头指点了他一条可以积蓄自己的资本，又能跳出凤凰集团自立门户的新路。他又通过潘码头结交了江海市其他官员，包括市委书记的大秘——阚秘书。很快，他洞悉了权钱交换以及再生钱的奥秘，并将这把戏玩儿得比谁都娴熟。毕竟，他是凤凰湾项目工程的总负责人，而那个小丫头又缺乏这方面的实践经验。他通过层层分包，不但使用劣质材料，大大压缩预算，而且报给

◇

155

凤凰集团的账目还以各类损耗的名义提高了成本。三年来，这一进一出的差额达到了令他吃惊的数字。尤其在潘码头的配合下，他私下动的手脚一直没有人察觉。被喂饱了的龚廷彦依然不满足于此，他的胃口越发变大了。

一个偶然的机缘下，他遇到据称是省长侄子的崔焱，一个更有野心的想法在龚廷彦脑中悄悄诞生了。为了确保计划的万无一失，他派人查过崔焱的底细。省长侄子的身份不假，但崔焱是个不学无术的浪荡公子，光想着空手套白狼，贪大便宜。龚廷彦不怕这个，他只需要崔焱打着省长的旗号能办成事就可以。

池仁川带人来检查凤凰集团时，龚廷彦以为事情已经败露，谁知只牵扯出潘大树，工作组就偃旗息鼓，自动撤了。正是龚廷彦提前透露消息给阚秘书，借阚秘书之嘴传递给潘大树。虽然只是虚惊一场，他却闻到了危险的气息，决定提前打崔焱这张牌，好早日脱离凤凰集团。

正当龚廷彦谋划着金蝉脱壳之计时，还处于震惊之中的谢秋云却在办公室里像一头小兽一样转来转去。她知道，龚廷彦是凤凰集团仅次于董事长的老资格了，更是深得父亲的信任。自己该怎么开口呢？

谢秋云把秘书放在她桌上的施工方案拿起又放下。她差不多能够背出这施工方案了。谁知道在她眼皮子底下，龚廷彦却偷天换日，瞒着她干这样的事？要知道检查组半个月前才刚来过，生态补偿款的事并没有凤凰集团的责任，可围海造田擅改施工方案一定会让作为甲方的江海市政府震怒的！凤凰集团在江海市谋求的是长期合作，龚廷彦这么做，会毁了双方的信任！

谁给了龚廷彦这么大的胆子？

思考了许久，谢秋云终于下定决心，让秘书请龚副总过来。

龚廷彦甩着膀子，若无其事地踱进来，不等谢秋云让座，就自顾自大咧咧地坐在沙发上。他穿着一件中式的褂子，手里还盘着两个古旧的核桃，据说是从北灶港镇老街上淘来的。

因为龚廷彦的辈分高，他在谢秋云面前一直都是这种姿态。平时谢秋云与龚廷彦负责各自的部门，没有打太多的交道，就是见着了，也总是尊称他一声"龚叔"。但现在谢秋云心里梗着事，见龚廷彦还这样满不在乎，顿时就有些不快。

秘书端来茶水。谢秋云给龚廷彦让茶后，示意秘书先出去。

"龚叔，不知道最近二期围海造田的工程怎么样了？"

"工作组不是刚走掉嘛，二期还耽误了不少进度，政府滩涂征用的进度也很缓慢。"龚廷彦以为谢秋云是来催促工程进度，便发了一通牢骚。

"龚叔，我倒不是担心进度，凤凰湾是个长期工程，也是百年大计，方方面面都急不来。我是问，现在的二期工程是按施工方案进行的吗？"谢秋云的话说得不疾不徐，却清晰有力。

龚廷彦被她这一问卡住了，他没料到从不管工程的谢秋云会突然这样发问，难道她发现了什么？

龚廷彦是最早来北灶港的。他是负责工程的，在跟江海市签合同之前，就代表凤凰集团先行勘察，估算造价。凤凰湾的一期、二期，从设计方案到具体实施都是他一手包办的。

面对谢秋云的突然发问，龚廷彦"哈哈"一笑，说："秋云啊，怎么突然这么问，信不过你龚叔吗？不按施工方案做，那还会怎么做？这个问题太幼稚了吧。哈哈哈。"

龚廷彦试图蒙混过关，谢秋云却紧盯不放。她以更严肃的语气说："既然是按施工方案做的，为什么集团花高价租用的两艘挖泥船都没在工作呢？"

"谁说的？你去过工地？"龚廷彦的太阳穴开始"突突"跳动，他盘了盘手上的核桃，顺势转了转眼珠子，清了清嗓子说："不可能，我们的挖泥船是交替工作的，要不就是你去的时候正好在歇工吧。"

"是吗？可是两艘船都不在工作，反而是几艘小驳船在进行堆填作业。"谢秋云直盯着龚廷彦的脸，想从他的表情中看出些漏洞来。

龚廷彦发现这次有点儿混不过去了。他一直把谢秋云当作一个黄毛小丫头，她又从不插手工程的事。日子长了，龚廷彦越来越胆大。谢秋云这次突然发难，让他一时间难以应对。

"是吗？"龚廷彦干笑着说，"我下去看看，究竟是怎么回事？"说着便盘着核桃往门外溜。

谢秋云怎么会轻易放过，她带着满脸笑容说："不如我跟龚叔一起去工地看看，究竟是怎么回事。龚叔您正好给侄女讲解讲解。"

龚廷彦脸拉得跟马一样长，却无法反驳，只好听任谢秋云跟着往工地走。

龚廷彦走得很慢，一路上磨磨蹭蹭。他盘着核桃说："秋云，叔想起来了，我还有些事要办，要不我们再另约时间去工地吧。"

谢秋云笑吟吟地挽上龚廷彦的胳膊，说："龚叔，工地就在前头，来都来了，耽误不了您几分钟。"

龚廷彦拉不下脸，又不能使强，只能由着谢秋云将自己架到了工地。

一到工地，龚廷彦没法再多狡辩。望着停工的挖泥船和来来回回的小驳船，谢秋云笑盈盈地问："龚叔，这是吹填法吗？为什么见不到吹填的泥浆呢？"

龚廷彦核桃也不盘了，哭丧着脸说："谢总，是我监管不力，一定是下面的施工队贪图省钱，擅自更改施工方案！我这就去查问！"

"是吗？没有龚总点头，下面的施工队吃了熊心还是豹子胆，敢擅自更改？"谢秋云的笑意更深了，"再说了，这下面的施工队难道不是龚叔您一手招来的？"

龚廷彦这才发现，这个他眼里的小丫头实在太厉害了，句句直逼真相。天并不那么热，汗却从他的胖脸上一阵阵地渗出。

谢秋云轻轻咳了两声，两个身材高大的集团保安突然出现在龚廷彦身后。

"龚叔，天还没热，您怎么出那么多汗？一定是身体太劳累了，还是把工程部的担子先放一放，好好歇歇吧。我会跟集团总部汇报的。"谢秋云说完这些，笑意渐收，使了个眼色。

两个保安向龚廷彦逼近一步，其中一个低声说："龚副总，对不住了，您看您是自己走还是……"

龚廷彦没想到今天竟栽在一个小女娃手里。他长"哼"了一声，说："秋云啊，别逼人太甚！你爸都不会这么对待我的。"

"龚叔，您是知道的，我爸最恨人瞒着他在背后捣鬼。接下来该怎么做，也不光是我们凤凰集团的事了。最起码凤凰集团不能再让您做事了。"谢秋云字斟句酌地说出这番话。

◇

159

被突然卸权的龚廷彦灰溜溜地将核桃揣进了兜里。他毕竟是副总的身份，还不至于让保安押着走。他昂着头，在谢秋云的目光下离开了工地。谢秋云长出一口气，整个人才放松下来。刚才那一番斗法，让她筋疲力尽。第一次处理这么复杂的事，谢秋云不禁有些后怕。她掏出手机，向父亲汇报了整个情况，并请示下一步如何处置。

龚廷彦在宾馆的房间里坐立不安。凤凰集团在北灶宾馆包了一层楼，作为集团高管的住所。龚廷彦平时很少住在宾馆，因为负责工程，他更多是住在港口的凤凰集团办公室，离工地近，条件也不差。现在交了权，他自然不好再去办公室。但他又有很重要的东西放在办公室，必须拿回来。于是，他穿戴整齐，打开门，对门外守候的两个保安说："我要去趟办公室，换洗的衣服都在那边。"

保安对视了一眼，其中一个说："要什么东西我们给您去拿吧。龚副总，不好意思，这都是谢总的吩咐。"

"那不行，你们也不知道放在哪里，也说不清楚，"龚廷彦眼睛一眨，说，"这样吧，你们跟着我过去总可以了吧。"

保安拿出手机准备请示谢秋云。

"这么点小事就不用请示了吧。"龚廷彦似笑非笑。

出人意料的是，电话那头的谢秋云答应了龚廷彦的请求。

龚廷彦让保安在办公室门口等着。一进办公室，他先从衣柜里拿了个行李箱，装模作样地开始往行李箱里装衣服。装了一会儿，看保安已经放松警惕，手脚麻利地从墙壁上取下一幅装饰画，画背后是一个嵌墙的保险箱。

"小丫头到底还是没经验，总算是老天庇佑，只要把这份文件顺顺利利给销毁了，这事就大事化小，小事化了了。"龚廷彦提着一口气，从保险箱里取出一份文件，点燃了打火机，往文件的一角凑去。

龚廷彦拿打火机的手，被另一只强有力的手捏住了，打火机跌落在地上。他抬眼看去，是那个保安。保安的身后，则是依旧笑盈盈的谢秋云。

保安将文件递给谢秋云。谢秋云翻看了两页，并没有看出什么异常。她把文件递给保安，那保安也翻了两页，也说不出所以然，问："谢总，你打算怎么办？"谢秋云说："你觉得我该怎么处理？"

保安摘下他的帽子，说："谢总，不管怎么说，这份文件能不能先交给我复印一份。合同表面上看不出什么，但既然有人一心要销毁它，说明它一定是关系重大……"

谢秋云看着保安那张诚恳的脸点点头。这保安不是别人，正是夏子豪。而在控制住龚廷彦之后，谢秋云就立即请来她自行任命的凤凰集团特别督察夏子豪，一起定下了欲擒故纵之计。

夏子豪出去复印合同的时候，谢秋云又在深思熟虑之后，终于拿起了桌上的电话听筒，拨通电话之后，说："池局长吗？我是谢秋云……"

第三十三章　诘父

池仁川面前放着两份材料。一份是谢秋云从龚廷彦那里发现的文件，另一份则是他那天暗访凤凰湾工地，用外套包来的堆填物的检测文件。

这两份材料都很薄，薄得看不出分量。

从他暗访工地起，他就知道这个堆填物肯定有问题。检测结果不出他的意料。龚廷彦的那份合同，夏子豪和谢秋云都看不出问题，池仁川却知道，那上面写的内容比山还重，重得可以压垮江海市的整个官场。他没有想到谢秋云会主动送来这份文件。这至少说明凤凰集团的主动配合吧。

这两份材料，按道理说，他该上交给组织。凤凰集团的事毕竟已经立案了。池仁川紧紧攥着这两份材料，手里都攥出汗了。

他放下材料，手指轻轻敲着桌面，陷入了沉思。

早就过了下班时间，整个海洋局办公楼已经没剩下几个人。走廊里空荡荡的，发出点轻微的声音都能听见回响。

池仁川点亮灯，他知道，章秘书还在外面等他，司机小刘也在楼下等他。

他却不知道该往哪里去。

手机突然响起来。铃声在空旷的办公楼里一圈一圈地回响着。

竟然是焦文雄。

池仁川接通了电话。

"仁川，下班了吗？今晚能回爸这里不？你妈做了你爱吃的蟹。"

焦文雄很少打电话给他，就算打也是问工作上的事，今天突然主动邀请他回家吃饭，这让池仁川十分意外。

"好的，爸，我半小时后到。"池仁川心里的满腹疑问正想请教父亲。

他想了又想，终于还是把那两份烫手的材料装进了公文包。

一进家门，池仁川就闻到一股六月黄的清香。六月黄在他小时候，根本卖不上价钱。有的人家都是自己去小河浜里捞的。这时候的六月黄个儿只有铜钱大小，只需用清水煮开，剥开壳，黄澄澄的蟹膏，肉质紧实而甜嫩，最鲜美不过。池仁川小时候就自己捞过。现在到了城里，什么帝王蟹、面包蟹见得多了，独有这土里土气的六月黄却无处可买。焦文雄打电话说吃蟹时，池仁川根本没想到会是六月黄。

"怎么样，还是小时候的味道吗？"焦文雄剥了一只蟹脚，蘸了醋往嘴里送。

池仁川嘴里正塞了一口蟹黄，忙不迭地点点头。

"这是我让小阚刚从北灶港镇上买来的。路边摊的货，新鲜地道！"焦文雄得意地说。

"好多年没吃到过这个了。"池仁川说。

"是呢。"焦文雄又剥开一个，"看，挺壮的，不比秋后的差。多吃点儿，我记得你小时候最爱吃这个。"

吃惯了大蟹的小勇嫌六月黄刺嘴，很快就不感兴趣了。秀莲和阿姨也匆匆吃完收拾好了。饭桌上就剩下焦文雄和池仁川父子，慢慢剥着六月黄，聊着闲天。

要判断是不是地道的海边人家，就看他怎么吃蟹。焦文雄和池仁川打小在海边生活，是吃蟹的高手。他们无须任何工具，徒手剥开蟹盖，去掉毛鳃与后壳，掰下一只蟹脚，轻轻在两头一咬，然后一嘬，一块完整的蟹脚肉就滑进嘴中。池仁川总是将蟹盖里的蟹黄留到最后品味，蘸一点醋，一口吞尽，再慢慢地让鲜甜在唇齿间流淌。不久，父子俩面前就堆起小山样高的蟹壳，而这蟹壳里，透亮得没有一丝蟹肉的残留。

像是不经意提起，池仁川说："爸，我前天去了凤凰湾工地。他们的施工好像有点儿问题，跟原来上报的方案不同。"

"哦？"焦文雄放慢了剥蟹的节奏，认真听池仁川讲。

"他们没用现在通行的吹填法施工，而是用落后的堆填法。堆填物我拿去化验了一下，发现了大量的污染物，疑似进口洋垃圾。前一阵的赤潮链状裸甲藻，并不是江海市的原有物种，很可能是这些堆填物带来的。"

焦文雄停了下来。"这事你跟尤市长汇报过吗？"

"还没有，今天下午刚出的结果，还没来得及去汇报。"

焦文雄轻轻地说："既然没去汇报，就别汇报了。跟凤凰集团打个招呼，让他们把堆填法停下来就是。"

池仁川有点儿不相信这是父亲说的话。"可是……"

"商人嘛，总是逐利的。他们没按方案施工，肯定要处罚。但不宜闹得太大，毕竟凤凰湾项目是我们的重点工程，大方向要把握好。"

"爸！北灶港的生态赔偿协议和发放清单，份份齐全，渔民和养殖户却说没有领到，七百万赔偿款究竟到哪里去了？经手发放赔偿款的潘大树又神秘失踪了。从他的办公室里搜出几张空白协议。谁在伪造签名？谁侵吞了补偿款？上次的生态补偿款还没有下落，现在又出了工程问题，渔民们闹事看来是有原因的。"池仁川"呼"的一下站起来。

"你看看你，哪里像个局长，还是这么冲动。"焦文雄摆摆手，让他坐下。"不就是几个渔民闹腾吗？我已经让人去处理了，现在不是也平息了吗？补偿款的事，等潘大树归案，就能水落石出，现在急也急不来。只要工程质量没问题，不出人命，管他什么吹填法、堆填法。

人家投资方降低点成本，也是情有可原。让他们停下来整改就是。你们海洋局身处漩涡，各方面都得盯着，不要太幼稚，被别有用心的人给利用了。不过，你没有先上报，而是先来找我，倒是比之前聪明了。"焦文雄一口气说完，又招呼着他继续吃蟹。

池仁川吃不下去。他愣住了，这是自己的父亲吗？他视为惊雷一样的消息，在父亲看来却是等闲一样，轻轻几下太极推手就化解开了。可是，这么做，置渔民们的生计于何处？这么做，会将北灶港带往何处？

池仁川现在还剩下最后一张底牌没有打出来。他不知道，父亲会不会还是这样轻描淡写地化解。他也不知道，如果把刚才那些情况汇报给尤成迈，会是什么结果？他不就是顾虑到父亲与凤凰湾项目的特殊关系，才犹豫了一个下午吗？

◇

164

如果这最后一张底牌毫无作用，自己该怎么看待父亲？

池仁川越到这个时候，竟越发犹豫了。他一直认为父亲是一心为民的好官，焦文雄为江海市、为北灶港付出的一切，他都看在眼里。自己步入官场，也是把父亲当成榜样来效仿的。不然，依着他自己的爱好和天性，也许更适合留在高校做科研工作。难道，这个榜样只是架在一个不平的基座上，稍稍一碰，就会摔个粉碎？

没办法，池仁川只能亮出了最后的底牌。他颤抖着手，又掏出一份文件，就是谢秋云派人送过来的那份。"爸爸您看，这是我从凤凰集团那里拿来的合同，海洋使用费是七万一亩，而市海洋局存档的是二万一亩。凤凰湾项目占地十公顷，五万一亩的差价又是七百多万！如果我记得不错的话，这是我的前任葛局长出面代表海洋局签字的吧。这里面一定大有问题。"

焦文雄瞥了一眼文件，问："这份材料你是从哪里得来的？"

"别管从哪里来，你只需要回答我，你跟这事有没有关系？"

终于暴雷了！

焦文雄一直在等着这一刻的到来。只是他没有想到，这个惊雷是由自己的儿子来引爆的。也许，事情还能有挽回的余地？面对仁川的诘问，焦文雄叹了一口气，直截了当地说："这事跟葛局长无关。是我让小阚去操作的，整件事我来承担。"

池仁川望着父亲，几乎不相信自己的耳朵。

焦文雄闭上眼睛，疲惫地靠在椅子上，停顿了许久又接着说下去："我也不瞒着你了，这七百多万其实是凤凰湾项目的特别资金。"

池仁川愕然："什么特别资金？"

"你以为凤凰湾项目凭空就能落到江海市？落到经济条件不算好的北灶港？要建设这里，上上下下都要打点到。有的钱是没办法走账的。"

池仁川没有办法接受父亲的解释，他死死地盯着焦文雄，问："您到底拿了没有？"

焦文雄摇摇头，又烦恼地摆了一下手，说："可是，怎么说得清呢？"

池仁川手肘压着大腿，绝望地举起两只手，把头埋进两掌之间，颓然而喃喃地说："我一直以为您是个清官。"

焦文雄冷笑两声，又摇了摇了头，说："我算不上清官，但也谈不上是贪官。这些钱，其实都用在了凤凰湾项目上，我的手是干净的。就是组织上查起来，我也是清白的。可是，清白不等于清官。"焦文雄的声音渐渐低下去，甚至带了点儿哽咽。

"爸，这么一大笔款，您能说得清去向吗？"池仁川略微抬起头，从手指夹缝望向焦文雄，眼眶里充满了泪水。

"说不清。"焦文雄缓缓地摇了摇头。

池仁川发现父亲的白头发多了许多，脸上的皱纹也深刻了许多。一直在他眼里无比坚定、分外有魄力的江海市第一掌门人，突然变成了一个极其普通的、神色颓唐的老人。

池仁川痛苦得肠子都要拧起来，几乎快要哭出声："爸，既然说不清，您又怎么向组织证明您的清白？"

"那早就是一笔糊涂账了……"焦文雄喃喃地说。

接着他突然抬起头，直视池仁川的眼睛，一字一顿地说："是的，我没法证明自己的清白。清白了，我还能做什么？不要说凤凰湾项目那么大的工程，就是造座桥、修条路，没有钱你拿什么去造？拿什么去修？"

焦文雄斜靠在椅背上，语气酸涩而沉重："仁川，你把一切看得太简单、太天真了。只要你想做点事，一举手、一投足，动辄得咎。记得我的前任梁书记吗，他就是什么都不做，笑面菩萨，明哲保身。他顺顺当当地从书记位置上退下来了，可他给江海市留下了些什么？什么都没有！江海市年年吃财政饭，捉襟见肘，什么都做不了。不发展北灶港，它永远是一个落后的小镇！"

焦文雄说着，逐渐激动起来，他站起身，边踱着步边说："你再看他尤成迈，做了半辈子领导秘书，千小心，万小心，终于外放当了市长，遇到任何事都不肯做决定，全都推到我这儿。我不想做梁书记第二，也不想像尤成迈那样做个窝囊官！我不能眼看着周边的省市，一个个开发区、新区搞得热闹，江海市却依旧是一潭死水！"他拍着胸脯补充，"凭良心说，我当江海市委书记以来，高速修起来了，高铁快修好了，新的机场也立项了！还有凤凰湾，都是江海市腾飞的希望！"

焦文雄越说越快，但接着他的眼神又黯淡下来："可这一切，哪样不需要钱？争取上级立项，争取省里拨款，哪样能少了跑关系、欠人情？江海市穷啊！只能一分钱掰成两分钱用，我是江海市的掌门人，要干事就得担责任、冒风险！只要江海市能搞上去，哪怕我身后洪水滔天……"

父亲的这段慷慨陈词，既像是剖白，又像是狡辩。池仁川听得脑子昏沉沉的，他用苍白的声音问道："难道要做事就非得违规操作？"

焦文雄苦笑着，说："大到江海市，小到咱们家。清官听着好听，其实什么都做不了。清官能支撑起一家老小？清官能护你一世周全？你以为，你是怎么顺利保送研究生的？那是我们市里与你们学校有一个合作项目！你以为你是怎么当上的公务员？你步步升迁，如今做到正局，哪一步没有我的心血？三分能力，七分助力，这个社会哪里不是这样？你这是太顺利了。"焦文雄的嗓子有些嘶哑了，"你嫌我不是清官，嫌我脏。没有我的脏，哪来你的清白？"

焦文雄的这番叙述，让池仁川五雷轰顶："不，不是这样的！我是靠自己的成绩保送的研究生！是靠自己的能力做到了局长！"眼泪无声地流下。

"天下有能力的人多了去！个个都做了局长？"焦文雄镇定下来，满是皱纹的脸向池仁川逼近，把手一伸，循循善诱地说："来，把这份合同给我，我会派人去处理。天知地知，你知我知，只要把它往火里一丢，就什么事都没有了。"

◇

池仁川边后退边护住资料，大声喊着："不不不，我不相信！"他碰倒了一把椅子，慌慌张张地扶起来，又打开门绝望地跑了出去。

秀莲听见响动，探头出来问："文雄，怎么回事？仁川呢？"

焦文雄掩饰地说："局里有些急事，仁川赶着去处理了。"

秀莲"哦"了一声，就缩了回去。她没有看到焦文雄紧锁的双眉和眼角的眼泪。

焦文雄又陷在了黑暗中，他感到前所未有的脆弱。但这脆弱感并没有控制他太久，很快，他用手背擦了擦眼角，开始拨打电话。"小阚吗？你过来一下……"

第三十四章 遇险

抱着那份致命的材料，池仁川开着车一路狂奔。他不知道要往哪里去。他突然觉得天地那么大，自己那么渺小，竟无处容身。把材料交给纪委？那会毁了父亲，伤了母亲，害了这个家。向尤成迈汇报？那他池仁川成了什么人，大义灭亲的英雄？这样就能把自己洗刷干净吗？更让池仁川担心的，是这沓材料也许会让凤凰湾项目就此灰飞烟灭，使北灶港一夜回到从前。可是，父亲的振振有词，却无论如何不能让池仁川接受。发展，并非一定要以这样的代价。前进，也完全不应以这样的面貌呈现。

北灶港！让他们父子两代人都魂牵梦绕的北灶港！它正出现在自己的车窗前。夜幕下的北灶港那么安静。是什么时候下起的雨？那么大、那么密，用雨刷拼命刮也刮不干净。

池仁川把车子停在港口。他连雨伞都没带，就这么让自己在雨中淋着。雨水把他淋得透湿，闷得喘不过气来，闷得他想哭，却哭不出来。他又想大笑，笑的时候眼泪不停地往下掉。眼泪混在雨水里面，分不清雨水泪水。现在，他连自己是谁也分不清了。是那个从小到大、一路优秀的三好学生？是那个考上重点、保送研究生的学术天才？是那个一帆风顺、意气风发的海洋局局长？不、不、不！他以为一切都是靠自己的努力得来的，原来都是虚幻的泡影！

池仁川一直跑到海滩边，忍不住对着大海嘶喊。夏季的闪电在黑沉沉的海面上亮起，过不久又有隐隐的雷声从大海的深处轰响。他从没见过这个时候的大海，又神秘又危险。他脱下衣服，在雨水中拼命刷洗自己的身子，喃喃自语道："我是干净的！我哪里是干净的？"

他几乎陷入了一种疯狂的状态："我为什么会有这样的父亲？不，他不是我的父亲！他是我的父亲！他竟然是我的父亲！"有那么一瞬间，池仁川觉得死似乎要比活着容易得多。他看见黝黑的大海深处，某个声音以不可名状的形象出现，轻柔地呼唤着他：来吧，来吧，这里将消泯一切痛苦……

被这个声音诱惑着，他不知不觉走进了滩涂，越走越深。

正在他往滩涂深处走的时候，忽听到岸上传来几个嘈杂的脚步声。什么人会在这样下着大雨的夜晚，也来到这海滩？池仁川不想被别人看到自己，不由得停住脚步，藏身在一片礁石后面看动静。

岸上来人正是夏子豪。夏子豪已经脱掉了保安的衣服，罩着件下海的长雨衣，恢复了渔民的打扮。他远远地向滩涂另一边走来的两个渔民招了招手，然后加快脚步，与他们会合在一起。

夏子豪从口袋里拿出一沓文件，对他们说："这是我从凤凰湾项目谢总那里拿来的合同，这份合同十分重要。事不宜迟，一旦他们发现这材料已经到了我们手里，一定会想尽办法围追堵截。你们多叫几个人，兵分几路，现在就去省城，务必把这份合同交到崔记者手上。"

听到凤凰湾、合同这几个词，池仁川不觉被吸引，他想靠过去听得更真切些，刚一露头却看见岸上不远处又来了几个人。这些人都披着墨绿色的雨衣。从身形看，其中有一个很像他在港口码头经常见到的小平头。

那个小平头带着这帮人，想冲过来拦住夏子豪，不料却被一位老人挡住了去路。夏家阿婆意外地出现在小平头面前。

小平头讪讪地说："这大半夜的，还下着这么大的雨，阿婆你怎么还在海滩呢？"

"说的是呢，这大半夜的，还下着这么大的雨，你们来海滩做啥？"

夏家阿婆能凭声音认识港口的每一个人。

小平头对不上阿婆的话，他手下另一个人却发现夏子豪已经把一沓材料交给了别人，大喊一声："不好了！我们上了这老婆子的当了！他们已经拿到了材料，分头跑开了！"

小平头吐了口唾沫，打了个呼哨，示意他的人："快，别跟这老婆子废话，你们一人一个方向，去拦住他们！"

小平头的人丢开夏家阿婆，分头去追夏子豪与养殖户们。所有的人陷入了厮打和混战。

好像是响应小平头的呼哨声，岸上又开来了几辆车，从车上又跳下来十几个人，向夏子豪他们逼近。

夏子豪眼见着寡不敌众，陆路已经都被车子拦住，干脆跳下了海滩，往滩涂里走。

那个小平头见夏子豪要跑，竟带着两个人丧心病狂跳上了挖泥船，"突突突"地在滩涂上追击夏子豪。

池仁川绝没有想到会目击这样一幕。他更灰心了，心想："爸爸，这就是您所谓的派人处理吗？"

他还在发愣，却见小平头已经开着挖泥船追上了夏子豪，船上跳下另一个高个子，抢着一根粗木棍狠狠地向夏子豪的脑袋上挥去。池仁川顾不得多想，一下子扑上去相救。高个子的木棍泄了劲，打在夏子豪身体的一侧，池仁川却被突突开来的挖泥船撞倒了。

夏家阿婆听到海滩上的动静越来越大，她急匆匆赶来，也下了滩涂。摸索着找到夏子豪和池仁川，一手的湿黏让她大惊失色，急忙惊呼："血！不好了！救命啊，有人杀人了！"

附近守夜的渔民早就听到了海滩上的动静，正在犹豫。夏家阿婆的呼救声，终于喊来了他们，并纷纷围拢过来。

小平头见事情闹大了，又打了个呼哨，招呼着手下赶紧撤。

这些人飞快地跳上车，仓皇逃去。

渔民们分出人手把夏子豪和池仁川送进医院，又另外派人照顾夏家阿婆。

第三十五章　医院

夏子豪和池仁川同时被送入了医院。

夏子豪伤在腰际，那一棍幸亏有池仁川挡了一下泄了力。外伤倒不严重，但还要等生化的检测结果。池仁川被挖泥船撞倒，直接送进了手术室，现在还在重症监护室。

夏家阿婆和几个渔民守在夏子豪的病床前。夏子豪一直在昏睡中，梦见自己与小平头扭打，小平头开着挖泥船突突地朝自己撞上来，然后是阿婆在凄惨地呼救。他在梦中挣扎着，终于醒了过来。他努力睁开眼睛，用逐渐恢复的视觉搜索到了那几个渔民，虚弱地问出了第一句话："材料送出去了吗？"

那几个养殖户赶紧围拢过来，朝夏子豪点点头。

夏子豪放心了，闭上眼歇了会儿，再次睁眼时目光落在了阿婆的身上，说："阿婆您这么大年纪，不要陪我了。你们谁帮我送阿婆回家……"

然而，夏家阿婆态度坚决，不肯回家。几个渔民朝夏子豪使了使眼色，摇摇头，表示拿她没办法。夏家阿婆倚在夏子豪的床头，像小时候那样搂住夏子豪的脑袋，轻轻哼起北港渔歌。熟悉的节奏让夏子豪渐渐放松下来。

一个沙哑的男性声音在病房外响起，和着阿婆的曲调，声音渐渐唱得越来越清晰："金山银山不如我俚（我的）金海银海，嗳呵唷嗨……"

众人都吃惊地往病房门外望去。谢秋云陪着一位六十岁左右的男子来到夏子豪的病房。那男子气宇轩昂，头发虽已花白，却纹丝不乱，衣着也都是精心挑选的名牌。他戴着一副浅银色的墨镜，进病房后就摘下了墨镜，直盯着夏家阿婆看。

谢秋云把关切的目光投向病床上的夏子豪。众人一时间竟不知那男子的来头。

夏家阿婆感觉到有人进来，一双瞎眼朝谢秋云他们走来的方向张望。她看不见他，却用渔歌声应和着。一边唱，一边站起来，一边向那男人的方向摸索着。

"夏家阿婆？怎么，您眼睛看不见了吗？"那男子一把扶住夏家阿婆两只颤抖的手臂，泪流满面。

"你是……"夏家阿婆努力辨认着这个声音。

谢秋云回过神来，向夏子豪介绍，"这是我的爸爸，凤凰集团的董事长。听说你出了事，他是特意赶过来看望你的。"

夏子豪挣扎着从床上坐起来，向那男子问好："谢董事长！"

夏家阿婆疑惑地问："你姓谢？"

谢董事长紧紧抓住夏家阿婆的手，从嘴唇里一个字一个字吐出话来："阿婆，我是大海啊，我不姓谢，我姓池，池大海！"

"池大海？池大海是谁？爸，您怎么会姓池？"谢秋云第一次听到这个陌生的名字，一时间无法接受。

"大海？池大海？"夏家阿婆听到了一个三十年前的名字。她从上到下地摸着池大海的脸，一边摸，一边回忆着他三十年前的模样。

"是的，我就是池大海。"池大海看着女儿，又看着夏家阿婆，痛苦地闭上了眼睛。

夏家阿婆终于从脸庞的轮廓确认了眼前这个男人。她甩手给了池大海一巴掌，边流着泪边说："池大海，三十年前的海难，你不是死了吗？我儿子也死了，可怜他结婚才三天。你回来了，怎么不把我儿子带回来？"

池大海老泪纵横，任凭阿婆的拳头一下一下捶在他高大的身躯上。

"阿婆，我回来了，我没有死。我没能带回天刚兄弟，我对不起你啊！海滩上那么多人……"池大海闭上眼，三十年前不愿回想的惨烈一幕在他眼前清晰地浮现。那次海难是北灶港人共同的噩梦。有多少户家庭失去了亲人啊。

"大海，你回来了，回来就好。"夏家阿婆喃喃着，又像是突然想起，声音里有了几分埋怨，"你说你是凤凰集团的董事长？你这个凤凰湾又要把我的孙子赶尽杀绝啊。"夏家阿婆睁着一双瞎眼，直勾勾地望向池大海。

"凤凰集团的董事长，到底姓谢还是姓池？"夏子豪不解地问。

池大海转向夏子豪和谢秋云，缓缓地说："我是三十年前北灶港镇上的池大海，也是现在凤凰集团的董事长谢天祐。三十年前，我海难落水后，在海上漂了三天三夜，终于被一艘渔船救走了。当时我已经晕了过去，船上的人便把我带回了家。那时，两岸还没有三通，一时间我回不来又举目无亲。"池大海望了望谢秋云，接着说下去，"船老大就是你的外公，见我可怜，便收留了我。再后来，你外公招我做了女婿，我从此改姓你外公的姓，改名叫谢天祐，再后来，我和你母亲又有了你。我只能把过去的一切深深埋进记忆。"

谢秋云像听天书一样听着父亲的讲述，惊得说不出话来。

池大海自顾自地说下去："五年前，你的外公和妈妈先后撒手人寰，只剩下我们父女两人相伴。我也因为连续料理丧事而病倒，但人到老年更加思念家乡，我放不下北灶港，就派你代表凤凰集团前来投资。"

谢秋云恍然大悟，说："怪不得爸爸您不顾董事会的反对，坚持投资北灶港的项目，哪怕亏本也要上。原来您竟是北灶港人。"

"对，这里也是你的家乡。"池大海从上衣的口袋里掏出一个颜色发暗的怀表。他打开怀表壳，里面竟没有表，只有一个包得非常紧实的小塑料包。他取出这个塑料包，颤抖地打开，那是平淡无奇的一小撮泥土，土已经干了，颜色发黑。

173

"猜猜这是什么？这是北灶港的滩涂土，是从我当时落难的衣物上刮下来的。闻一闻，看一看，捏一捏，里面有海的气息与生命。我每天都会把这小包滩涂土带在身边，好提醒自己是个北灶港人。"

池大海转向夏子豪，说："凤凰湾项目违反方案施工的事，秋云已经都跟我汇报了。她做得很好，能够当机立断，撤去龚廷彦的职务。她也告诉我，这些都是在你的帮助下，才能圆满解决的。我必须得谢谢你，夏先生。没有你，凤凰集团要变成北灶港的罪人呀！"

池大海一听谢秋云的汇报就心急火燎地赶回大陆，刚下飞机又得知夏子豪发生不幸，就赶紧让谢秋云陪着自己直奔医院而来，看望夏子豪。谁知竟在医院遇上了故人，勾起了三十年前的伤心往事。

"夏先生，请您放心，我既然来了，就一定会把凤凰湾项目监督好。秋云已经把堆填施工叫停了，我会派人好好查看，如果预算不够，就再追加投资，一定严格按照原方案施工，用最先进的技术——深层水泥拌和，提高工程质量，尽量减少生态污染。就算是倾家荡产也在所不惜！凤凰湾二期工程完成后，就要成立凤凰生态渔业公司，在保持海洋生态的基础上大规模开展滩涂养殖，你和你的朋友们有没有兴趣以合营的方式加入？我们一起努力，把北灶港建成一个现代化的大港。"

池大海目光炯炯，看着夏子豪。夏子豪顿时被他这一番话鼓噪得难以平静。

夏家阿婆笑着说："大海啊，你别逗他了，他一听到滩涂养殖就跟着了魔似的。之前，政府说凤凰湾二期工程要征用他的滩涂地，他就急得直跳脚。"

谢秋云插嘴说："爸，您有没有考虑过以合作社的形式入股？我在来的路上跟您介绍过。"

池大海的眼前一亮，说："这主意不错，可以避开征用产生的矛盾，是个很好的探索方向。我刚才说的合营也可以落到实处。"他再次望向夏子豪，"听秋云说，你是滩涂养殖的一把好手，将来如果可能的话，这个渔业合作社还要请你来负责呢。"

夏子豪和那几个渔民听到池大海这么说都很振奋，你一言，我一语，七嘴八舌地开始讨论起来。池大海怕自己在这里反而打扰了夏子豪，便说："别的不多说了，你先安心养伤。等恢复了，我们再一起努力，让北灶港的滩涂重新生长起来。我真的要好好感谢你这个勇敢的小伙子，幸亏有你，秋云能及时发现问题。如果不是这么一出戏，我还一直下不了决心踏上家乡的滩涂地。"

听父亲这么夸赞夏子豪，谢秋云也为自己的识人之明暗自得意，她的脸不易察觉地红了一下。

第三十六章　亲人

一听到池仁川受伤的消息，焦文雄来不及向阚秘书发火，扔下电话就赶去医院。等他到医院门口的时候，秀莲也已到达。

秀莲焦急地问："究竟是怎么回事？仁川怎么会受伤？"在秀莲的心头，盘旋着无数的疑问：昨天晚上你们父子之间到底发生了什么？仁川怎么会深更半夜出现在北灶港的海滩？又有谁这么大胆，竟敢开着挖泥船撞向他？你焦文雄有什么事在瞒着我？

然而此情此景，秀莲强按下对焦文雄的质疑，一心只想见到心爱的儿子。

对于焦文雄而言，又何尝不是又悔又痛。他甚至难以面对秀莲的眼睛。两人就在这样难堪的境地下，以接近小跑的动作，走进医院的住院部。

"护士您好，昨天半夜送进医院的伤员在哪个病房？"阚秘书跑在焦文雄的前头打听。

忙了一晚上没睡觉的护士睡眼蒙眬地往左边一指，有气无力地说：
"左边第三间。"

焦文雄和秀莲赶在阚秘书的前头就冲了过去。

病房里面的人正要出来，焦文雄与出来的人恰恰撞了个满怀。焦文雄不失风度地收住脚，连说了声"对不住"。当他看见对方的脸庞时，却像见了鬼一样，直勾勾地、死死地呆住了。

被撞的那个也发了愣，他和焦文雄一样，像被下了咒似的定住，目光上下搜索，仔细辨认。两人的脑海里一片空白，周边的嘈杂纷乱全然退去，耳中是死一般的寂静。不知过了多久，像有几个世纪之久，两人差不多同时认出了对方。两个饱经风霜的男人一下子抱在了一起。
"大海！""文雄！"

焦文雄和池大海，隔了三十年的时光，终于会面了。

秀莲跟在焦文雄后面，在两个男人彼此呼出对方名字的同时，摇晃了两下身子，不得不用手扶住病房门，无力地斜靠在病房门框上。

谢秋云再次感到奇怪，看看焦文雄，又看看父亲，说："爸，这是江海市的焦书记，你们本来就认识？"

池大海紧紧地盯着焦文雄，激动地说："能不认识吗，烧成灰都认识。这是你焦叔叔。秀梅和小禹呢？"他往焦文雄身后望去，看到了流泪的秀莲。"秀莲？！仁川呢？"

池大海的心脏有点儿受不了。回到北灶港的第一天，竟让他一下子见到了他朝思暮想了三十年的亲人。而他现在还不知道，他最牵挂的儿子此刻正躺在相隔不远的病房里。

秀莲心如刀绞。她真想走上前去，一下子扑到池大海的怀里，把三十年的眼泪还给自己的前夫。她还想使出全身的力气捶打这个消失了三十年的男人，问问他为什么音讯全无。然而她什么也不能做，什么也没有做。

焦文雄看了一眼秀莲，声音低沉地说："大海哥，秀梅和小禹都在那场海难中……走了。我们以为你也……后来，我就跟秀莲在一起了。你知道，仁川他，也需要一个父亲。"他说得很艰难，每个字都干涩无比。

"我记得我救起了秀梅……"池大海努力回想着，"我还救起了小禹啊！那时，我在水中已筋疲力尽，拼了老命把孩子送上了岸。你们没发现小禹吗？"池大海急切地想在焦文雄和秀莲的脸上寻找答案，却只看到焦文雄和秀莲都悲痛地摇了摇头。

他本想走出去拥抱秀莲的脚步像钉在地上一般。他沉吟了会儿，对焦文雄说："我不怪你，我只有感谢你。"

本来在病房里的夏家阿婆，听到门外的动静，突然变得浑身僵硬，不自觉地捏紧了她那两只皮肤松弛得可以拎得老高的拳头，拳背上的青筋都绽露出来，仿佛两团老树根。人们都没注意到，她已经一步一步挪动到病房外。听罢焦池二人的对话，夏家阿婆用颤抖的声音插问："小禹是焦书记的儿子？你们说的小禹那时多大？大海，三十年前，你把那个孩子放在哪里？"

"具体的位置我已经记不清了。我那时快撑不住了，只能用最后一丝力气把小禹放在一个大树杈上。"

夏家阿婆的身子颤抖起来，她紧紧地掐住夏子豪的胳膊，差点儿要掐出血来。她似乎想把夏子豪从床上拉起来，又拉不动。夏子豪不明白自己的阿婆为什么会突然这么激动。池大海、焦文雄两家的悲欢离合固然令人唏嘘，但毕竟是别人家的事啊。

在放弃了拉起夏子豪的努力后，夏家阿婆自己摸索着来到焦文雄的面前，竟"扑通"一声朝焦文雄跪了下去。焦文雄面对这个相似的场景，第一反应就是扶住夏家阿婆。夏家阿婆紧紧地抓住焦文雄的胳膊，从她那干枯的眼眶里涌出黄浊的泪水，说："焦书记，焦镇长！夏子豪、夏子豪就是你的儿子小禹！"

夏家阿婆的话震惊了在场的所有人。

夏子豪被打蒙了，一下子说不出话来。焦文雄睁大了眼睛，反手抓住夏家阿婆的胳膊："您说什么？您再说一遍！"

夏家阿婆鼓起最后一丝力气说："子豪他就是你们说的小禹！三十年前的海难，我失去了自己的儿子天刚。我就沿着海滩一直走、一直走，边走边哭。不知道走了多远，也不知道哭了多久，再也看不到北灶港的人。我想就这么一直走下去，可以和儿子在大海中团聚。谁知一根大树杈把我绊了一跤，那树杈上有个两岁大的小男孩被我惊醒了，开始哇哇大哭。我抱起了那个孩子。那时的北灶港，家家户户都失去了自己的亲人，一片混乱。我因为哭儿子哭坏了眼睛，就去省城治了两年眼病，也把孩子一起带到了省城。这孩子小时候特别乖，日子长了，老太婆就舍不得他，也不再打听谁家丢了孩子，就给他取了名，报上户口，把子豪当成自己的亲孙子，拉扯大了。"

焦文雄快疯了，他红着眼瞪着夏家阿婆。他想起自己在海边拼命地给秀梅控水，望着吃人的大海呼喊"小禹"的名字，想起那些个噩梦连连的夜晚，渔民们愤怒的声讨，上级的严厉斥责，合生村的孤寂与荒凉。

半信半疑中，他突然回想起小禹生下来左胳膊上有块铜钱大小的红色胎记，便顾不得许多，直冲到病床前，撩起夏子豪的衬衣袖子，一眼看到那个扎着输液管的胳膊上，赫然有一块铜钱大小的红色胎记！

"小禹！"焦文雄几乎是哭着叫出儿子的名字。

夏子豪从震惊中回过神来，冷静地说："焦书记，我是夏子豪，是为凤凰湾项目上访的夏子豪。我现在躺在这床上，似乎也是拜你所赐。"

焦文雄被夏子豪的话噎住了。昨天晚上，他与池仁川不欢而散后，就打电话吩咐阚秘书处理好凤凰湾闹事的渔民。谁知搬起的石头竟砸到了亲生儿子的身上！

此刻他无从忏悔，也无言以对，只能泛泛地说："小禹，爸爸对不起你！"只有焦文雄自己明白，这句"对不起"里包含了多少复杂的情绪。

夏子豪挣扎着坐起来，严肃地说："焦书记，您不用对不起我。凤凰湾项目处理不好，您对不起众位乡亲，对不起北灶港。我当不起市委书记的儿子，我只是一个普通的渔民。"说着，他搂过夏家阿婆，坚定地说，"阿婆才是我的亲人！"

夏家阿婆边流泪边叹气，靠在夏子豪身上，一句话也说不出来。

池大海上前拍拍焦文雄的肩，轻声劝慰："文雄，给孩子点时间，慢慢来。"

一个医生走进病房，大声问："谁是夏子豪的家属？哎，你们这个病房怎么这么多人啊，看望病人不要太长时间停留啊，医院有管理制度的。你们这样子病人也休息不好啊。"医生不顾众人的白眼，自顾自又问了一遍："这么多人，谁是夏子豪的家属？"

焦文雄和夏家阿婆抢着回答："我是！"医生抬眼看了两人一下，说："夏子豪身上的外伤没有太大问题，但是生化检查发现他的肾脏急性感染，怀疑与化学污染物有关，得马上手术，你们谁在手术通知单上签字？"说着，医生打开手中的文件夹。

焦文雄毫不迟疑，抢过医生手中的笔，说："我来签！"

夏子豪很不情愿，但看着哆哆嗦嗦的瞎眼阿婆，只好把话咽了回去，狠狠地盯着焦文雄签下了知情同意书。

焦文雄盯着医生问："什么时候手术？"

医生看着病历卡，说："紧急手术，马上！"又环视了病房一圈，说："看完病人都赶紧走啊，这边马上就手术了！"

病房里顿时忙乱起来。阿婆帮不上什么忙，倒是秀莲和秋云主动上前替夏子豪收拾。

阚秘书不知道什么时候进来的，悄声在焦文雄耳边说："焦书记，我打听到了，池局长已经出了重症监护室，现在安排在三楼3223病房，"他迟疑了一下，又接着说，"情况不太好，您和魏大姐要有心理准备。"

阚秘书的声音非常轻，病房里又十分吵嚷。池大海和秀莲却因心里牵挂，都一下子捕捉到了，同时向焦文雄望去。

医生和护士拥进来，手忙脚乱地推走了夏子豪。焦文雄眼巴巴看着夏子豪被推进手术室，便退了出去，让阚秘书带路去看池仁川。池大海和秀莲彼此交流了一下眼神，也匆匆跟上了。

焦文雄边快步走边对池大海说："仁川也受伤了，我和秀莲本来就是来看他的，谁知竟会遇上你。他在3223病房，秘书说他情况不太好。你要有心理准备。"

池大海的心往下一沉，快步跟上，说："先不说那么多了，我们去看他。"

一行四人匆匆往楼上池仁川的病房赶去。

第三十七章　两个父亲

让两个父亲吃惊又心疼的是，池仁川的一条腿没了。

池仁川静静地躺在病床上，还没有苏醒，脸色惨白，全身包扎得像一个粽子。

秀莲一见到池仁川的样子就哭晕了过去。焦文雄和池大海同时伸出手去扶住秀莲。池大海见焦文雄已经抱住秀莲，就放开了手。阚秘书赶紧叫来了医生。

焦文雄紧张地看着医生替秀莲简单地听诊，问："她怎么样？"

医生放下听诊器，说："心率是好的，其他原因得进一步检查了才能判断。"

阚秘书说："这是书记夫人，你们还有空出的病房吗？先让大姐住进去，做个全面检查。"

阚秘书马上打通了院长电话，又把电话转给那位医生。

医生接完电话问："是要这幢楼的高干病房，还是里面小楼的？"

焦文雄哑着嗓子说："就这幢楼吧，离得近些，有什么情况及时告诉我。"

护士进来推走了秀莲。

池大海牵挂地看着被推走的秀莲。焦文雄安慰他："先让医生查一下吧，放心吧，有小阚跟着。"

池大海点点头。

焦文雄用颤抖的手抚摸过池仁川的伤口，停留在截肢处。

如果说对于夏子豪，焦文雄有着未能陪伴其成长的愧疚，那面对情同亲生的池仁川，焦文雄的那份痛楚便更深入骨髓。

焦文雄回想起二十多年来父子相处的点点滴滴。在仁川还叫他叔叔时，因为高年级学生的霸凌总是畏缩着沿着墙根走。焦文雄忍不住冲出去替他教训那几个熊孩子。仁川终于冲着他笑了，也敢一个人走路了。刚跟秀莲结婚时，仁川叫不出口"爸爸"，焦文雄一点儿也不急，带着仁川去海滩，一起脱了鞋挽起裤腿下海摸文蛤，结果文蛤没摸上来，却弄了满身满脑的泥巴。秀莲一边替爷俩儿收拾，一边埋怨焦文雄没个父亲样。仁川是什么时候开始改口叫"爸爸"的？焦文雄有点儿记不清了，是某次自己替他剥蟹的午后？还是仁川某次考了年级第一，自己高兴得把他高高举抱起来的瞬间？

焦文雄的内心如刀绞一般，池仁川，他从来没有失望过的儿子！他那么骄傲的儿子！他恨不得捧出全世界给他的儿子！竟成了瘸子！他还怎么面对今后的人生？焦文雄恨不能自己替仁川截肢。自己已经一把老骨头了，要这腿还有多大用处呢？面对池仁川苍白的脸，他曾经那么渴望、积极奋斗的一切似乎都失去了意义。

"老天啊，告诉我，这还是我的仁川吗？你怎么这么傻，深更半夜去什么海滩。是，你从小就这么认死理，老师告诉你青蛙是益虫，从此死活不吃餐桌上的青蛙肉。你还这么年轻，还有大好的前程在等着你。挖泥船怎么不铲到我的身上？又有谁知道子豪竟是小禹，也是我的亲儿子。"

焦文雄呆呆地看着自己的一双手，觉得手上沾满了鲜血，亲手害了自己的两个儿子！这是老天对他的报应啊！一边是三十年的父子情深，一边是亲生儿子的血脉相连。抚养大的这个，现在躺在病床上失去了一条腿。亲生的那个，还在手术室里生死未卜。

焦文雄喃喃自语："小禹不愿意原谅我，仁川，你能原谅我吗？我一辈子周旋官场，苦心经营，都是为了你呀，你是我最优秀的儿子。早知道这样，昨天晚上，我应该拦住你，绝不放你走开。我应该向你、向组织坦白一切，我真的错了，错得离谱，错得一塌糊涂，错了一辈子。"

焦文雄把脸深深埋进池仁川身上盖的床单里。那个位置，本应该有一条腿的，现在，空荡荡的。焦文雄觉得自己的心里也空荡荡的。

眼泪从焦文雄的眼睛里流出，洇湿床单，渐渐湿了一大片。

池大海默默地站在一旁，他看见焦文雄的眼睛红红的，本来想说的千言万语硬生生咽了下去。对于焦文雄内心掀起的巨大波澜，他只能想象冰山一角。他盯着病床床尾卡片上"池仁川"的名字出神，心里感念着焦文雄三十年的养育之恩，百味杂陈。这感觉使他克制住了与池仁川父子相认的冲动，借口去看看夏子豪的手术进度以及询问秀莲的情况，先行退了出去。他将病房的门轻轻合上。给他们父子俩多一点儿空间吧，他想。

焦文雄就这样一动不动地守在池仁川病床前。

这中间阚秘书给焦文雄送过两次饭，焦文雄让他就放在那里。等阚秘书再进来时，发现两次送来的饭，动都没有动过。他不敢劝焦文雄，又悄悄退了出去。

太阳渐渐升起来，又渐渐下山了。太阳的影子从焦文雄的身上轻轻地爬过，慢慢地走完了半圈，焦文雄浑然不觉。他一直盯着眼前这个相伴了三十年的儿子，想等他醒来，再叫一声"爸爸"！焦文雄不知道，这声"爸爸"还能像儿时那样清脆吗？还能像童年那样充满依恋吗？还能像刚成年时那样听出崇拜吗？

"大概，在池仁川眼里，自己已经如一座大山倒塌了吧。"焦文雄苦笑着，"自己怎么样都不要紧，只要仁川能好起来，快点儿好起来。可是，一切还能好起来吗……"

暮色中，医院病房里的灯一盏接一盏地点亮了，闪着白光，亮得有些刺眼。焦文雄在昏暗中被突然地照亮了，他早就习惯了站在光亮中，成为整个舞台的中心。可现在，他突然觉得这灯光是如此刺眼，恨不得能够重新躲进黑暗，在黑暗中舔舐自己的伤口，也等待着池仁川伤口的愈合。

◇

183

"水、水……"池仁川微弱的声音一下子把焦文雄惊醒了。

"爸，您怎么在这里？妈呢？我这是在哪里？"仁川环顾着四周，努力回想着发生的事。他努力舒展着身体，渐渐发现了异样。他一把掀开床单，发怔地望着被截去的腿。

"为什么！"池仁川发出撕心裂肺的喊叫。

这喊叫声如同带刺的鞭子一下击打在焦文雄的身上，鞭打得他鲜血淋漓。焦文雄喃喃地说："仁川，我的好儿子，你打我骂我吧，惩罚我吧，所有的错都在我！"

池仁川回过神来，直勾勾地望着焦文雄。

焦文雄被这个眼神吓了一跳。

"我不认你这个爸爸！你欺上瞒下，利用阴阳合同贪污公款，怕事情暴露竟派人加害那些渔民和养殖户。你说你错了，错在哪里你知道吗？就在昨天晚上，你不是还振振有词地说我错了！"池仁川爆发了，他继续说下去，"你为我做的每一桩，每一件，都像是我自己的罪恶一样，深深地刻在我身上，洗也洗不掉，刮也刮不掉。你知道吗，我真觉得自己很脏，真想把自己的肉和骨头都掏出来，看看它们是不是脏的！截肢了也好，是不是可以截去一些罪恶呢？"

焦文雄老泪纵横："儿子，你别说傻话。你是清白的，我不配做你的父亲！我现在就把你还给你的亲生父亲！"

亲生父亲？池仁川疑惑了。父子俩陷入死一样的沉默中。

池大海进来打破了沉默，对焦文雄说："小禹的手术做完了！你去看看他吧。仁川，你醒了？"池大海望向仁川的眼神里满是慈爱。

"您是？……"池仁川不认识眼前这个陌生的男人。

焦文雄站起身，拉着池大海走近床头："这就是你的亲生父亲池大海。三十年前的海难，他没有死，被人救走了。三十年后，他是凤凰集团的董事长，就是他投资的凤凰湾项目。谢秋云，是你同父异母的妹妹。"

池大海走的时候，池仁川只有四岁。对于这个亲生父亲，池仁川早就印象模糊。直到成年之后，才慢慢从渔民们的嘴里零零碎碎拼出池大海的形象。三十年后，这个突然出现在他面前的陌生男人，是池大海？他竟然没有死？那他三十年来对生父的怀念算什么？池仁川觉得命运跟他开了一个极大的玩笑。

"仁川，你不用勉强，今天对你来说太累了，先好好歇着吧。等你精神好些，我再告诉你一切。"池大海疼惜地看着池仁川。

"不不不，你们谁能告诉我到底发生了什么。"池仁川痛苦地闭上眼，双眉紧锁。

焦文雄和池大海对视了一眼。焦文雄说："我去看看小禹。你跟他说吧。"

池大海点点头，说："我来陪仁川吧。你去看看小禹，另外秀莲也醒了，医生说没有什么大碍。"

"妈怎么了？"听到秀莲也在医院，池仁川的心提到嗓子眼儿。

"没事，医生说她只是劳累过度，休息一下就好。" 池大海说。

"妈知道了？"

池大海点点头。

焦文雄迈着沉重的脚步向病房外走去，又回过头来看了池仁川一眼，池仁川却目不转睛地盯着池大海。焦文雄黯然离开。

池大海替代焦文雄坐在了池仁川床边。两个人互相对望着，一时间不知道怎么开口。池大海问池仁川："饿了吧，我给你端点吃的来。"

池仁川摇摇头，但他渴了，不由自主地舔了下嘴唇。

池大海观察到这个动作，忙倒了一杯水，端过来喂池仁川喝。池仁川不便拒绝，就着池大海的手一口一口喝着水，幼年时的感觉一下子回来了。

是的，那是他的父亲！那个叫池大海的父亲！他失去了这个父亲三十年，这三十年他究竟在做什么？为什么不回来找自己和妈妈？池仁川不禁对眼前这个父亲产生了怨恨之情。

池大海看懂池仁川的情绪，他不待发问，就用沙哑的声音不疾不徐地开始讲述一个饱经风霜的故事。三十年前的北灶港，领到养殖证的喜悦。突然而至的涨潮，那么狂的海风，那么高的海浪，怎样席卷了北灶港的海滩，卷走了那么多人的生命。他怎样拼着命救秀梅、救小禹，自己却被海水冲走，漂到公海上被渔船救起。他日日夜夜思念着自己的妻儿。他只能拼命地工作，打发难熬的长夜。又是怎样的身不由己，入赘谢家，改了姓名。等到两岸三通可以回来的时候，他已经有了一个可爱的女儿——谢秋云。他又怎么忍心向自己的老岳父和娇妻说自己要回去寻找原先的妻儿？时间就这样裹挟着他，一点一点推动着他，一走走了三十年。

不是没有让人来打听过他们的音讯，算起来彼时秀莲应该已经随焦文雄去了江海市，辗转得来的信息只是他们母子俩已经离开了北灶港。心急如焚的池大海本想回大陆，偏偏老岳父却在那时得了重病，绊住了他归乡的脚步。

池仁川静静地听着，像是听着别人的故事。他有泪，泪水盈满在眼眶里，却不肯涌出。池大海也不看他，只是自顾自地讲下去。后来的妻子温柔聪慧，体贴可人，秋云像极了她。尽管跟妻子十分恩爱，池大海知道，自己心里总有一块是空落落的。妻子病重时，终于说出了那句话："你回去吧，回去找他们母子吧。"这句话一说出口，池大海反而把那颗悬着的心放了下来。他加倍地细心照料着妻子，陪她度过了生命最后一段时光。

妻子走后，池大海悲伤过度，身体也大不如从前。也因为妻子临终前的话，让他反而迟疑着不敢回到北灶港。他想了个迂回的策略，先让谢秋云回北灶港开发凤凰湾。因为要投资这么偏僻落后的小镇，他在集团董事会遭到了莫大的阻力，甚至差点儿被迫辞去董事长的职务。还好，所有的困难都熬过来了。就在他鼓起十二分的勇气，准备安排哪天回北灶港去寻访那一丝丝的希望时，谢秋云却向他汇报了凤凰湾项目的重大问题，他二话没说就登上了飞机……

池仁川闭着眼听。

"三十年，您迟到了三十年！又或者，您只要早来三年，亲自来主持凤凰湾项目。再或者，您早来三个月，在这一切悲剧还没有发生时！"面对这个突然出现的父亲，池仁川的话只能憋在心里，一句也说不出来。他刚恨完了一个父亲，又来了一个父亲！他一下子有了两个父亲，但谁都不是他真正想要的父亲。一个父亲曾经是心目中的英雄，带着他蹒跚学步，到迈开大步往前走。如今却轰然倒塌，就像这失去的腿，还站得起来吗？

一个父亲曾经活在自己模糊的回忆中，在北灶港乡亲们的街谈巷议中，如今却那样真真切切地突然出现在面前。他是叫这个父亲，还是不叫？

池仁川陷入两难之中。

这一夜，所有人注定无眠。

第三十八章 难眠之夜

秀莲醒来后，就待在池仁川的病房里不走。

面对截肢了的池仁川，秀莲显得比谁都冷静。她认真地听医生说着康复护理的要点，还用笔一笔一画地记录在本子上。

谁劝她去休息都没有用。来劝她的人反而被她劝走了。

阚秘书走了，焦文雄走了，池大海也走了。请来的护工也被她打发走了。

只剩下母子俩待在病房里。

秀莲替池仁川擦洗过后，池仁川沉沉地睡去。病房里还有一张特护的床，现在空着。秀莲躺在上面，却一点儿都没有睡意。

她需要消化的东西太多了。三十年前的海难留下的伤口，已经渐渐愈合了，池大海的突然归来，又生生撕开了愈合的伤口，滴着血，揪着痛，在她心底掀起了巨大的波澜。焦文雄和池仁川之间发生的事也让她揣测再三，池仁川的眼神里，为什么有着一种说不清道不明的恨意？看着被截肢的池仁川，秀莲恨不得以身相代。上苍为何如此无情，让三十年前的悲剧再来一次。甚至这一次，痛得更深，更狠。

秀莲从来不干涉焦文雄和池仁川的公务。但这一次，她真的想问个清楚明白。

池仁川半夜醒来，发现母亲的眼睛在黑暗中闪闪发亮。

面对母亲的黑眸，池仁川仿佛看到一只丰硕的河蚌。它用柔软温厚的肉质裹紧所有夹带进来的泥沙，日复一日地浸润着，滋养着，直到把这些大大小小的泥沙，这些嵌入肉里的异质都培养成闪闪发亮的珍珠。

池仁川想，自己是泥沙还是珍珠？

在母亲的目光里，再不成器的儿子都是珍珠。

秀莲的黑眸跟黑夜一样深沉，一样闪闪发亮。

这样的夜晚是容易叫人吐露心声的夜晚。

秀莲没有开口问一句，池仁川却开始了漫长的诉说。

池仁川什么都没有保留，把他的怀疑、他的困惑、他的痛苦与愤恨都说给了河蚌听。河蚌静静地，静静地润养着这些痛苦、愤恨，渐渐叫池仁川舒缓下来。

秀莲要面对的，不仅仅是仁川。只是她现在眼里、心里，只有儿子。

焦文雄绝没有想到，与他签署合作开发北灶港的凤凰集团的董事长，竟然是他以为早就丧生于海难中的池大海。这让他万分吃惊，更让他难以解释的是他与仁川因凤凰湾项目产生的不为人知的矛盾，难以交代的是他无法将一个全头全尾全须、健健康康的池仁川还给池大海。隔了三十年的岁月，当年在海上一同面对风浪的池大海会怎么看待他？

"仁川怎么会弄成现在这样？"池大海放出精光的眼睛里充满了疑问。

焦文雄一时语塞，竟不知从何说起。

事情竟会如此急转直下，连焦文雄自己都不敢相信，无法接受。当他交代阚秘书去处理一下凤凰湾项目的事情时，是希望小阚能去凤凰集团打声招呼，自查一下项目施工的标准，再神不知、鬼不觉地把仁川手上那份阴阳合同调换出来，把补偿款差额的事隐瞒过去。谁能料到，阚秘书竟然会做得如此不择手段，竟然还雇了打手？！

焦文雄震惊了！他吩咐阚秘书时，绝没有自保的打算。完全只是出于形势的需要，如果这事压不下去，凤凰湾项目恐怕马上面临停工，甚至将来彻底熄火的结局。凤凰湾项目不能出问题，北灶港绝不能停滞不前！这是他绝不能接受的！

阚秘书和潘码头究竟还做过些什么？他一直以为，小阚是个办事稳妥，让人放心的同志。补偿款的差额，他一分钱都没有装进自己的口袋，对此他问心无愧。可是，这毕竟是违规操作，他也一直因为这笔巨款，日夜难眠，仿佛有一块巨石高悬在头顶，说不定哪天就会突然压了下来。他也曾几次起过主动交代的念头，但一想到也许会导致凤凰湾项目的流产，便又警告自己切莫冲动。

从潘码头私自抓人，扣押夏子豪起，他就觉得事情正在一步一步走向失控。但为了大局，他都一点一点忍了下来。他亲自去找潘码头要人，既是一种挽救，也是一种警告。他就像坐在一艘大船上，孤独地当着掌舵人。船到江心时，却发现船漏了。他不能掉转方向，只能想尽一切办法补漏。可是越补漏，就越心虚，越补漏，就越绝望。除了当初他吩咐阚秘书做阴阳合同的七百余万巨款之外，他竟不知还有多少窟窿要补。难道，这船，竟免不了颠覆沉没的命运？

他怎么会，一步一步，走到今天这步田地的呢？

他想起大山深处的合生村孤寂得没有尽头的夜晚，想起在阳夏乡政府门口台阶上无穷的等待，想起潘大树与他在小酒馆一起喝酒，晃动的酒杯，热辣辣的酒意涌上来。酒杯中盛的还是酒，杯子却一点点变得豪华起来，背景也不再是小酒馆，与他喝酒的人也换了一拨又一拨，人们叫他的称呼也渐渐变了，从"焦委员"到"焦镇长""焦县长""焦市长"，一直叫到"焦书记"。酒杯后的脸盛满了不好不坏的笑意，揣着不明不白的种种诉求。

却没有人明白焦文雄的梦想。他为了这个梦想，开始委屈自己，开始"曲线救国"，开始东奔西走，开始上下钻营。他怎么能永远待在合生村？山村生活的寂寞催人发疯。一到周末的夜晚，大山黑压压的，压得人透不过气来，让焦文雄直想逃离。焦文雄养成了习惯，每周无论如何要回北灶港一次，让自己沾沾人气。同样因为海难，失去亲人的北灶港人对焦文雄没有好脸色。能接纳他的，只有秀莲和仁川母子。焦文雄一到秀莲家，扔下包袱就开始忙乎。搬煤饼，补屋顶，刷墙面。活儿干得越多，心里就越平静。这个家庭对焦文雄来说，是世上唯一的寄托。秀梅是秀莲的妹妹，仁川是他的侄子，池大海又是为了救秀梅和小禹才走的，焦文雄觉得，他欠这个家一辈子也还不完的情。

与潘大树在小酒馆打的赌，他输了。输了之后的他，开始面对现实。他从前以为做不出来、也不屑于做的事，终于也敢去做了，做起来开始脸不红，心不跳了。回到北灶港后，他和秀莲顺理成章地在一起了。焦文雄过去的梦想又复活了，只是这复活后的梦想，已经不再单纯。

他不再像以前那样胖手胝足，埋头苦干，而是开始走上层路线。做多做少不重要，重要的是让领导觉得你做得多。焦文雄变了。他的仕途渐渐顺利起来，一步步往上爬。秀莲和仁川也跟着他来到了江海市。

焦文雄也没有变。在世人见到的一路顺风背后，一种孤独感一直啃啮着他。他总是有些不合群。在某些决断的关头，常常听不进别人的意见。说他有魄力的有之，说他刚愎自用的更多。除了家人，没有人知道那个一直压迫着他的巨大的梦魇。直到担任了江海市委书记，焦文雄才终于喘了一口气。他终于做到了江海市的第一人！他也知道，因为年龄的关系，自己的仕途将止步于此，他得好好想想该给江海市留下些什么。

是的，他要实现当年与池大海在甲板上聊起过的梦想：将北灶港建成一个东方大港，把北灶港的黄金海滩变成一座取之不竭、用之不尽的金矿！为了在退休前完成这个政绩，焦文雄开始创造条件，甚至不择手段，紧锣密鼓，终于促成了凤凰湾项目的落地。这中间当然有许多不太合法的关节，都是阚秘书、潘大树在他不方便出面的时候替他打通的。或者其中还有许多事，他没有授意，阚秘书和潘大树也办了。

他只能睁一只眼闭一只眼，底下的人办事总需要些辛苦费吧。

他一直觉得这一切都很正常，都是应该的，却没有意识到这些为了梦想而付出的努力，已经使梦想黯然失色。

直到——池仁川拿着那些材料向他大声地质问的时候，他还没觉得错，还为儿子能够先来找他，而不是一下子把事情捅开感到欣慰，毕竟还是父子情深！于是，他振作起精神，还是将阚秘书叫来，吩咐他把该断的尾巴处理一下。以为这次也可以巧妙安排，周旋过关。谁知道会出这样的事？！

他自以为聪明的安排，竟亲手把自己的两个儿子送进了病房！面对夏子豪，他想要弥补江海市委书记焦文雄和身为海洋局局长的池仁川，这对世上最亲的父子竟成了风暴眼中的对手，命运之手的拨弄让人无可逃遁。

池仁川向他的权威发起了挑战，用他的正直推翻了所有的习惯和应该。池仁川，他最骄傲的儿子，却把他认为理所当然的世界给颠覆了。

对，仁川并不是他的亲生儿子，是大海的。"大海，你还能原谅我吗？"焦文雄默默地在心中念叨。

焦文雄看着池大海，积攒了三十年的不平，三十年的委屈，三十年的孤独，却从哪里说起？

池大海看着焦文雄，似乎从他脸上的沟坎里，看出了一些端倪。

"我们都老了。"池大海的声音依旧带着一种老大哥的亲切感。

焦文雄为这个三十年未曾听到声音感动，差点哭出来。

"我绝没有想到，江海市的掌门人竟然是你。"池大海缓缓地说，"早知道，我早该来了，"他又迟疑了一下，说，"又或者，我根本不该来？"

"不不不，"焦文雄不得不开口了，"你来！你早该来！如果……"

焦文雄咽下了话，他根本没办法说下去。池大海早来了，他会怎么样，还会从那个阴阳合同开始吗？焦文雄没办法用这个理由给自己辩护。

"如果怎么样？"池大海却紧逼着不放。

焦文雄缓缓地摇了摇头，说："没有什么如果。"

"如果回到三十年前就好了。"池大海说。

三十年前，一切都还没开始，一切都还来得及挽救。焦文雄恍惚起来，但他又想，他究竟能挽救些什么？是仁川受伤的腿？还是小禹，哦，现在叫夏子豪的心？还有秀莲，秀莲怎么办？

"别想那么多了，"池大海好像能看透他的心思，"总会熬过去的。"

这个如同三十年前一样温暖的安慰，却无法安慰现在的焦文雄。

"凤凰湾项目到底是怎么回事？"池大海话题一转，把焦文雄最难以面对的问题抛给了他。

"难，太难了。"焦文雄一时语塞。

◇

192

"也许是难，可是，"池大海顿了一下，却问，"我让秋云带给你的画收到没有？"

"那幅画，是你画的？"焦文雄想了起来。他收下那幅画，没怎么注意，就随手搁在办公室的角落里。

"是啊，秋云长大了，我就可以偷个懒。陪那边老婆养病时，学的画画。"池大海的眼神里充满了温柔。

"真没想到，拽纤绳的手，还可以拿画笔。"焦文雄感慨道。

"你没看出来，画的是什么？"池大海问。

"好像是水，岸，人……"

"那是我在那头的守望啊！……"池大海感慨道。

焦文雄一下子全明白了。他攥住池大海的双手，想到心照不宣的凤凰湾，想到三十年前的渔船，想到仁川和小禹……大海在兑现他的守望，他却亲手把这守望送上了偏途，眼看着，要一点点熄灭。他该怎么跟池大海交代？他又该怎么跟三十年前的自己交代？

池大海被攥紧的双手与焦文雄的手一齐颤抖着，好像两颗心也在同步共振。

"文雄,我看仁川很是怨你。虽然,我不清楚这中间到底发生了什么。你说难,我相信你。这么大的江海市,都在你肩上。凤凰湾项目,更难。我自己都觉得快撑不下去,你那边,有多少弯弯绕绕,可以想象。"

焦文雄静静地听着,几乎被说进心坎里去。就像三十年前,他们飘荡在渔船上一样,池大海的话是温暖的。

"可是,别忘了我们的初心。"

池大海的话像一根火烛苗,点亮了焦文雄内心的黑暗。是的,所谓的难,难道不是一种借口?初心,曾经的雄心壮志,那些飘荡在渔船上的话语,已经太过久远地埋藏进了焦文雄的记忆深处,差点找不回来了。他一步步离自己的初心越来越远,才会走到今天这地步。仁川和小禹,都被他亲手伤害,躺在了病床之上!

◇

193

第三十九章　交心

崔利民如果不是在离开办公室时无意中往走廊角落瞥了一眼,就有可能错过徘徊在他办公室外的焦文雄。焦文雄没有提前跟周秘书约,楼下保安认得这位江海市的市委书记,登记过后就放他上了楼。可焦文雄一直鼓不起勇气,就只是在崔利民办公室外的走廊里来回踱步。

与尤成迈相比,焦文雄很少来找崔利民汇报工作。崔利民和周秘书看到焦文雄都有些吃惊。崔利民很快就恢复了正常,他把焦文雄让进办公室,又亲自给焦文雄泡了茶。

"崔省长……"焦文雄开了口。

崔利民对焦文雄一直抱有好感。此刻,他并不急于听到什么,反而认真地打量起这位争议颇大的市委书记。他发现,焦文雄老了。比起为跑凤凰湾项目时常常到省里来报到的时候,焦文雄显得有些精神不振，头发软软地瘫在脑袋上，眉眼也糊作一团，以前时不时射出的道道精光消失不见了。崔利民还感觉到，焦文雄不仅是精神不振，更是一种心境上的苍老。他像是受了什么重大的打击，整个人都萎靡不振了。这是怎么了？

"文雄，凤凰湾项目怎么了吗？"崔利民单刀直入。

"我对不起组织，对不起党……"焦文雄在崔利民直截了当的问话面前崩溃了。他的眼里一下子含满了泪水，身体几乎缩拢在沙发的一角，浑身颤抖起来。

崔利民的心往下一沉。他想起尤成迈提前的预警，想到潘码头的交代，之前的种种担忧终于成了摆在眼前的现实。

崔利民紧锁着眉头，控制住情绪，安慰道："文雄，你慢慢说……"

焦文雄好不容易平静下来，开始从头交代问题。

这一说就说了一整晚。焦文雄在诉说中，终于越来越轻松。背负了多少年的重担一下子卸了下来，他有些茫然，有些困惑，但他来不及想这些了。

崔利民却越听越沉重。他为焦文雄错误的选择而痛心疾首，更为江海市、为凤凰湾的前途而忧虑着。焦文雄的自首，也让他重新审视起自己的用人准则：是不是，一种急于求成的心理误导了他对人的判断？功利心，这也是一种功利心。崔利民反省道："功利心，对我们的事业是不利的。"他不自觉的喃喃自语让焦文雄捕捉到了。

焦文雄却像怔住了一般，咂摸着这三个字："功利心"。

崔利民这才反应过来，摆摆手，说："不用管我，你接着往下说。"

"崔省长，我差不多说完了。"焦文雄道。

"说完了？那凤凰湾怎么办？"崔利民用灼灼的目光盯着焦文雄。

焦文雄答不上来，道："我等待组织处理。凤凰湾，我没有想法。"

崔利民甚至有些恼怒了。焦文雄的问题，自然会依据法定的程序来处理。但他以为，他交代了问题，就把什么事都往组织身上一推，自己就可以安心反省去了吗？这是真正的反省吗？这是真正的交代吗？他当年看重焦文雄什么，不就是敢于挑担子，担重责吗？他对凤凰湾的那股子劲儿，怎么一下子就随着交代也都交卸了呢？这么看起来，自己真是缺乏识人之明呢！

彻夜的长谈让两个人都有些倦了，崔利民使劲揉了揉太阳穴，努力平静下来，说："你的事，接下来要转到纪委。但我希望，你好好地想一想未来。"

他还有未来吗？焦文雄怔怔地想。在等待纪委干部来接手的空档，焦文雄找出一张纸，开始一笔一画地写字。

落在那纸上的，是五个大字："离婚协议书"。

尤成迈是在周秘书的催促下，紧急来找崔利民的。他在省府大楼下，看到了刚下楼的焦文雄。此刻的焦文雄像一只斗败的公鸡，低着头默默地走着，身后是两位纪委干部。尤成迈从未见过如此失魂落魄的焦文雄。见焦文雄根本没注意到他，尤成迈主动上前叫了一声："焦书记！"

焦文雄吃了一惊。从他向崔利民交代的那一刻起，他差不多把这个称谓抛在了脑后。他明白，等待着他的是什么。但他绝没有想到，会在此刻遇到尤成迈。更没有料到，尤成迈会一如既往地叫出这一声"焦书记"。和以前一样尊敬？和以前一样热情？焦文雄分辨不出差异。当他瞩目去看时，迎接他的却是尤成迈真诚而有力量的握手。

焦文雄被这一握弄得百感交集。他始终把尤成迈当成一个外来者，防着他，小心翼翼地保持着距离。甚至，从内心深处有些瞧不起他，不就是靠当领导秘书才升得快么？他尤成迈又有什么功绩，有什么能力可以与他焦文雄并驾齐驱呢？但此刻，尤成迈的一如既往让他感到以前自己的猜忌实在是有些小人之心。看来，他不仅在凤凰湾项目上走了歪路，甚至连做人都是失败的。

"老尤……"焦文雄回报尤成迈紧紧的一握，努力平静下来说，"凤凰湾，你多关心关心。不管组织怎么安排，老尤你总是更熟悉些。"

尤成迈不料焦文雄会说出这样的话来，一时愣住了。等他回味过来，焦文雄已经走过去了，尤成迈立在原地，看着焦文雄微塌着腰的背影，暗自想道："老焦啊老焦，你怎么说出这样的话来？江海市也好，凤凰湾也好，都不是我们个人的梦想，也不是谁的政治资本！那是我们集体的事业，是要一代一代接力去干的啊！"

尤成迈轻轻摇了摇头，又点了点头，他不知道自己的想法，能不能跨越过心灵的阻隔，让焦文雄能够感受到。但此刻擦肩而过的两个人，只能就这样默默分开了，就像当年他们在阳夏乡的分道扬镳一样。

他镇定了心神，上楼去见崔利民。

崔利民一见他，也是一个尽在不言中的紧紧握手。面对尤成迈，崔利民有种愧疚，他误会了尤成迈当初的示警，没能及早发现凤凰湾项目的问题。长期把尤成迈当作跟在自己身后的秘书，总是担心他缺乏魅力，无法独立挑担，这种刻板印象阻碍了他对事情的正确判断。

"小尤，你坐，我们来谈谈江海市的情况。我承认，我之前没有重视你的话，是我的失误。"崔利民开诚布公的态度让尤成迈感到很温暖，他的检讨却让尤成迈吃消不起。

"崔省长，"尤成迈紧张地站起身，"您可千万别这么说。"

崔利民却豁达地一笑，说："小尤，你别紧张，还是坐下来说。错就是错，我的失误我明白。你当初的提醒是对的，我却以为你对自己的位置不满意，有意拿这件事来说话。"

窗户纸被捅开了，尤成迈的脸涨得通红，他是有委屈，但面对老领导一如既往的信任，他还能说什么呢？还是谈工作吧，江海市已经站在了十字路口，凤凰湾将何去何从？

崔利民的鼓励让尤成迈得以畅所欲言。他第一次这么能说会道，第一次在老领导面前思路这么清晰，也第一次显得那么胸有成竹。

崔利民很有些出乎意料，随即又感到非常宽慰。他是看着尤成迈渐渐成长起来的，尤成迈的人品和党性是可靠的，又一直老成持重，关键时刻不会掉链子。崔利民当初没有看走眼。

"小尤啊，我一直对你有期望，又一直担心你很难独当一面。你要把凤凰湾项目好好接过去，这是集体的事业，也是人民的事业。我们不能因人废事，更不能一味求稳，无所作为。必须把北灶港的建设作为重中之重，在改革开放进入深水区时要坚定立场，敢于担当，多做实事。你有这样的认识和态度，我就放心了。至于今后你的工作安排，组织上会慎重考虑的。无论把你放到哪个位置上，我希望你都不要忘记今天的谈话。"崔利民语重心长。

尤成迈顿时感到肩头一沉，但马上又在这种无形的压力下激发起从未有过的勇气。"崔省长……"他说不下去了。

崔利民却拍了拍他的肩，轻松地说，"没关系，来日方长呢，我们下次再谈。"说着，就送他出了办公室。

◊

第四十章　困兽

崔省长是和纪委一起来江海市的。崔灿也跟着来了，她是公私两便，一面采访一面抽空去看望夏子豪。夏子豪的手术进行得十分顺利，切片结果确认了化学物感染，与之前池仁川送检的堆填物成分是一致的。

潘大树已经移交给公安机关，在无可争议的证据面前，他终于把所有的问题都交代了。最初他是在阚秘书的指示下，用了一些非法的手段，扫清了凤凰湾项目滩涂征用上的一些障碍，后来竟胆大包天，伪造签名，吞没赔偿款。凤凰湾项目动工后，又跟龚廷彦搭上了关系，两人商量着改动施工方案，降低成本，又通过层层分包工程收受好处。

焦文雄最大的问题就是阴阳合同，天价的差额由阚秘书具体用于凤凰湾项目的运作，他本人没有办法说清去向。

由崔省长主持会议，在纪委宣布焦文雄"双规"的同时，组织部也宣布了尤成迈升任市委书记，并暂时继续兼任江海市市长一职。尤成迈终于在众人的瞩目下成为江海市的掌门人。江海市的官场经历了一番小小的地震。

几位在敏感岗位的副市长则开始四处活动，谋求升职或转任。龚廷彦的事，已经提起诉讼。凤凰集团则递交了二期工程的整改方案，以及关于建设海洋生态保护区与渔业合作社的报告。尽管报告被新任市委书记尤成迈搁置在办公桌上好几天了，谢秋云却有充分的信心和韧性，要赢回凤凰集团的明天。

潘小妮查清了问题，并未卷入父亲的活动，恢复原职。经过一番慎重的考量，潘小妮还是递上了辞职报告。许多北灶港人为失去这个心地善良又精明能干的女镇长而感到惋惜，潘小妮却觉得无比轻松。

带着这份轻松，潘小妮来看望池仁川。见到池仁川被截去的腿，潘小妮差点儿哭出来。那一夜行凶的歹徒早已落网，潘小妮认出了那个常在父亲手下做事的小平头。她是带着负罪感来看望池仁川的。父亲潘大树所做的一切她虽然都不知情，但谁让自己是潘大树的女儿呢，这就是天然的罪。

池仁川反倒温言劝慰着小妮。他太了解潘小妮的负罪感了。有那样一个父亲是什么滋味，可以削肉剔骨吗？可以重新做人吗？池仁川看着强自镇定的潘小妮竟有些心疼。在海滩相识，被唤作"军师"，工作组的共同奋斗，滩涂上的相拥相依，这个好强的丫头其实还天真得像个孩子。

潘小妮只坐了不长时间，池仁川和她都在对方的眼睛里看到了自己的影子。为了不打扰池仁川休息，也不给秀莲添太多的麻烦，潘小妮礼貌地告辞了。

"阿姨,不用送了,我自己出去好了。"

秀莲坚持送潘小妮出病房。

池仁川让护工去取开水。

病房里只剩下池仁川一人。他迅速地把前一晚藏在枕头底下的剃须刀拿了出来,费了一番功夫拆下刀片,往手腕上割去。

潘小妮在楼下与秀莲告别,她突然想起池仁川最后看她的那一眼,一阵没来由的心悸袭击了她,就立刻返身小跑回去。当她冲进病房的时候,刚刚来得及打落池仁川手里的剃须刀片。

"池局!不,仁川!"

潘小妮抓住池仁川的手,流着泪说:"我知道你在想什么。你我是一样的人,我们都背负着父亲的罪。可是路还是要靠我们自己走下去。"

"我已经走不了路了。"池仁川发出狼嚎一样的声音。

"用你的心走!"

"不,我跟你不一样,你不懂。"

"你是跟我不一样,你还有个那么可爱的儿子,你应该更加坚强地活下去。"

想到小勇,池仁川的心软了。

"儿子,我不配做你的爸爸。"池仁川默默地在心里说,眼泪无声滑落。

秀莲跟着上来了。这一路小跑,让她有些气喘。当她扶着病房的门框歇息时,看见这样一幕:池仁川的手紧紧捏着潘小妮的手,两人互相倚靠在一起,地上则掉落了一片令她触目惊心的剃须刀片。

秀莲颇有些后怕,又不想打扰两人,便悄悄转身,守在病房门口。迎面看到焦文雄在两个工作人员的陪同下走过来。

焦文雄请求在入狱前能看望一下自己的儿子。组织上考虑到池仁川的特殊情况,同意了。

那么多天没见,秀莲发现焦文雄的头发全白了。秀莲站在门口替焦文雄理了理头发，焦文雄将一封书信递给秀莲，然后往病房走去。

秀莲打开信封，赫然竟是一份焦文雄已经签好字的离婚协议书。秀莲一阵错愕。她收起离婚协议书，跟着进了病房。

焦文雄显然没有料到潘小妮也在场。他本来想着能跟池仁川单独待会儿。不过这样也好，池仁川一直在恨他，两个人相处难免又会吵起来。

池仁川抬起头来，看着焦文雄。他也看到了焦文雄的满头白发，他吃惊于父亲一下子苍老了那么多。为什么时间不可以倒流，回到父亲还是父亲，儿子还是儿子的时候呢？

"仁川，我不配做你的爸爸，也不配做小勇的爷爷。"焦文雄的声音嘶哑而灰败。"我都没有脸去见小禹。"焦文雄沉浸在深深的痛苦中。

池仁川的心被触动了一下，但他还是面无表情地听着。

◇
200

焦文雄发现了地下打落的剃须刀片，什么都明白了。"仁川，别做傻事啊。该死的人是我。你得好好活着，我走后，你要照顾好你妈和小勇。池大海回来了，你有了一个真正的父亲。"

秀莲听得惊心动魄。她叫起来："焦文雄！别死不死的挂在嘴边，听着，你和仁川都得给我好好活着！这是你们欠我的，欠小勇的！"说着把那张离婚协议书当着焦文雄的面，撕了个粉碎。

焦文雄苦笑了一下，不置可否，转头对潘小妮说："大树是我的老部下了，跟了我快三十年，我对不起他，更对不起你。为了建成大港，我可以不择手段，我以为可以为江海市留下些什么，可以为子女们留下些什么，却没想到反而害了仁川，害了小禹，也害了你，潘小妮。"

潘小妮默默地听着，不置可否。

时间差不多了，两个工作人员打断了谈话，向焦文雄示意。焦文雄点点头，站起身，又对秀莲说："帮我多照看一下小禹。"

秀莲咬牙切齿地说："焦文雄你给我好好活着，等你出来了，自己去看小禹！”

焦文雄最后看了池仁川一眼，他多么希望池仁川能再叫他一声“爸爸”。

池仁川紧闭着嘴唇，一言不发。焦文雄失望地走了，在病房门口时，他又回转身看了池仁川一眼。

池仁川侧转身体面向墙壁躺着。焦文雄最终失望地离开了。他并没有看到，池仁川对着墙壁的脸上，满是泪痕。焦文雄也没有听到，池仁川嘴唇嗫动了一下，叫出了格外艰难的一声：“爸爸。”

那个作为榜样的爸爸倒下了，他必须面对一个千疮百孔的爸爸，同时也得重新面对自己。

秀莲目送这个相伴了三十年的男人离去。

焦文雄的脚步声消失在医院的走廊中。

秀莲向池仁川走来，她急切地抓住他的手，往他的脸上望去，像是要寻出什么来。“答应妈，永远不许有寻死的念头。小勇还小，他需要爸爸。”

面对心力交瘁的母亲，池仁川边流泪边点头。

潘小妮替母子二人各递上一杯水。

崔灿的独家系列报道引起了轰动，《伸向碧海蓝天的黑手》《凤凰湾工程的内幕》《大港向何处去》……在省台连续播出，还被选为反腐倡廉的专题教育片，在监狱里播出。

但在江海市与北灶港的街头巷尾流传着的，却是人人津津乐道的家庭戏码：焦文雄的落马、池大海的归来、池仁川的截肢、潘码头被抓、潘小妮辞职，连夏子豪和崔灿、谢秋云的三角恋爱也被渲染得活色生香……

第四十一章　不会离开北灶港

尘埃落定，综合各方面的因素，焦文雄被判了六年有期徒刑。池大海来看望狱中的焦文雄。

关于焦文雄的问题，池大海终于从公开的报道里了解了许多。他并不太相信，自己一度那么信赖的兄弟会变成这样。关于凤凰湾项目，他还有更多的东西要问一问焦文雄。

焦文雄沉默了会儿，说："这些问题也许你更应该和现任的市委书记尤成迈去交流。我已经不适合谈这些了。"

池大海叹了一口气，说："凤凰湾项目是在你手里签的合同。我已经不太了解现在的规矩，新任的市委书记还愿意把这个项目继续下去吗？你跟我说句实话。"

焦文雄痛苦地闭上眼睛，艰难地摇摇头。他睁开眼，说："大海，不瞒你说，我要上凤凰湾项目，是真心想改变北灶港的落后面貌。那是当年我们俩在甲板上聊起过的梦想。可我走错了路，再好的初心，再美的梦想都会破碎。不是我不跟你谈凤凰湾，而是我已经失去了谈凤凰湾的资格，甚至可以说是我害了凤凰湾。不是我一开始剑走偏锋，凤凰湾不会有此一劫。尤书记是个实诚人，你直接去找他谈，不要有什么顾虑。"

池大海点点头，又说："如果想继续推进凤凰湾项目，你有什么好的建议吗？"

焦文雄想了想，说："出了龚廷彦和潘大树这样的事，滩涂的征用和项目的施工，省里、市里一定会盯得更紧。你们一定要格外谨慎，不能再被抓住辫子。当心有人会盯着凤凰湾这块肥肉，搞不好前功尽弃。"

"一期凤凰集团已经投入巨大，指望着二期出经济效益来反哺。如果二期再征不到地，你又不在位子上了，银行的续贷成本一定上升，还可能断贷。两个因素加在一起，凤凰湾项目就继续不下去了。"池大海坦诚地说。

"是的，征地是最难的。你们一定要争取尤书记的支持。"

"我跟小禹他们商量过，不以征用的形式，以渔业合作社的名义来联营。这样会不会阻力小些？"

焦文雄沉吟了一会儿，说："渔业合作社？这倒是个好主意。可是没人搞过，不知道阻力大不大，也不知道省里、市里能不能给政策。"焦文雄想起在省府大院与尤成迈的最后一握，似乎又增添了一点信心，于是再次肯定地说，"去找尤书记好好谈谈。"

隔着玻璃罩，池大海没法去握焦文雄的手。他看到焦文雄热切的目光，知道三十年前的焦镇长还在。两人默契地点点头。

焦文雄："仁川怎么样？"

池大海沉默了片刻，低声说："你的事对仁川打击太大了，他灰心得很。说实话，我有个想法，带他离开这里。"

焦文雄有点儿吃惊，说："去哪里？仁川不一定愿意啊。"

"是，我还没问他，但我会劝他。"

焦文雄低下头，说："是我害了仁川。"他渐渐抬起头来，"走了也好，在这里，仁川背负的东西太多了。再说，你们父子也终于可以团圆了。"焦文雄的话既真诚，又充满了失落感。他咬了咬自己的嘴唇，什么叫自作自受，他必须接受这一切的后果。"小禹呢？哦，夏子豪，怎么样？"

"他恢复得很好，渔业合作社就靠他来牵头。他真的很能干，是个养殖好手。"池大海露出夸赞的神情。

"那就好，那就好。"焦文雄喃喃地说，"我对不起子豪，他恐怕永远都不会认我了。"焦文雄垂下头，陷入深深的悲哀中。

"我知道你想什么，不要心急，慢慢来。我会慢慢劝他的。另外告诉你一件事，这些天讨论渔业合作社，秋云跟子豪挺合得来。你知道的，秋云跟仁川一样，都是海洋学专业出身。"

两个男人会心地笑了。

"不是听说子豪跟崔省长的女儿，就是那个记者崔灿走得很近？"

"那是之前的事了，崔灿已经回省城去了。不过，儿女的事，就让他们自己去操心吧。"池大海淡淡一笑，说，"我倒是听秀莲说，潘小妮经常来看仁川。"

"潘小妮是个好孩子，可惜被我和潘码头拖累了。"

"大树怎么会变成这个样子。"

"都是我带坏了他。"

"不能这么说，好多事你也不知情。"

说到儿女的感情，焦文雄和池大海变得跟寻常的父亲一样心焦，而且还要故作镇定。

铃声响了起来。焦文雄站起身，跟窗外的池大海告别。

池大海向焦文雄竖起两个大拇指，那是他们当年彼此鼓劲儿时的秘密手势。焦文雄心里一颤，回想起池大海让谢秋云带给他的那幅画。那画上隔着大海相望的两个人，不就是池大海和自己吗？焦文雄的眼眶湿润了。

池仁川恢复得很快。池大海来看他的时候，他正在潘小妮的陪同下做康复练习。

他在双杠上依靠两臂的力量和仅剩的一条腿慢慢往前挪。脸涨得通红，汗水顺着额发流淌下来。潘小妮用毛巾替他擦汗。

"多少步了？"池仁川问。

"满两百步了，今天的量够了。"潘小妮帮助池仁川从双杠上下来。

见池大海来了，潘小妮连忙把他往里让。

池仁川一直不知道该叫池大海什么，所以每次都避开不叫。

池大海倒不心急，他这次来就是想劝仁川跟他回去，他有的是时间，可以慢慢地培养父子情。

"你母亲呢？"

"阿姨去买吃的了。"潘小妮抢着回答。她知道，因为心里头梗着个称呼，池仁川并不愿意多和池大海交谈。

焦文雄入狱后，秀莲就辞退了保姆。池仁川一天天地恢复，在他的强烈要求下，护工也不再请。潘小妮反正已经辞职，干脆天天来医院陪他。秀莲就得两头跑，家里还有小勇需要照顾。他们已经从市委大院搬了出来，住在池仁川结婚时的套房里。自从池仁川开始恢复，医院的杂事大多是由潘小妮承担的。秀莲对这个准儿媳妇很是满意，常夸她又懂事又能干。

"仁川，出院后跟我回去吧。"池大海说。

池仁川没有作声。

"你知道国外的义肢和康复水平还是比国内好些。再说了，秋云还得守在这里负责凤凰湾项目的推进。我的身体也不行了，凤凰集团的总部需要得力的人来帮衬。"池大海继续劝说。

"让我再考虑考虑吧。"池仁川不便一下回绝。

"你好好考虑。不管怎么说，你需要一个良好的义肢，帮助你重新站起来。再过一阵子，我就要回去了，总部离不开人。到那个时候，你也差不多可以开始尝试安装义肢了。我会把一切都安排好的。"池大海说。

听到"安排"这个词，池仁川心头涌上了一层苦涩的滋味。难道他的人生要一直在别人的安排下吗？一个父亲安排完了，又换了一个父亲重新安排？

从池仁川的内心来说，还不太能够接受这个突然出现的父亲。

池大海看得出，池仁川内心起伏不定。他忍住了不再多说，他必须给他时间。

池大海离开了病房去找秀莲，想着再让秀莲去劝劝或许会有效。离开北灶港，离开江海市，池仁川的人生还可以重新开始。池大海相信，那是对他最好的安排。

"仁川不会跟你走的。"秀莲斩钉截铁地说。

"为什么？"池大海不解地问。

"你不了解仁川。他的事业在江海市、在北灶港。从哪里跌倒，他还会从哪里爬起来的。"

"可是他留在这里，只怕会被新任的市委书记排挤吧。"池大海以他对官场的了解判断着。

"那算不了什么。其实，他跟焦文雄挺像的，认定了的事情十头牛都拉不回。"秀莲苦涩地说。

"那你呢？"池大海试探地问。

"我会在这里等文雄出来。"秀莲不假思索地说。

池大海怅然。

第四十二章　新生事物

谢秋云跟着夏子豪泡在滩涂养殖户中间已经有两三个月了。她第一次尝试喝渔民们劣质的烈性酒，呛得眼泪都流出来。她开始习惯渔民们劣质的香烟味道。渔民们最初总是取笑她的娇气，当她用自己海洋生物的专业知识去指导渔民科学养殖时，渔民们服气了。跟谢秋云这个博士相比，夏子豪毕竟是半路出家，他知道怎么做，却不知道所以然。谢秋云不但知道怎么做，也知道为什么，还能把这"为什么"说得深入浅出。

她现在完全是个渔妇打扮，脱去了高跟鞋，那些漂亮的连衣裙已经压在箱底，身上穿的都是夏家阿婆托人替她买来的灰头土脸的罩衫。她脸上的皮肤也变了色，城里人的白皙不见了，取而代之的是白里透红的健康。

夏子豪完全被谢秋云折服了。如果说崔灿过去只是对海边生活好奇的话，谢秋云则是几乎沉浸到渔民的生活里去了，而且她比一般的渔民要高明许多，连夏子豪有时候也要向她请教。

在这样的情况下，谢秋云向夏子豪他们提议的渔业合作社，十分顺利地得到全面认可。渔民们就是这样，豪爽、义气，只要他们认可了你的人，就能接受你的想法。何况，渔业合作社这样一个双赢的好主意，傻子都知道，那要比滩涂征用得到一点儿赔偿款，对渔民们有利得多。

崔灿来看夏子豪的时候，也是在一个夕阳西下的傍晚。她看见夏子豪与谢秋云肩并肩蹲坐在滩涂上，一起在养殖塘里忙碌着，脚边还放着一些测试的仪器。

谢秋云对夏子豪说："光靠老经验是不行的，还得依靠科学。我已经决定了，凤凰集团的渔业合作社要专门成立海洋生物实验室，尝试新的养殖品种，育种种苗。你这块滩涂地不错，有条件成为实验室，我先征用了啊。"

"那我得看看你征用的条件是不是优厚啊。"

"聘你做实验室主任，怎么样，够优厚不？"谢秋云斜睨着眼睛笑。

"那可不行，我可做不了。我只会干活。"朴实的夏子豪忙推辞。

"会干活就行啊，给我打下手，边做边学嘛。"谢秋云促狭地说。

"哼，就想当我的老板。我可告诉你啊，我只当自己的老板啊。"

夏子豪腾地站起来。

谢秋云又开始软语相劝，把夏子豪劝得又蹲下去，替她采样养殖塘里的水质。

崔灿悄悄走过来。她还是那身红衣，性格却沉静了许多。她站在远处看着夏子豪跟谢秋云说笑打闹着，不知过去了多久。终于，夏子豪发现了崔灿，一面赶忙请她进屋，一面责怪她怎么不声不响站了这么久。崔灿不好意思地笑笑，悻悻地说："这不看你们正在忙着嘛。"尽管夏子豪的热情依旧，崔灿心里明白，自己曾经跟夏子豪共同战斗的那个夏日，仿佛渐行渐远，再也回不去了。

夏子豪没有觉察出崔灿态度的变化，谢秋云却敏感地体察到了，她落落大方地向崔灿伸出手，说："崔大记者，欢迎你来到凤凰集团生态养殖渔业合作社！"

"渔业合作社？"崔灿惊奇了，仔细琢磨着这个新名词。

谢秋云和夏子豪开始激情满满地向崔灿介绍渔业合作社的运营思路和发展目标。

崔灿听得两眼发光，不停地在笔记本上记下些要点。崔大记者就是拿得起，放得下，这会儿，她已经把儿女情长抛到了九霄云外，为谢秋云和夏子豪的新鲜设想而激动不已。

谢秋云并不避讳凤凰集团的财政困境，夏子豪则说渔民们都愿意带资入股，共同承担经济风险。可那些小资本对于凤凰湾项目这个大工程来说，实在是杯水车薪，算不上什么。谢秋云表示，她会说服父亲让凤凰集团全力以赴。

崔灿皱着眉，说："融资的事，如果能争取到省里或市里的支持就好了。"

夏子豪和谢秋云都把目光投向了崔灿。

"你们都这么看着我干什么？我家又不开银行！"崔灿大笑。

夏子豪憨憨地说："政府的门，我又摸不着。除非……"

“别介，我就是一个普通记者。别指望我啊。”崔灿连连摆手。

话虽是这么说，崔灿其实早就在心里下了决心，在可能的时候，她愿意伸手帮这个新生事物一把。

以崔灿的雷厉风行，从北灶港出来，就直接去了江海市。反正回省城也要经过江海市，何不顺路去看望一下新官上任的尤叔叔，向他打听一下凤凰湾项目的情况呢。尤成迈在担任崔利民秘书的时候，崔灿就跟他熟悉到没大没小的地步。就是到现在，崔灿也能不告而来，直接找上尤成迈的家门。

让崔灿没有想到的是，尤成迈家门前停着一辆红色的玛莎拉蒂。崔灿一眼就认出了是谁的车。她有些吃惊，想直接闯进去，看看究竟是怎么个情形。从尤成迈家灯光通明的窗户里传来一阵一阵豪爽的笑声，还时不时夹杂着崔焱那讨好的声音，“尤叔叔”长、“尤叔叔”短，这让崔灿止住了脚步。她感到有些反胃，便掉头就走。

◇

当她叫了辆出租车，在上回省城的高速路口，竟意外碰上了崔焱。崔焱向她打着响指，得意地说：“灿姐，没想到在这儿碰上你。上回跟你说的事，你都不肯帮忙。你猜怎么样，搞定！”

崔灿看到他那副嘴脸，真是气不打一处来。她向崔焱白了一眼，跟司机说：“快走，别搭理他！”

出租车司机搞不清楚这两人的关系，却搞得清谁付的车钱，立刻抢先上了高速，一溜烟消失在崔焱的视线中。

崔焱被呛了一鼻眼的尾气，他“啐”了一口，悻悻然地也跟着上了高速。

以崔灿的脾气，本该是直接去找尤成迈对质的，但她第二天还有个紧急的会议，不得不先赶回省城。也许，先找个时间跟爸爸通个气也好，崔灿心里这么想。

第四十三章　启航

　　无论池大海多么留恋北灶港的土地，凤凰集团总部的事务已经到了非要他这个董事长回去不可的地步。他一天要接到十几个各类请示汇报的电话，让他烦不胜烦。而凤凰湾项目上引发的江海市官场动荡，使得人们对这个项目开始产生怀疑。银行在续贷问题上一拖再拖，还火上浇油地催还贷款。这给谢秋云与夏子豪正在试验的渔业合作社蒙上了一层阴影。凤凰湾项目二期工程的资金链已经到了极其脆弱的地步。为了不让所有人的努力前功尽弃，池大海决定回去融资。

　　池仁川早就出院了，经过半年左右艰苦的康复训练，挂着拐杖行走基本没有什么问题了。这个时候刚好是安装义肢最好的时机。池大海再次向池仁川发出了邀请，还一并向潘小妮抛出了橄榄枝。

　　池仁川到了不得不做选择的时候了。

　　跟池大海走对于池仁川而言的确是一个好机会。按照池大海话里话外的暗示，未来，他有意将凤凰集团托付给池仁川，自己则可以真正回到北灶港养老，顺便帮助谢秋云打理下一步的渔业合作社。

　　更何况，以池仁川现在的情形，他还适合在江海市的官场待下去吗？他凭借一颗赤子之心，凭良心做事，到头来却是这样的结局，任谁都会心寒。他亲手揭开了阴阳合同的事，焦文雄等于被他间接送进了监狱。无论他怎么做，他身上都打着深深的焦文雄的烙印。

　　相反的，如果他跟着池大海走，江海市这些人事纠葛可以干干净净地被抛在脑后，他是个新人，可以重新开始新的生活。为了弥补三十年亏欠的父子情，想必池大海一定会倾全力帮助他，完成从官场到商场的华丽转型。

还有一个重要因素是潘小妮。自从辞职之后，潘小妮一直照顾着他。他一直记得那个霸气女镇长的模样，以小妮的才智，怎么能被埋没，甘心只做一名家庭妇女呢？跟自己一样，她也不由自主地生活在潘大树的阴影之下，长期无法摆脱。也许，在另一片土壤上，没有任何羁绊，潘小妮反而能够大显身手也未可知。

池仁川和潘小妮认真地谈了整整一个晚上。

潘小妮从池仁川的眉头里看出了挣扎。

"无论你选择什么，我都会选择你所选择的。"潘小妮说。

池仁川笑了。

"我们一起走吧。"池仁川终于下定了决心。

"你确定了？"潘小妮问。

池仁川点点头。

◇

211

"真的抛得下这里的一切？"潘小妮又问。

池仁川迟疑了一下，说出了自己的打算。为了慎重起见，他想先请个长假去安装义肢，这是一个不可能被驳回的请假理由。趁这个机会，他和小妮要好好抓紧时间学习，如果觉得适合，就正式辞职下海。如果不行，再回来。

潘小妮对这个计划表示赞同。

天色将明，略起微风，从窗口望去，薄雾中隐约可以望见凤凰湾那些高耸的风车开始缓缓转动。

匆匆忙忙办完各种手续，准备行李，交代各项事宜。转眼间，就到了出发的前三天，这是一个星期天。池仁川已经交代完了海洋局的事务，等周一再去转一圈，就开始正式的假期。

小勇特别高兴，最近爸爸都不再加班，竟然有空坐下来，跟他一起读绘本。焦文雄的入狱并没有对小勇造成太大的困惑，因为市委书记爷爷本来也难得照面。而对于即将到来的分别，小勇也并未有太大的伤感，他十分懂事地告诉自己，爸爸去了就能再长出一条腿，能够扔掉拐杖，跟以前一样和他一起玩耍了。在小勇的内心里，爸爸的官再大又有什么意义，重要的是要有更多的时间来陪伴他。又因为秀莲已经答应小勇，等这学期一结束，如果爸爸还没有回来，就会陪小勇一起去看爸爸。小勇对此很高兴，一遍遍在地图上寻找爸爸去的位置，还测量了江海市与那儿的直线距离，又把坐飞机过去需要多长时间计算给池仁川听。

池仁川出院后，潘小妮就天天来照顾他。小勇对这个会管着他，不准他玩电脑游戏，要求他晚上九点钟前必须上床睡觉的霸道阿姨颇为不满。但当潘小妮不在的时候，奶奶秀莲为了照顾父子俩而手忙脚乱时，又会突然冒出一句"潘阿姨要是在就好了"。奇怪的是，对于奶奶秀莲的话，小勇偶尔还会调皮地做一个鬼脸，耍赖不肯听从。而对于潘小妮的命令，却如同尚方宝剑，会不折不扣地执行。这让池仁川感到欣慰。也许，这个被长辈宠溺，又被自己长期忽略的孩子，此时，恰恰需要一个真正的母亲来管教。

当池仁川做出了一起离开的决定后，便向秀莲透露了先与潘小妮领证的想法，这样在办理出入境证时就会减少许多麻烦。至于婚礼本身，潘小妮倒并不太在意。处在这样敏感的时期，他们并不想惊动很多人。等装好义肢，做出最终的决定后，再行考虑也不迟。秀莲同意了。与此同时，她犹豫着，几次话到嘴边又吞了下去。

池仁川觉察到母亲的异样，问："还有什么事吗？"

秀莲终于说出口："明天周一，可以去看他。"

池仁川一下子明白了母亲的意思，含糊地应了一声"哦"。停顿了一刻，又问："他知道吗？"

母亲秀莲点点头，说："上次大海去时已经告诉他了。"

池仁川松了一口气，说："那行。"

对于行前是否去看望焦文雄，池仁川并没有想好。他还很难面对另一种状态下的焦文雄。他心里的恨还没有放下。

秀莲并不再提这个话题，她生怕给池仁川造成太大的压力。

池仁川还是没有去见焦文雄。

出发的那天早上，谢秋云与夏子豪、秀莲一起去送机。池仁川拄着拐杖已经可以有正常的步行速度，他并没有落下拖着行李的潘小妮多远。池大海则与秀莲在大厅门口，做最后的道别。

"你的白发，比上次见又多了一些。"池大海心疼地说。

"老了，正常的。"秀莲轻描淡写地说，"你也一样啊，也别太拼命。多给仁川压担子，这孩子，承受得起。"

池大海若有所思地点点头。

准备去办理值机手续了，池大海礼貌地与秀莲握了一下手。与上一次的分别，隔了三十年，希望这一次，不会再相隔如此之久。两人心中各自涌起无限的感慨，曾经是最熟悉的，如今又成了最陌生的。

就在池大海向谢秋云、夏子豪挥手时，潘小妮紧张得出汗变形的脸出现他面前，一个炸雷在他耳侧响起："池叔叔，仁川不见了！"

池大海差点儿倒下，潘小妮赶紧将他扶住。

"怎么回事？你慢慢说。"池大海稳住情绪。

"半小时前，仁川说要去上厕所，我问要不要陪他，他说自己一个人可以。他已经恢复得差不多了，我就没太担心。刚刚准备去托运行李，我一看时间，他已经去了快半小时，还没回来，我就去附近的厕所找他。站在门口叫他的名字没有人答应，又让别的男的进去看有没有见到一个拄拐杖的，都说没有。我急了，跑遍机场大厅的每一个厕所，都没找到仁川！"潘小妮的语气很急，一口气说完了经过。

池大海深吸一口气，竟没有料到池仁川会在这个时候失踪。他镇定下来，先让秀莲看好行李，又让谢秋云去机场值班室要求广播找人，吩咐潘小妮再去大厅各家商铺和各个角落去找，自己和夏子豪一起再去把候机大厅每个厕所都找一遍。所有人来不及多想，分头开始行动。照理说，池仁川拄着拐杖走不快，他个子又比较显眼，池大海相信，只要他们马上行动，很容易能找到。

机场广播室开始一遍遍地播放："请池仁川先生听到广播后，到值班室来，有人找。谢谢！"播音员的声音清晰而甜美，就是没有一丝感情。秀莲听在耳里，就像一把钝锯子在使劲地割肉，空有疼痛和响动，不见血迹。

潘小妮在每家商铺、各处角落张望着，见到背影与池仁川差不多的，竟会忍不住上前拍肩膀，差点儿忘记池仁川现在已经拄了拐。她一面抱歉地说着"对不起"，一面想起那个滩涂上温暖而宽广的背部，眼睛逐渐模糊起来。她有点儿跑不动了，但咬牙还得跑下去……

谢秋云也加入了寻找的行列。她与潘小妮分头从一东一西找起，直至在大厅的中央会合，从彼此的眼神里读出了失望和无奈。

夏子豪年轻，跑在最前边。他穿进一个个男厕所，敲开一个个隔间的门，惹来一阵骂声也不管不顾。他在人头攒动中挤进挤出，寻找池仁川拄拐的身影。紧随其后的池大海耐心地询问每个进出的男人，有没有看到池仁川，回答他的都是千篇一律的摇头。

池仁川的失踪出乎所有人的意料。而在池大海信心满满的寻找计划中，忽略了一个关键因素，池仁川固然行动不便，却比他们提早了整整半个小时。如果他有心把自己藏起来，半个小时足够做很多事。

时近中午，以池大海为中心，所有人在候机厅中央会合了。一番徒劳的寻找让所有人都疲惫不堪又饥肠辘辘。夏子豪买来了商务简餐，秀莲完全吃不下去，潘小妮勉强动了两下筷子。池大海也没有心思吃东西，但他作为长辈，是这个大家庭的主心骨，必须支撑下去，才能考虑下一步的计划。他倔强地撬开嘴，艰难地吞咽。谢秋云举着手机，吩咐凤凰集团能走得开的员工从江海市到机场的道路上反向寻找。夏子豪则联络了码头上相熟的渔民和养殖户。

　　航班已经起飞。池大海放弃了回去的念头。这是他的亲生儿子，三十年后失而复得，又眼睁睁地得而复失。他已经这般年纪，还能有三十年的时光可以等待吗？机场的寻找已经不会再有结果。在匆匆吃完味同嚼蜡的午餐后，谢秋云退了机票，一行人准备回江海市区继续寻找。

　　"监控！"潘小妮突然喊出两个字。所有人都醒悟过来，一起赶往值班室。在简单地陈述完事情的经过之后，机场方面终于同意调看当天上午的监控。每个人守着一台电脑，与数十位机场保安一齐搜索画面。时间一分一秒地过去，秀莲的心简直快崩溃了。

　　"找到了！"一个保安终于在无数画面中找到一个拐拐的男人。大家都凑到这个定格的画面前，秀莲和潘小妮确认了是池仁川。画面继续往下播放，拍到池仁川上了一辆出租车。谢秋云记下了出租车号码，立刻开始拨打出租公司的电话。

　　"联系上了，那个司机说送仁川回了江海市，在市民广场下的车。"谢秋云说。

　　潘小妮注意到，池仁川上出租车的时间，正是他说要去上厕所的时间。也就是说，池仁川早就打算好了，他想避开所有人，是处心积虑地失踪！

　　仁川，你这是为什么？

　　所有人的心头都盘旋着问号，但都忍住没说出口。

　　"先回江海市吧。"池大海说。差点再度失去池仁川，让他一下子又苍老了许多。

◇

215

第四十四章　崔焱

谁也没有料到，他们在江海市、北灶港上上下下找了整整一个月，都没有找到池仁川。

他像是人间蒸发了一般，消失得无影无踪。

出于对池仁川的保护，他们并没有正式报案。海洋局局长请假去安装义肢，却在机场失踪了，这失踪还是他本人的意愿。先不说法律意义上，一个成年人主动把自己藏起来是否可以立案，就是这个消息传出去，必然是江海市的爆炸新闻。人们一定会把池仁川的失踪，和已经开始淡化的焦文雄一案联系在一起。父亲贪腐被抓，儿子变成了瘸子，现在又不见了，该让喜欢嚼舌头的七姑六婆多么兴奋啊。

甚至，原本同行的池大海和潘小妮都有意识地隐藏了行踪，生怕引起别人的怀疑。潘小妮干脆搬到了池仁川家，替秀莲搭一把手。对小勇，则告诉他爸爸已经到了，因为不放心小勇，潘阿姨则留下来照顾小勇。小勇接受了这个解释，并且在潘小妮的管束下，开始了正常的学习生活。池大海则在江海市一家商务宾馆包了一间房。他们谁也不知道，什么时候能够找到池仁川，心里更没有底，池仁川失踪的消息还能瞒多久。

谢秋云打起精神回北灶港凤凰集团，与夏子豪在北灶港私底下秘密寻找。潘小妮则在空闲时，和秀莲分头在江海市的街头巷尾打听。池大海也会在午后戴上鸭舌帽和墨镜，开始在街市上闲逛，指望能找出什么蛛丝马迹。反正在江海市区，认识池大海的人不多，更不可能有人认识三十年后的池大海。

一个星期过去了，没有任何消息。两个星期过去了，还是没有任何消息。时间过去了一个月，所有人都陷入了绝望，但所有人都不愿意放弃。

这天的午后，阳光很暖，池大海依旧穿戴好鸭舌帽和墨镜，出了门，漫无目的地往市中心走去。一个月的时间，池大海几乎逛遍了整个江海市。他开始熟悉市区略带古音的方言，硬邦邦的，一个字一个字往外蹦，就像江海人性格里自带的倔强。他从小在北灶港小镇长大，成年后只来过一次江海市区，那就是送焦文雄参加高考。他相信这个在甲板上跟他聊到天亮的文弱青年，正如相信他自己一样。焦文雄读完大学回北灶港，他很高兴，因为焦文雄守住了对秀梅的承诺，同自己一样，是个真正的男子汉。他更相信，他和焦文雄，一定能在北灶港干出一番名堂。谁知道命运在此处不经意地拐了个弯，他失踪了，被救，艰难求生，焦文雄一路升官，竟能执掌这座中等城市。

◇

217

他又想象着池仁川在江海市的成长轨迹，是在街角那家油条店买一份早餐，匆忙上学去？还是与同学一起，从那排白杨树旁边奔跑而过？那时，池仁川应该是上中学的年纪吧，跟自己和焦文雄出海时差不多大小。有了焦文雄的护佑，仁川的生活该多么无忧无虑啊。池大海发觉自己不知不觉中走到了一所中学面前，那门口的牌子白底黑字写着七个大字：江海市第一中学。

听秀莲说，仁川就是在这所中学毕业的。池大海不由得激动起来。正是中午休息时间，一些穿校服的中学生三五成群地走出校门，散进学校旁的书店、饮食店，挑选、购买他们所需的精神产品与物质产品。池大海看着他们，像是看到了仁川的成长，竟看出了神。

一阵尖锐的汽车鸣笛声打破了池大海的凝想，一辆豪华而艳丽的红色玛莎拉蒂几乎是擦着他的身子呼啸而过。从左车窗探出一颗人头，骂骂咧咧地喊："你这老头，寻死吗？杵在大街当中！"

这所中学是百年老校，门前的马路也是江海市的旧街。因为狭窄，被规划成了单行道。池大海因为贪看这些学生，走到了人行道的最边沿。但这辆玛莎拉蒂却是逆向行驶，才会从池大海的身后霸道地驶出。池大海并没有发现这一点，反而连声谦恭地跟那猖狂的车主道歉。

那个青年司机见池大海服软，这才罢休，狠命一踩油门，汽车因为急切的加速从尾部两个排气管冒出一阵呛人的尾气，又长按了一下喇叭，竟扬长而去。

池大海惊魂未定，紧靠着马路牙子立住脚，上下拍打身上的灰尘，却被旁边一个做烤饼的中年小贩呵斥了，"这位，您拍土能离远些吗？都扬到我这饼上了，还怎么吃呀。"池大海一看，果然，自己就靠在做饼的大铁炉边，那炉面上还放着几只刚出炉的热烘烘的烤饼。

池大海一边说"对不起"，一边表示要把这几只烤饼都买下来。小贩这下可高兴了，接过钱，用纸袋包起烤饼，殷勤地递给池大海，又多说了几句话："您看您胳膊肘这儿都被蹭破了，出血了是不？"

218

池大海这才发现刚才那辆玛莎拉蒂岂止擦身而过。胳膊肘处的衣服已经蹭破了一个大洞，露出里面一大片的瘀青，正在渗着血。因为自己的受伤，池大海不禁忧虑起那些在学校门口买东西的孩子。

小贩见池大海察看伤口，以为这个人正打索赔的主意，又多嘴补了一句："您就自认倒霉吧，那个人得罪不起！您没见他这是逆行？也不晓得是啥背景呢。"小贩自顾自嘟囔着。

他没有料到竟有人可以这么明目张胆地违反交通规则。他由此想到仁川的成长，虽然绝不需要像他和焦文雄那样下苦力死力，摆脱了繁重的体力劳动，却必须得面对更为复杂的等级社会，只怕也不容易。

闻着烤饼的香味，池大海此时不觉有些饿了。他看那饼上灰尘并不明显，就取了一个稍微甩了两下，便往嘴里送。他刚咬了两口，那辆玛莎拉蒂竟又开回来了，在那烤饼摊前停下。

那司机也不下车，就从车窗里探出半个身子，要买二十个烤饼。刚才现成做好的饼都被池大海买了去，店主人堆着笑脸请那人稍等两分钟，下一炉烤饼马上就好。那人就这么半开着车门，大咧咧停在路中央等着。不一会儿，后面有车子来，被堵住了，也按起了喇叭。而那辆玛莎拉蒂的司机就像没听见喇叭声一样，依旧悠闲地等待烤饼出炉。

路边恰好走过一个红衣女郎，见此情形不由愤然，大声喝道："崔焱，你挡着人车子了！怎么停在路当中呢？"

被叫崔焱的那个，见到红衣女，竟是一物降一物，连忙好声好气地打招呼："灿姐，您怎么大驾光临江海市来了？来来来，上车，我请您喝酒去。"

那个被叫"灿姐"的却不吃他那一套，催促着崔焱赶紧把车让开。崔焱不情愿地坐直身子，关上车门，开始挪动车辆，把路面让出来，后面的车子终于得以通过。

此时，崔焱要的烤饼也出炉了，他再次涎着脸邀请崔灿上车，被崔灿拒绝了。

"好吧，我的崔大小姐，崔大记者，您先忙。要请您吃顿饭可真不容易。那我们省城再聚。"说罢，崔焱开着那辆玛莎拉蒂招摇地走了。幸好，这回他是从街那头掉了个方向开来的，并没有违反单行的规定。不然，崔灿一定会不依不饶的。

这一幕活话剧都落在了池大海的眼里，他摇摇头，露出无可奈何的笑。崔灿却认出了池大海。崔灿因为对焦文雄一案的独家报道，一战成名，已经升任副台长。她曾在焦文雄庭审会上与池大海有过一面之缘。以她大记者的敏锐，她能辨认出每个见过的人。

"谢董事长？"崔灿上前主动招呼。池大海当时是以凤凰集团董事长的身份自报家门的。知道谢天祐就是池大海的，只有北灶港镇的那些老人。

谢董事长当然不能当街啃烤饼。池大海慌忙背过手，把烤饼袋藏在身后，然后努力回想这位红衣女子的身份。

"我是省台的崔灿。"崔灿自报家门，大方地向池大海伸出手，"我们在法院见过的。"

池大海想起来了，听焦文雄说，这个厉害的女记者，竟是省长的女儿。他赶紧把烤饼都腾到一只手，另一只手热情地伸出去握崔灿的手，连声说："崔大记者见谅，年纪大了，记性没有年轻人好啦。"

"没关系，没关系，"因为夏子豪的渔业合作社，崔灿对这位谢董事长的印象很好，"毕竟只是一面之缘。我倒是特别佩服您和谢总提出来的海洋生态保护区与渔业合作社的计划。不惜血本，不计赢亏，是真正的大企业家手笔！"

"惭愧，惭愧，"池大海恢复了董事长的风度，"都是年轻人有闯劲，我只能在后面支持支持他们。"他又想到凤凰湾项目的融资难题，心里的忧虑加重了几分。

"我去过北灶港，谢总与夏子豪他们正干得热火朝天，我也一直想采访一下您，今天正好碰到了，不如我请您喝咖啡，不知您是否有空，能否赏光？"崔灿笑盈盈地说。

"这个……"池大海因为身后烤饼的缘故，有些支吾。

"其实，我知道，凤凰湾项目正面临着危机。"崔灿一向单刀直入。

"你怎么知道？"池大海很是吃惊。

"您知道刚才那个买饼的人吗？他是我表弟，他正在谋划把凤凰湾吃下，开发成房地产项目。因为某种特殊的渠道，他的计划进行得很顺利。这可是内部消息，高度机密。"崔灿神秘地说。

池大海不仅吃惊，而且吓了一大跳。现在，是他反过来想和崔灿好好聊聊了。

坐在一家安静的咖啡馆里，崔灿把她所知道关于崔焱的一切谋划和盘托出。针对凤凰湾的这些暗箱操作，让池大海感到触目惊心，皱紧了眉头，说不出一句话来。按照崔灿所透露的，凤凰湾二期很可能陷入无止境的停摆。已经做好的招标计划自然不能流产，届时政府一定会把二期滩涂征用再次拿出来公开招标。志在必得的崔焱一定会动用全部的力量夺得这次招标。那么，夏子豪和那些养殖户们的滩涂地，可就保不住了……

崔焱是崔灿的表弟，崔灿是崔省长的女儿，那么崔焱就是崔省长的侄子，而现任江海市委书记尤成迈曾是崔省长的大秘……池大海的脑袋发胀发疼。

"他是你的表弟，你为什么把他的计划告诉我？"池大海怀疑地问。

"因为我支持你们。"崔灿毫不犹豫地说。

池大海望着崔灿的眼神，清澈透亮。

他相信她。

"凤凰湾不能沦为低端的房地产项目。北灶港要建成科学规划的大港。你们的海洋生态保护与渔业合作社才是真正的出路。"崔灿目光炯炯。

"不瞒崔大记者，凤凰集团在融资上遇到了困难。"池大海已经完全信任眼前这位风风火火的女记者。

"哦？"崔灿感到又抓住头条。

池大海说了银行因为市委书记更迭而变脸，说了凤凰集团因为提高工程造价而导致的巨额资金缺口，说了自己准备回去融资却一直未能成行，却没有说池仁川失踪对自己的打击，现在，江海市、北灶港凤凰集团的人，差不多都因此停顿下来了……

崔灿也和池大海一样皱起眉。忽然，她像是想起什么，开始向池大海介绍某个贫穷落后的山村绕开发展就是破坏的老路，强调生态环境就是致富之源的探索。池大海认真地听着这些似乎离题的话，他和崔灿的眉头渐渐舒展开来，露出心照不宣的微笑……

◇

第四十五章　震怒

崔利民接完崔灿的电话，很是震惊。他绝没有想到，崔焱会扛着他的牌子四处招摇。但他也不太相信，尤成迈会这么受崔焱的摆布。他想起尤成迈的表态，不自觉地摇了摇头。可是，如果是崔焱信口开河说了什么不该说的话，让尤成迈以为这是他的意思呢？这可就保不准了……

崔利民不由得愤怒起来。难道，他是又看错了人？想到这里，他再也按捺不住，立刻让周秘书通知尤成迈来一趟。

崔利民还是第一次这么火急火燎地叫尤成迈来。接到小周秘书的通知，尤成迈不敢怠慢，立刻放下手头的一切工作，直奔省城。

坐到崔利民的办公桌前时，尤成迈都没来得及喘口气，就遇上了疾风骤雨般的批评。

"尤成迈，你当初是怎么跟我保证的？就在这间屋子吧！"崔利民的震怒都写在脸上。

尤成迈丈二金刚摸不着头脑，说："崔省长，您是指什么？"

"凤凰湾！听说你要把凤凰湾项目改成房地产项目？"崔利民直截了当地说。

"哪有的事？哦，您是因为崔焱吧？"尤成迈突然反应过来，微笑着道。

"对，这小子在你那儿捣鼓了些什么？"崔利民追问。

"崔省长，您就这么不信任我？"尤成迈还是保持着微笑。

崔利民一听他这么说，便放了一半心。"小尤，是我急躁了。不分青红皂白就把你训一通。"崔利民是知错就改的人，他向尤成迈摆了摆手，说："那么，崔焱找你，到底怎么个情况？"

"崔焱确实找我要凤凰湾那块地，想开发房地产。他也的的确确打着你的旗号来的。"尤成迈不紧不慢地说。

"你怎么回复他的？"崔利民问。

"我给他灌了个空心大汤圆。"尤成迈说。

"空心大汤圆？"崔利民觉得有意思了。

"是啊，他自己不就是个空心大汤圆吗？"尤成迈笑起来。

崔利民也笑了。崔焱那个所谓的房地产公司，就是个空架子。如果没有打着崔利民的牌子，恐怕连这个空架子都保不住。

"焱焱这小子，我得把他叫过来好好训一顿。哪天把他的那个什么公司给撤了，省得到外面招摇撞骗。"崔利民严肃起来。

◇

223

"崔省长，您这好像手伸得太长了吧，"尤成迈认真地说，"除非查到什么非法行为，才能依法处置。不然的话……"

"你说得不错，可这小子整天在外面惹是生非。这回亏得是你立场坚定，哪天要是谁真吃了他这一套，岂不是坏我的名声。"

尤成迈想了一下，说："他是个不撞南墙不死心的人。我就是这么回复他的，让他来参加正常的招标。凭他那个空架子，我看，连资格审查都通不过。假如能通过，里面一定有猫腻。那时候，给他仔仔细细检查过。有了把柄，就好处置。崔省长您也有话教训他了。"

崔利民发出会心的微笑，说："小尤，你果然政治上成熟多了。焱焱他爹走得早，缺人管教。我又根本顾不上关心他。只要你严格把关，让他狠狠撞个结结实实的南墙，也好让这小子收收心，将来找份正经事干，我就放心了。"

"崔省长，您放心，违反原则的事，我绝不会干的。"尤成迈收起笑容。

"小尤，我没看错你。好好干！"崔利民拍了拍尤成迈的肩，充满了鼓励。

跟以往一样，尤成迈感觉到肩头的灼热，他的心气更沉静下来了。

又到了每月一次的探监时间。

与崔灿的偶然相遇让池大海又喜又忧。忧的是，崔焱对凤凰湾的虎视眈眈埋下了一颗威力巨大的炸雷，处处充满危机与陷阱。凤凰集团面临的融资困难很可能将三年来的建设成果毁于一旦。喜的是，崔灿关于生态发展的理念让池大海在黑暗中见到一丝光明。因为仁川的不辞而别，池大海本来不敢来见焦文雄，他知道，焦文雄和他一样担忧着仁川的一切。在狱中的焦文雄，很可能再也经受不起失去仁川的打击。

得到崔灿提供的亦喜亦忧的消息之后，池大海还是决定去见焦文雄。在事关北灶港未来前途的大事上，池大海只能与焦文雄这个老伙计去商议。而关于仁川的失踪，说还是不说，他还在犹豫着。

门"吱呀"一声开了，玻璃隔挡的对面出现了焦文雄的身影。两个老伙计面对面坐下，各自拿起听筒。会面的时间有限，池大海语速很快，择其要点，把崔灿透露的消息讲给焦文雄听。

焦文雄闭着眼，如同老僧入定一般。

池大海的话终于讲完了。焦文雄睁开眼，还是那副灰心丧气的模样，说："我早就跟你说过，我已经没有资格谈凤凰湾项目了。你应该去找尤成迈。"

池大海一听，火就上来了，提高了声音说："焦文雄！你装什么熊样？"

声音引来了在旁监视的管教的关注，往这边望过来。

焦文雄"嘘"了一声，池大海这才压低了声音，忍住怒气说："我是想去找尤书记。你倒是想想，尤书记曾经是崔利民的秘书，现在跳出来的崔焱是崔利民的侄子。我再去找尤成迈，会不会适得其反？"

焦文雄微眯起眼睛，说："我走错了路，尤成迈未必会，他比我稳重踏实。"

池大海又恨恨地说："焦文雄！我跟你说，我不是不去找尤成迈，而是有人比我更好找到他，比我找在了前头！你别一进了这里，倒像是进了安乐窝，两耳不闻窗外事了，整天把我往这里推，那里推！你还是我认识的焦文雄吗？"

焦文雄身子一震，却没有说话。

池大海又自顾自地说下去："老伙计！凤凰湾是我的项目，如果凤凰湾出了问题，我饶不了你！"

焦文雄微眯的眼皮跳动了一下。他想起崔利民跟他长谈时批评他的"功利心"，跟他提过的"未来"，又想到尤成迈最后的那一声"焦书记"。池大海那声"凤凰湾是我的项目"，听着有些尖锐，就像他自己的口气。可是，凤凰湾怎么可能是他的项目呢？他的心触痛起来。

"仁川呢？"

池大海哽咽了："仁川……"

"仁川他怎么了？"焦文雄今天从一开始就觉得池大海有事瞒着他，"他的义肢装好了吗？"

"他失踪了……"池大海抬起头，一个月来的奔波让他疲惫不堪，对儿子的担忧是压垮他的最后一根稻草。池大海无法面对焦文雄充满希冀的表情，终于说出了实情。

"失踪？"焦文雄腾地站起来，被管教喝住后，坐下喃喃地，"不，仁川怎么会失踪？我的儿子，他怎么可以做一个逃兵？"

焦文雄老泪纵横。他终于被刺痛了，睁开眼睛，用冷静而平和的语气说道："去搜集那个山村发展的相关信息，搜集国内外关于海洋生态保护与修复的信息，还有国内有关农业合作社的动态。将这些信息汇拢后，写一份关于北灶港镇建设海洋生态保护区与渔业合作社的政策报告，通过崔灿直接递给崔省长，最好再送一份到中央，崔灿有这个路子。如果可能的话，在电视台做几集系列专题，就叫'大港之路'！探讨怎样建设一个生态的、环保的、科学规划、可持续发展的新型大港。"焦文雄在说这些话的时候，心绪却飞到了天外。他开始振作起来，凤凰湾不是任何人的，凤凰湾又是所有人的。

"这些事，仁川要是在，他会做得很专业，能帮上很大的忙。"池大海说。

焦文雄不作声。

"焦文雄！有人探视！"

管教的话让两位老人同时抬起眼，往探监室的门口望去。

在强烈的光线中，一个瘸腿的男子身形高大，默默伫立。

他拄着拐杖，快步走近。

池仁川。

两个父亲认出了他们朝思暮想的儿子。

此时的池仁川，头发像乱草一样覆盖在头顶，从鬓角处延伸，和一直没刮的拉碴胡子融成一体，竟遮了他大半张脸。衣服不知是哪里弄来的劳动服，沾满了灰尘，几乎辨认不出原本的蓝色。整件衣服像片破麻布一样披在身上。鞋子是海边人常穿的灰绿解放鞋子，上面有一块块已经干硬发黄的淤泥。连那根拐杖上，也遍布着各式各样的痕迹，似乎主人曾用它削砍撞过什么东西。如果走在大街上，没有人会认出他就是那位曾经意气风发的海洋局局长，只会把他当成一个普通的底层体力劳动者，甚至还可能会因为他的那条瘸腿，施舍些钱物。

两个父亲见到这副模样的池仁川，心里在滴血。

出乎焦文雄与池大海意料的是，池仁川走到他俩面前立定，深深吸了一口气。短暂的沉默之后，一声清晰的"爸"从池仁川口中吐出，那是他朝向池大海的第一句话。

被惊呆在原地的池大海掉落的电话听筒，却被池仁川接住，缓缓地举到耳边，盯视着玻璃隔窗内的焦文雄，低沉的声音从听筒那端传来，那是格外清晰的两个字："父亲"。

第四十六章　合生村的蟹苗塘

时间倒转回一个月前，江海市最偏远的一个小山村合生村来了一个捡破烂的瘸子。这个人身材高大，却沉默寡言。合生村人不认识他，把他当成无数个流浪汉中的一员。一户养蟹苗的人家收留了他，给他提供一日三餐，而这个瘸子则以宿在蟹塘，为他们守夜值班作为交换。

他就是"主动"失踪的池仁川。养蟹人家的善意使他终于在逃离了"被安排"的生活之后，寻到一个落脚之处。这一夜，他头一次睡得格外沉。

决定请假去安装义肢，适应那边的生活再进行最后的选择，是一个稳妥的决定。虽然这是他反复权衡，与潘小妮商量后得出的临时决定。但他的内心，其实很讨厌首鼠两端的自己。说出要跟池大海一起走后，所有的人都欢欣鼓舞，热心地准备行装，连儿子小勇都很高兴。他不忍心推翻这个决定，却在秀莲询问他是否愿意在走之前去看望焦文雄时，突然意识到自己的软肋。

他，池仁川能这样一走了之吗？无论是就此一去不返，还是装完义肢，漂漂亮亮地回来，还能回到从前那个阳光灿烂的日子吗？过去的一切就能轻易地抹去，生活重新被装点得花团锦簇？他如何去面对铁窗中的继父？如果不能面对焦文雄，他又如何面对自己？削肉剔骨只是神话。他背负的罪孽那么沉重，沉重到自己都看不清。那来时的路上，有多少是自己的努力，又有多少是焦文雄所谓的关系？焦文雄倒下了，他又要依靠另一个父亲池大海吗？他要永远依靠别人，要永远"被安排"下去吗？

出走的冲动在临行时不断呼唤着他。他想躲起来，躲到一个没有人认识他的地方。一个没有焦文雄，也没有池大海的地方。从机场出来，他随手招了一辆出租车，一直开到江海市市民广场。人潮多得让他晕眩。他又步行了一阵，随意坐上一辆通往郊区的长途公交。又遇到一个好心的私家车司机捎了他一程，然后一路向北，翻过一座不算太高的山岭，突然进入了一个世外桃源一样的小村。

在村口的路牌上，他看到了这个环绕在青山云雾之中的山村的名字：合生村。

"失踪"虽然是主动为之，池仁川却并没有为此做过什么充足的准备。在花光了兜里有限的零钱之后，他很快就与流浪汉的境遇相同了。养蟹人家的收留，使他暂时在这个小村子里生存下来。

在这个依旧还保持着淳朴乡风的地方，没有人认识江海市海洋局局长，也不再有人提起焦文雄和池大海。

做了蟹塘守夜人的池仁川身体是疲倦的，精神却是舒适的。他放下了所有的包袱，开始静静地修复自己的伤口。日子单调而重复，却也简单而充实。他每天白天定时给蟹塘撒三次料，然后就坐在塘埂上晒太阳发呆。这蟹塘是育苗的蟹苗塘，每个塘不过十余平方米，整个塘区一共四个这样的小塘。主人家播下蟹种，几个月工夫可以长成成熟的蟹苗，再把蟹苗贩卖到山外面去，给那些养蟹的大塘，继续成长，最后长成大蟹出售，送上别人的餐桌。

合生村地处偏僻，又没有成片的良田。山村的南部虽然也靠着海，却一律是悬崖陡壁，并没有北灶港那样肥沃的滩涂。贫瘠的自然条件下，挖个小塘养蟹苗倒成了比较好的副业选择。蟹苗塘循环快，四个小塘轮流出塘，收入进账也很快。

说是守夜，并没有什么贼需要防范。一是因为合生村外来人口少，家家户户都彼此相熟，怎么好意思偷盗。二是因为蟹苗塘没有什么值得偷的，蟹苗还小，既不能吃，也卖不出价钱，偷那么一网箩上来，如果没有专业的蟹箱还得死掉一大半。池仁川守夜很轻松。唯一辛苦的是蟹苗成熟后起塘，都是在凌晨三四点钟，那时候蟹都会顺着手电筒的光线爬出淤泥，听话地往网笼里走……

池仁川经历过一次起塘，秋后蟹肥，正是蟹苗供不应求的时候。四个小塘每过一个月就要起塘轮换，播撒新蟹。

池仁川跟着这家年纪不大却已是养蟹老把式的男主人用力捞起沉甸甸的蟹网，那些刚刚长大的蟹苗在渔网里拼命地挣扎，像极了曾经困在江海市官场的自己……他越来越习惯养蟹人的生活了……

起罢旧塘，再养新塘。每日按时喂食，小蟹生长得很快。这日，池仁川像往常一样，待在塘埂上晒太阳。他把拐杖放在一边，身子卧倒，被截肢的伤腿不能完全放平，就这样触目惊心地斜竖在他的眼前。半年多来，他努力跟这残腿和平共处，适应瘸腿人的生活。此刻，在暖暖的阳光下，他对这条残腿看得顺眼些了。

不知什么时候，这家的老人，男主人的父亲走到塘边，蹲在塘埂上，一边看着塘内的蟹苗，一边与他搭讪。

"后生，你这腿是怎么残的？"老人问。

"事故，意外。"他含混地说。

"哦。"老人应了一声，从蟹塘里捞出一只小蟹苗随手扔在塘埂上。

他看得奇怪，就问道："老人家，这好好的蟹为什么要扔掉？"

"太弱了，长不大。"老人平静地说。

他坐起来，那残腿跷着，让他有点儿不舒服。他捡起老人扔掉的那只小蟹，发现那小蟹蟹脚完整，体态正常，看不出弱在哪里。

"壳软。"像是看出了他心中的疑问，老人自己回应道。

他捏了一下蟹壳，果然是软的。

"壳软的蟹长不大。"老人又补了一句。

他的兴趣来了，开始仔细地观察塘中的蟹苗。他学着老人的样子

◇

229

捞了只缺了条腿的小蟹苗出来,老人瞄了一眼,说了句"没事",竟用脚将那条缺腿的蟹轻轻踢回了蟹塘。

"那蟹壳硬,是好种。"老人回答了他的疑问。

他问:"什么样的蟹苗长不大?"

老人没有直接回答他的问题,用手指着蟹塘的某处。他顺着老人的手看去,在离水面一两尺处,有一小群蟹苗正在游爬着抢食。水面清澈透亮,这些小蟹张牙舞爪地扑向老人刚刚撒下的一小把饲料,有的气势汹汹地推开别的蟹,有的迂回包抄夺到一口就走,有的被稍大点儿的蟹压在身底下拼命挣扎……他若有所思。人类社会不也正如同这蟹苗,你争我抢,爬高踩低。这么想着,便有些兴味索然。

"别小看这些被踩在底下的小蟹苗,它们未必争不到食。它们陷在淤泥里有根基,只要壳硬,还是有机会翻盘的。"老人的声音苍凉而悠远。

池仁川再去看时,果然见刚才被压在底下的几只蟹苗,从淤泥里借了力,又翻上来,抢到一大口食料。

"就为这口吃的,值得吗?"池仁川起了悲悯之心。

"人活着,还不都为了这口吃的?不过是有的吃得顺,有的吃得艰难。后生娃,你要是生在这合生村,不就比外面要穷要难?可再穷再难也得挣这口吃的啊。别看现在咱村的日子好些了,马路也修起来了,家家户户靠养蟹苗,卖茶叶啥的也挣了不少钱。要放在三十年前,天天喝咸水呢!"

老人打开了话匣子。

"喝咸水?为啥?"

"靠海近,都是盐碱地。打井出的都是咸水。后生娃,咸水难喝啊,越喝越渴。有那熬不住的后生仔骂说,这哪是人喝的水,这喝的就是泪水啊,泪水也是咸的。"

"那现在的水?"来山村一个月了,池仁川并没有发觉水有什么问题。

"早好了，三十年前就好了！也是一个后生娃，外面来的，来这村做个小小的委员。东奔西跑，到乡上反映问题，终于请来县里的打井队，打了一口甜水井！"老人的眼睛里闪闪发光。

"哦，不容易！"

"是不容易啊，"老人又从蟹塘里挑出一只软壳蟹，接着说，"那后生娃前前后后跑了一年多，最后还是自掏腰包，请客送礼才办成的！"

池仁川仔细琢磨着老人的话，心里不是滋味："那不是走后门吗？"

老人笑了，说："后生娃，这世上不是非黑即白的，好心也会办坏事，坏事也可能变好事。世上的人可就更复杂喽，你看这蟹苗，为了一口吃食，也得不择手段哪。"

"可是——"

老人的笑意更深了，脸上的皱纹一道道地颤抖着。"话又说回来，人这一生，谁不像在走钢丝，只要重心立稳了，就不会越了线……"

池仁川心下模模糊糊地看到一丝光明，在重重黑暗中微弱的一丝光明。虽然微弱，却很坚定，就像那被踩进淤泥的小蟹，迟早会翻盘，越来越壮大，直到把黑暗吃没……

"三十年前，那后生娃比你还年轻着几岁呢！就为他叫全村人喝上了甜水，咱老老少少都得感念着他，听说他后来做了大官了。是该这样的人当大官，他不当大官谁当？听说，这蟹苗养殖的产业，也是焦委员请人出主意给村里引进的呢。"

"他姓焦？"

"焦……焦文雄！"

老人报出的名字，让池仁川震惊了。他仿佛看到三十年前的父亲，在山路上徘徊，在乡政府的台阶上蹲守，为村民的喝水事宜请客送礼……他虽看不清细节，但看懂了焦文雄的内心。

◇

231

父亲!

您听见合生村村民们的心声了吗? 当他们知晓, 他们怀念了三十年的英雄, 如今身陷大牢, 又会怎样看待您?

池仁川终于回想起来, 焦文雄在合生村的日子, 正是他们母子失去池大海, 最艰难的时光。焦文雄每个周末都会来帮家里做这做那, 甚至还替他赶跑了高年级的小霸王。而对于他在合生村的所作所为, 焦文雄却从来没有在自己和母亲面前提过。

如果, 您没有失去重心, 没有从那钢丝上掉下来, 该有多好!

池仁川心里豁然。

第四十七章 新的开始

◇

232

站在两位父亲面前的池仁川虽然衣着褴褛, 眼神却异常坚定。

他终于能够面对两位父亲了。

对于池大海, 他原谅了他三十年的不闻不问, 那毕竟并非他的本意, 而是有着复杂的纠葛。对于焦文雄, 他理解他的无奈与苦衷, 但绝不会再走他那条路。就像合生村的养蟹老人说的, 这世界不是黑白分明的, 没有那么好, 也没有那么坏。好与坏、黑与白之间, 更不能画出一道截然分明的界线。每个人都在走钢丝, 守住初心, 再难也要守下去。

他想, 如果在十余年前, 焦文雄能够听到这位老人的话, 还会失去平衡, 滑向深渊吗? 就像那只小蟹, 哪怕是那只缺了腿的小蟹, 只要壳子硬, 立定在淤泥里, 就总有翻身的时候。淤泥、滩涂、北灶港, 那是焦文雄赖以立足的土壤, 也是他池仁川赖以立足的土壤。他要把老人的话说给焦文雄听, 他们父子从哪里跌倒, 就要从哪里爬起来……

探视结束的铃声尖锐地响起——

焦文雄望着眼前只来得及叫了一声"父亲"的儿子，认真地点了一下头。在池仁川的眼神里，焦文雄读懂了一切，无须再说。

池大海与池仁川走出探视室，外面阳光明媚，照得他们有一瞬睁不开眼。

池仁川推迟了去装义肢的计划，英雄所见略同，为了保住凤凰湾项目，他的考虑与焦文雄一模一样。潘小妮又陪着池仁川去理了一趟发，洗完澡换完衣服后，池仁川又是那个专业又敬业的海洋局局长了。他马上投入到了紧张的工作中，谢秋云、夏子豪、潘小妮都分别动员起来，搜集资料、实地调研、分析数据。一周之后，在高干子弟崔灿的帮助下，一份长达十万字的《关于北灶港镇建设海洋生态保护区与渔业合作社的政策建议》摆上了省市主要领导的案头。尤成迈看到后，竟放下手头工作，直奔崔利民的办公室。当他推开崔省长办公室的门时，崔利民说了句："你来得正好，我正要找你！"崔利民手中拿着的，正是这份报告。两人不禁同时发出会心的一笑。经过省市各相关部门的补充建议，通过领导班子的集体讨论，形成了一个更为成形的方案，呈送至中央。一位中央领导在捧读之余，不时击节赞赏。在他的脑海中，发展海洋产业、建设海洋强国的想法初露雏形……

与此同时，不出尤成迈所料，崔焱的房地产公司，为了获得投标资格，使用了一些非法的手段，结果被依法吊销营业执照。崔利民狠狠地教训了崔焱一顿。这次，崔焱终于收了心，去找了份普通公司的工作，朝九晚五地上班去了。那辆玛莎拉蒂也被卖了抵那个皮包公司的债。

半年之后，凤凰湾项目获得中央的高度重视与直接批复，通过省内新兴互联网金融机构与池大海拉来的融资，红红火火地复工了。

经过养殖户们的集体推选，潘小妮当上了北灶港渔业合作社的第一届社长，夏子豪任副社长。谢秋云同时还聘请夏子豪担任凤凰湾项目二期工程的副总，被夏子豪坚决回绝，他说他就当个特别督察就好……池大海暂时先回去了，处理凤凰集团总部事宜，同时也为池仁川的义肢安装寻找适合的主治医师与医疗机构，讨论基本的治疗方案。因为池仁川一定不会再有那么多时间进行康复治疗，安装完义肢就得回北灶港，分秒必争。

在下一个探视日，池仁川带着秀莲、潘小妮和小勇一起来看望焦文雄。父子俩隔着玻璃屏没有争吵，池仁川一句一句讲述着北灶港的变化，凤凰湾项目的进展，以至于小勇都待得有些无聊。

海洋局局长池仁川与渔业合作社社长潘小妮肩并肩站在北灶港的海岸上。他俩相互对视了一眼，同时脱下鞋袜，踩进了滩涂泥里。池仁川以极大的毅力坚持练习，只用了旁人的一半时间，就已经可以熟练地用义肢行走。现在，他踩进滩涂泥里的义肢虽然感觉不到温度，却一样有力地迈动着，因为这淤泥里孕育着巨大的生命力量……

◊